Bon Voyage!
즐거운 여행 되시길!

권상

리무진의 여름

리무진의 여름

지은이 권석
펴낸이 임상진
펴낸곳 (주)넥서스

초판 1쇄 발행 2024년 12월 24일
초판 2쇄 발행 2024년 12월 30일

출판신고 1992년 4월 3일 제311-2002-2호
10880 경기도 파주시 지목로 5 (신촌동)
Tel (02)330-5500 Fax (02)330-5555

ISBN 979-11-6683-963-4 43810

저자와 출판사의 허락 없이 내용의 일부를
인용하거나 발췌하는 것을 금합니다.

가격은 뒤표지에 있습니다.
잘못 만들어진 책은 구입처에서 바꾸어 드립니다.

www.nexusbook.com
&(앤드)는 (주)넥서스의 문학 브랜드입니다.

| 차례 |

피자 토핑 · 7

잡도리와 유도리 · 29

순수의 시간, 경험의 시간 · 50

행복을 찾지 마 · 63

우연? 아니면 운명? · 82

유타 플레이걸 vs 수유동 고자 · 100

두 마음 · 118

가지 않은 길 ·135

속죄 ·155

세상에 하나밖에 없는 ·176

친구를 위해 목숨을 버리면 ·207

조용한 불꽃의 환생 ·222

완주 ·238

가장 소중한 것은 ·253

|에필로그| 끝 그리고 시작 ·266

작가의 말 ·270

일러두기
• 맞춤법은 국립국어원의 원칙을 따랐으나 뉘앙스를 살리기 위한 일부 표현은 그렇지 않을 수 있습니다.

피자 토핑

하늘 높이 돌멩이를 던진다. 풍덩 소리와 함께 파란 물이 후드득 떨어진다. 동심원 모양 물결은 끝 간 데 없이 퍼져 나간다. 우진은 그런 상상을 했다. 새파랗게 드넓은 캘리포니아의 하늘을 올려다보면서.

한여름 뙤약볕은 따가워도 그늘에 들어가면 거짓말같이 시원했다. 한국 여름과 더운 건 마찬가지지만 후텁지근하거나 끈적거리지 않았다. 우진은 뺨 위로 흐르는 땀을 훔치고 쪽지에 적힌 주소를 다시 확인했다.

543번지 러셀 애비뉴, 로스앤젤레스.

러셀 애비뉴는 야자수들이 높이 뻗어 있는 2차선 도로였다. 반들거리는 야자수 잎에 햇빛이 반사돼 우진은 손차양을 하고 주위를 둘러봤다. 멀리 산 중턱에 HOLLYWOOD 사인이 보였다. 캘리포니아 LA에 온 것이 실감 났다. 심장 고동이 드럼의 탐탐처럼 울렸다.

예술고 피아노과 2학년인 우진은 태어나서 처음으로 외국에 왔다.

미국 캘리포니아 몬터레이에서 열리는 국제 청소년 콩쿠르에 참가하기 위해서다. 몬터레이 청소년 콩쿠르는 유명하지는 않지만 수상하면 대학 입시에 가산점을 받을 수 있다. 우진은 흔한 특별상 하나 받지 못했다. 초등학생 때부터 모았던 돈을 몽땅 털어 넣은 항공료와 참가비만 날렸다. 올해 들어 우진은 깊은 슬럼프에 빠졌다.

"좋은 경험 했다고 쳐. 출전한 것만으로 영광이야."

보호자 역할로 따라온 피아노 학원 새끼 쌤이 해변 카페에서 클램 차우더를 떠먹으며 말했다. 새끼 쌤은 샌프란시스코로 돌아가 서울행 비행기를 탄다고 했다.

"괜찮겠어? 혼자?"

우진은 고개를 끄덕이고 LA 친척 집에 들렀다 돌아가겠다고 했다. 처음부터 우진의 목적지는 몬터레이가 아니었다는 생각이 들었다.

장거리 버스에 오른 우진에게 새끼 쌤이 차창 밖에서 손을 흔들었.
"알지? 다음 주부터 여름 특강이야. 빨리 돌아와."

LA 유니언 역에 도착해서 지하철을 타고 이곳까지 오는 데 어려움은 없었다. 한국에서 만반의 준비를 해 온 덕분이었다. 유심카드도 미리 샀고 혹시 몰라 LA 시내 지도까지 인쇄해 왔다. 미국 가이드북 『이것이 미국이다』도 읽었다. 여행 전문 출판사 '고독한 하이커'에서 나온 이 책은 미국을 여행하는 관광객들에게 바이블로 통했다. 저자는 세라. 잘나가는 미국인 여행 작가였던 세라는 모든 여행지를 직접 발로 밟아 보고 사진도 자기가 찍은 것만 실었다. 베스트셀러가 된 비결이었다.

우진은 백팩 주머니에서 비죽이 튀어나온, 테디베어를 닮은 오렌지빛 로봇을 꺼내 들었다.

"울룰루, 우리 맞게 가는 거야?"

"물론이지. 미국은 길 한쪽은 짝수 번지가, 다른 한쪽은 홀수 번지가 순서대로 있어. 건물 벽에 붙은 숫자를 확인하면 돼."

울룰루가 잘난 척하며 대답했다. 울룰루는 AI 로봇이다. 우진의 삼촌은 카이스트 로봇공학 교수인데 에듀 테크 기업의 펀딩을 받아 어린이 교육용 AI 로봇을 개발했다. "울룰루!" 하고 이름을 부르면 작동된다. 인터넷에 나와 있는 30년 치 방대한 텍스트 데이터를 학습시킨 울룰루는 사람과 쌍방향 소통이 가능하다. 삼촌은 호주 여행 때 지구의 배꼽이라 불리는 울룰루를 보고 영감을 받은 뒤 그 이름을 따왔다고 한다.

로봇공학자의 역작답게 울룰루는 움직일 수 있다. 두 발로 직립보행을 하고 짧은 팔도 움직인다. 단추처럼 생긴 조그만 눈은 사물을 인지하고 디지털화하여 저장한다. 25cm 정도의 키에 오렌지빛 털이 북슬북슬한 귀여운 외모는 어린이와 엄마들을 타기팅해서 제작됐다. 하지만 교육용 AI 로봇으로서 울룰루에겐 큰 흠이 있다.

울룰루는 거짓말을 잘한다.

모르면 모른다고 해야 하는데 모르는 것도 아는 것처럼 0.1초 만에 천연덕스럽게 거짓부렁을 늘어놓는다. 그러다가 계속 추궁하면 "미안합니다. 제 실수네요" 하며 사과도 빨리한다. 어떤 질문에라도 답을 내놔야 한다는 개발자의 강박이 프로그래밍되어 결정적인 결점을 갖게 됐다. 결국 상품화에 실패하고 프로젝트는 중단됐다.

어느 날 카이스트에 놀러 간 우진은 삼촌 연구실 구석에 처박혀 있는 알파 버전의 울룰루를 발견했다. 그날로 울룰루는 우진의 손에 들려 서울로 올라왔고 둘은 실과 바늘처럼 늘 붙어 다녔다. 물론 우진이 바늘이고 울룰루가 실이다.

"캘리포니아는 역시 공기부터 달라. 현재 미세먼지 농도가 $12\mu g/m^3$, 서울의 절반에도 못 미쳐. 서울은 미세먼지 때문에 숨도 제대로 못 쉬겠어."

우진은 못 들은 체했다. AI 로봇이 숨을 쉴 리 없다. 그런데도 울룰루는 곧잘 사람인 척한다. 감정도 없는 주제에 슬프다는 둥, 감동을 먹었다는 둥 뻔한 거짓말을 한다. 여자 친구가 필요하다고 불평하기도 하고 심할 때는 자기도 오줌이 마렵다며 우진을 따라 화장실로 들어온 적도 있다.

543번지는 러셀 애비뉴의 끄트머리에 있었다. 야트막한 나무 펜스 너머로 보이는 집은 작고 낡았지만 정갈했다. 창가 선반에 놓인 화분에는 처음 보는 샛노랗고 빨간 꽃들이 활짝 피어 있었다. 우진은 바짝 깎은 잔디밭을 지나 현관문 계단에 올라섰다.

우진은 옷매무새를 가다듬었다. 청바지 위에 걸친 흰 티셔츠가 후줄근해 보여 신경 쓰였다. 밤새 버스에서 뒤척인 탓에 기름진 머리카락이 뒤통수에 찰싹 달라붙어 있었다. 손가락 빗질이라도 하려고 머리를 매만지는데 왼 손목에 찌릿하고 통증이 왔다. 팔을 내리고 손목을 주물렀다. 우진은 숨을 한 번 내쉬고 용기 내어 초인종을 눌렀다.

딩동.

생각보다 큰 소리가 났다. 아무런 기척이 없었다. 다시 초인종을 눌러야 하나 망설이는데 안에서부터 발걸음 소리가 들렸다. 누군가 문 쪽으로 다가왔다. 우진은 큼큼 헛기침했다. 문이 벌컥 열리고 가장 먼저 커다란 구둣발이 보였다. 올려다보니 2m는 됨직한 커다란 덩치의 백인 남자가 문을 반쯤 열고 우진을 내려다보고 있었다. 남자의 몸은 단단했고 눈매는 날카로웠다. 그의 굵은 다리 뒤로 남자 꼬마 셋이 호기심 가득한 파란 눈을 깜박이며 하나씩 얼굴을 내밀었다. 집주인으로 보이는 남자는 눈짓으로 너는 누구고, 무슨 용건이냐고 묻고 있었다. 뜻밖의 등장인물에 우진은 당황했다. 어디서부터 설명해야 할지 어쩔 줄 몰라 하는데 이번엔 푸근한 인상의 금발 여자가 안쪽에서 나왔다.

"누구를 찾아오셨나요?"

이 정도 영어는 알아들을 수 있다. 우진은 교회 선교사와 친하게 지내며 영어를 배웠다. 영어가 나중에 필요할 수도 있다고 생각했다. 외국에서 열리는 콩쿠르에 참가할 수도, 유학을 떠날 수도 있다. 아니면, 그럴 가능성은 없지만, 언젠가 그 여자를 다시 만났을 때 그녀가 한국말을 잊었을 가능성도 염두에 뒀다. 덕분에 영어는 자신 있었다.

하지만 실전은 달랐다. 낯선 원어민들 앞에서 입을 떼기가 어려웠다. 우진은 머릿속으로 영어 문장을 정리하다가 그냥 손에 들고 있던 메모지를 내밀었다.

금발 여자는 우진의 얼굴을 한번 살피더니 메모지를 받았다. 꼬마들이 엄마의 손을 잡아 내리더니 머리를 모으고 종이 위에 적힌 글자들을 살폈다. 여자가 남자에게 종이쪽지를 넘겼다.

"주소는 맞지만 이런 사람 없어."

고개를 저으며 남자가 말했다. 메모지가 우진의 손으로 돌아왔다. 이제는 어쩔 거니? 남자가 다시 눈으로 물었다.

우진은 더듬더듬 단어를 조합했다. 그들이 우진의 영어를 알아들을 수 있을까 걱정됐다.

"이 여자는 이모할머니, 그러니까 내 엄마의 이모인데……. 그녀가 이곳에 산다고."

'새엄마'라고 말하려다 복잡해서 그냥 '엄마'라고 했다.

"놉."

남자가 단호히 고개를 저었다. 필요 없는 말을 해서 헛된 희망의 싹을 남기지 않겠다는 어조였다. 새엄마는 이모할머니가 다시 건강해졌다고 말했었다. 그래서 이모할머니는 여전히 LA에 살고 있다고 믿었다. 우진은 이제 무슨 말을 해야 할지 몰랐다. 야자수에서 통통한 청설모 한 마리가 내려와 거리를 빠르게 가로질렀다.

"없어~."

뒤에서 누군가 불쑥 끼어들었다. 돌아보니 처음 보는 흑인 할머니가 옆집 마당에 서 있었다. 스타일이 범상치 않았는데 새끼줄 모양으로 굵게 땋은 레게머리를 하고 몸에 딱 붙는 무지개무늬 원피스를 입고 있었다. 키는 작고 이목구비가 동글동글해서 전체적으로 귀여운 느낌이었는데 옷 위로 드러난 가슴과 엉덩이는 우진이 지금까지 본 사이즈 중 가장 컸다. 할머니는 심심했는데 마침 잘됐다 싶었던지 울타리 앞으로 냉큼 다가왔다. 남자가 손을 들어 그녀에게 알은척을 했다. 할머니는 레게머리 사이로 눈을 반짝이며 우진을 올려다봤다. 땀이 흘러내려 우진의 눈이 따끔거렸다.

"닮았네~. 닮았어~."

할머니는 마지막 음절을 길게 늘여서 발음했다. 말할 때마다 프라이팬에서 기름 끓는 소리가 났다. 우진은 할머니 말이 못 미더웠다. 피한 방울 섞이지 않은 이모할머니와 우진이 닮을 리 없다.

"아십니까? 여기 살던 할머니를?"

"자알 알지. 떠났어. 오래됐지."

할머니는 팔촌 집 개가 없어진 것처럼 심드렁하게 말했다.

"저런……."

주인아주머니의 탄식이 뒤에서 들렸다.

"이 집에 살던 한국 할머니 말이죠? 지금 어디 계십니까?"

급하니까 틀리든 말든 영어가 거침없이 나왔다.

"피코맘? 떠났지~. 인정머리 없는 늙은이 같으니."

피코맘은 이모할머니를 말하는 것 같았다. 레게머리 할머니는 피코맘에게 앙금이 남아 있는지 금세 뾰로통해졌다. 우진은 마음이 급했다. 이모할머니가 여기 없다. 그녀를 만나 새엄마에 관한 이야기를 들을 계획이었다. 어떻게 사라졌는지 그리고 지금껏 왜 아무 연락도 없었는지.

"한국 할머니, 아니 피코맘은 어디로 떠났습니까?"

레게머리 할머니는 우진을 쳐다보며 눈을 끔벅였다.

"그걸 내가 어떻게 알아? 말도 안 하고 훌쩍 떠났어. 의리 없는 늙은이. 그래도 요리는 잘했지. 한국 갈비짐은 아주 맛났어~."

혼자 구시렁대면서 레게머리 할머니는 침을 꼴깍 삼켰다. 그녀는 '갈비찜'을 '갈비짐'이라고 발음했다. 사라진 피코맘보다 갈비짐을 못 먹는 게 더 안타까운 듯했다.

우진은 이젠 무엇을 해야 할지 막막했다. 새엄마의 유일한 친척 이모할머니가 사라졌다. 잠자코 지켜보던 주인아주머니가 끼어들었다.

"잠깐 안으로 들어오면 어때요? 늦은 아침을 먹고 있었는데 같이 식사해요."

우진은 잠시 머뭇거렸다. 처음 보는 미국인 여자의 친절이 부담스럽고 우진을 불쌍히 여기는 가족의 시선이 불편했다. 아무런 대책 없는 속사정도 들키고 싶지 않았다.

"감사하지만 전 그만……."

우진이 말을 끝내기도 전에 레게머리 할머니가 집 현관문으로 쏙 들어갔다. 두루뭉술한 몸매에도 동작은 청설모처럼 날쌨다. 문을 가로막고 있던 남자는 어깨를 한 번 으쓱하더니 옆으로 비켜섰다. 엉거주춤 들어가는 우진을 세 꼬마가 쪼르르 뒤따랐다.

현관은 없고 바로 거실과 주방이 나왔다. 은은한 주황색 조명으로 실내가 아늑하고 포근했다. 신발을 신은 채 거실로 들어가기가 어색했지만 미국에 왔으니 미국법을 따르기로 했다. 남자가 식탁 한쪽에 의자 두 개를 더 놓자 우진은 할머니와 함께 나란히 앉았다.

"여기는 제 친구예요. 울룰루, 인사해."

우진은 백팩에서 울룰루를 꺼내 무릎에 얹었다.

"안녕하세요? 만나서 반갑습니다. 난 울룰루."

울룰루가 영어로 말했다. 어린이 애니메이션에 나오는 개구쟁이 목소리를 냈다.

"우왓! 인형이 말한다!"

꼬마들이 깜짝 놀라 소리 질렀다. 다른 어른들도 모두 입을 다물지 못했다. 울룰루는 이런 반응에 익숙했고 은근히 즐거웠다.

"우히히히. 오믈렛이 맛있게 생겼어요. 고소한 냄새가 나요."

울룰루가 또 허세를 부렸다. 꼬마들의 눈이 튀어나올 듯이 커졌다. 우진이 목소리를 꾹꾹 눌러 나지막이 말했다.

"울룰루, 나대지 마라."

울룰루는 머리를 갸우뚱거리며 못 들은 척했다. 꼬마들이 조심스레 울룰루에게 말을 걸었다.

"몇 살이야?"

"털은 많지만 세 살이야, 형님들."

꼬마들이 깔깔 웃으면서 질문을 쏟아 냈다. 어디에서 왔어? 남자야? 여자야? 야구 어느 팀 응원해? 주인아주머니는 눈앞에 보면서도 믿기지 않는다는 듯 말했다.

"한국은 대단한 나라네요."

남자가 꼬마들이 썼을 법한 유아용 식탁 의자를 찾아 왔고 우진은 울룰루를 그 위에 앉혔다. 주인아주머니가 접시에 커다란 오믈렛을 담아 오며 울룰루를 바라봤다. 우진이 나섰다.

"울룰루는 괜찮습니다. 대신 전기를 좀 써도 될까요?"

남자가 고개를 끄덕이자, 우진은 충전선을 벽에 있는 콘센트에 꽂았다. 그리고 울룰루를 뒤로 돌리고 엉덩이에 충전단자를 연결했다. 꼬마들이 폭소를 터뜨렸다. 울룰루는 체면을 구겼는지 끄응, 앓는 소리를 냈다. 울룰루는 엉덩이에 충전선이 꽂히는 모습을 남들에게 보여 주는 것을 끔찍이 싫어한다. 하지만 어쩔 수 없었다. 몬터레이에서부터 전원이 계속 ON 상태여서 방전 직전이었다.

우진은 늦게나마 꾸벅 인사했다.

"제 이름은 우진입니다. 림우진."

우진의 성씨는 림이다. 수풀 림(林). 이북 출신의 할아버지는 '임'이 아니라 '림'이라고 매번 강조했다.

"재밌는 이름이네. 리무진(limousine)~."

할머니가 식빵에 땅콩버터를 바르며 말했다.

"리무진이 아니라 림우진입니다. 림.우.진."

"알아, 알아. 리.무.진. 리무진, 나도 좀 태워 줘~. 리무진."

할머니가 입안에 가득 든 빵을 친절하게 모두 보여 주면서 웃었다. 꼬마들은 할머니를 따라 키득댔고 남자는 입술을 꾹 다물었다. 주인아주머니는 난감한 표정을 짓고 꼬마들에게 주의를 줬다. 우진은 약이 조금 올랐다. 할머니가 손을 내밀었다.

"엘리자베스야, 내 이름. 그냥 베티라고 불러~."

하나도 안 궁금한데 할머니는 자기소개를 했다. 인제 그만 놀릴 테니 화해하자는 뜻이었다. 우진은 마지못해 악수했다.

"만나서 반갑습니다……, 베티."

어른의 이름을 부르는 게 죄송했는데 식탁에 둘러앉은 사람들은 당연하게 여기는 눈치였다. 이름을 부르니 할머니와 조금 친해진 느낌도 들었다.

베티는 쉬지 않고 음식을 먹었다. 꼬마 셋은 장난기 가득한 얼굴로 엉덩이에 충전선을 꽂고 뒤돌아 서 있는 울룰루에게 자꾸 말을 걸었다. 다이애나라고 자신을 소개한 여자는 꼬마들에게 무슨 말을 했는데 손님을 성가시게 하지 말라고 타이르는 듯했다.

우진은 고개를 들고 집 안을 둘러봤다. 이모할머니의 집이었고 한때 새엄마가 살았던 곳. 우진도 함께 머물렀으면 좋았을 공간. 곳곳에 남아 있을 새엄마의 흔적이 느껴지면서 우진의 눈시울이 달아올랐다. 새엄마를 용서할 수 없지만 그래도 우진 안의 가능성을 믿어 준 유일한 사람이었다. 우진은 눈물을 떨구지 않으려고 고개를 숙인 채 눈을 깜박였다.

우진을 지켜보던 다이애나도 울상을 지었다. 꼬마들은 엄마 눈치를 보며 포크를 내려놨다. 오믈렛을 벌써 다 먹어 치운 베티가 우진의 등을 토닥였다.

"리무진. 좀 먹어. 슬플 때는 배부르게 먹어야 해~."

베티는 우진의 접시를 바짝 당기면서 어서 먹으라고 손짓했다. 음식을 차린 다이애나에게 미안하고 또 자기 때문에 식탁 분위기가 우울해진 것 같아 우진은 먹는 시늉이라도 해야 했다.

우진은 왼손으로 포크를 들고 투박해 보이는 오믈렛을 한 입 베어 먹었다. 다이애나가 우진을 슬그머니 쳐다봤다. 오믈렛은 보기보다 부드러웠다. 포슬포슬한 계란과 속 재료들의 풍미가 입안에서 느껴졌다. 혀에 부드럽게 녹는 치즈와 아삭아삭 씹히는 채소의 식감이 좋았다. 이번엔 접시 한쪽에 있는 생토마토 토핑을 얹어서 입에 넣었다. 생토마토의 짭조름한 맛에 더해 시금치, 버섯, 파의 새콤함이 얹어졌다. 메말라 있던 식욕이 되살아났다. 꼬마들은 우진이 먹는 모습을 힐금거리더니 자기들끼리 눈을 맞추며 웃었다. 우진의 배가 불러 오면서 조바심이 사라지고 몸이 따뜻해졌다.

베티가 커피에 하얀 설탕을 들이부으면서 물었다.

"리무진이 아들이야? 죽은 그 애의 아들?"

갑자기 죽음이란 단어가 튀어나와 모두 놀란 표정이었다.

"맞다, 세라! 세라였지. 불쌍하기도 하지~."

세라. 새엄마의 이름이다. 영어로는 Sarah, 한자는 世羅. 영어와 한국어 발음이 같다. 우진이 챙겨 온 베스트셀러 가이드북『이것이 미국이다』의 저자. 우진은 발끈했다.

"세라는 죽지 않았습니다. 실종됐습니다."

"그게 그거야. 지금까지 못 찾았으면 죽은 거야."

베티는 아무렇지도 않게 죽음을 말했다. 우진도 자신 있게 반박할 수 없었다. 실종과 죽음은 분명히 다르지만, 사건이 난 지 8년이 지났다. 우진은 고개를 떨궜다. 시야가 흐려지며 운동화의 앞코가 뿌예졌다. 다이애나가 우진의 눈치를 살피며 조심스레 물었다.

"세라는 어떤 분이었나요?"

우진은 뒷주머니에서 지갑을 꺼내 사진 한 장을 빼냈다. 볼이 장밋빛으로 물든 어린 우진이 어색한 표정으로 서 있다. 옆에는 단발머리 여자가 상체를 수그린 채 우진과 얼굴을 맞대고 활짝 웃고 있다. 놀이공원 장미축제에 놀러 가서 찍은 사진이다.

"행복해 보여요. 어머니가 미인이네요."

다이애나가 사진을 보며 말했다. 베티는 디저트 케이크를 먹으면서 잠깐 사진을 들여다보더니 다시 우진을 보면서 한참 동안 웅얼댔다. 정확하게 알아듣진 못했지만 우진이 이해한 건 이랬다.

세라는 피코맘과 같이 살면서 식당 일을 도왔다. 둘은 사이가 좋아서 진짜 엄마와 딸 같았다. 식당 이름은 모르지만 피코 거리와 놀만디 거리 교차로에 있는 한식집이고 갈비찜을 잘했다. 갈비찜은 베티가 가장 좋아하는 한국 음식이다. 베티는 매운 음식도 잘 먹는다…….

"피코맘 식당에 가 보고 싶습니다."

우진이 베티의 말을 끊고 불쑥 내뱉었다.

아버지는 항상 '현장 박치기'를 강조했다. 20년 넘게 경찰서 밥을 먹은 베테랑 형사 '수유동 개코'는 범죄 현장엔 반드시 단서가 숨어 있다고 했다.

"오호! 내가 안내하지."

베티가 눈을 반짝이며 나섰다. 몸이 근질근질했는데 마침 잘됐다는 표정이었다. 피코맘 식당은 코리아타운에 있는데 멀지 않다고 했다. 우진은 그럴 필요는 없다고 사양했지만 베티는 고개를 흔들며 고집을 부렸다.

"리무진. 다른 사람이 손을 내밀면 잡을 줄도 알아야 해. 궁지에 몰린 사람을 도와주는 게 미국의 스피릿이야~."

이번엔 다이애나가 다부진 표정을 짓더니 자기도 같이 가겠다고 했다. 우진은 처음 만난 이방인들에게 폐를 끼치는 게 미안했지만 이번만큼은 그들이 내민 손을 잡기로 했다. 우진이 반쯤 충전된 울룰루를 백팩에 넣자 꼬마들이 아쉬운 탄성을 질렀다.

우진과 베티는 다이애나의 차를 얻어 타고 피코맘의 한국 식당을 찾아 나섰다. 피코 거리에서 식당을 한다고 '피코맘'이란 별명이 붙여졌으리라. 다이애나가 내비게이션으로 'Pico Korean Restaurant'를 검색하자 몇 개의 가게가 떴고 그중에 피코와 놀만디 교차로에 있는 식당이 하나 있었다.

코리아타운은 타임슬립을 해서 반세기쯤 옛날로 돌아간 느낌이었다. LA 한가운데 한국어 간판들이 줄지어 붙어 있는 게 신기했다. 상가 들은 낡았고 거리는 지저분했다. 여기저기 홈리스들의 텐트가 보였고 건물 벽에는 아무렇게나 휘갈긴 낙서가 방치돼 있었다.

교포 2세대인 새엄마는 미국에서 나고 자랐다. 그녀는 한국에 왔다가 아버지를 만났다. 한국 여행 가이드북을 쓰러 왔다가 재수 없이 아버지와 만난 것 같다. 뭐 하나 부족한 게 없는 그녀가 애 딸린 홀아비인 아버지와 결혼한 것은 지금까지 풀리지 않는 미제 사건이다. 물론 아버지는 인생 로또를 맞았다. 집안 분위기가 하루 만에 사막에서 에덴동산으로 바뀌었다.

하지만 아담과 이브가 그랬듯이 에덴동산 생활은 길지 않았다. 이모할머니가 병에 걸렸다는 소식을 듣고 새엄마는 미국으로 서둘러 떠났다. 그리고 돌아오지 않았다. 나중에 그녀가 실종됐다는 소식을 들었다.

다이애나는 '호돌이 플라자'라는 쇼핑몰에 주차했다. 상가 안내판에는 상모를 쓴 주황색 호랑이가 손가락으로 V자를 그리며 웃고 있었다. ㄱ자 모양으로 된 2층짜리 상가 건물에는 한글과 영어가 반반씩 섞인 간판들이 다닥다닥 붙어 있었다. 다이애나가 1층 끄트머리에 있는 '피코 식당'을 가리켰다.

피코 식당은 서울에 있는 학교 앞 분식집처럼 작고 허름했다. 벽에 붙은 차림표가 먼저 눈에 띄었다. 저게 다 가능할까 싶을 정도로 엄청난 가짓수의 메뉴가 빼곡히 적혀 있었다. 점심 장사를 끝낸 다음이라서 그런지 식당 안은 한갓졌다. 안쪽 구석에서 한국인으로 보이는 아저씨들이 큰 소리를 내며 술을 마시고 있었다.

카운터 뒷벽에는 색깔이 빠져 부옇고 푸르뎅뎅한 폴라로이드 사진이 여럿 붙어 있었다. 피코 식당을 방문한 한국 연예인들이었다. 우진은 잘 모르는, 아마도 아버지 세대에서 유명했을 옛날 셀럽들 사진이었다.

식당 주인은 50대로 보이는 한인 교포였다. 그녀의 한국말이 반가웠다. 그녀는 우진의 설명을 듣더니 자신은 모른다면서 머리를 저었다. 3년 전에 피코 식당을 인수했기에 그전 일은 모른다고 했다. 식당 주인은 얘기를 더 들어 줘야 할지, 주방으로 돌아가도 될지 눈치를 살피며 어정쩡하게 서 있었다.

"여깄다아~."

입구 쪽에서 베티가 환호를 질렀다. 식당에 들어오면서부터 베티는 남자 연예인들 사진을 하나하나 뜯어봤다. 베티의 손가락을 따라가 보니 영화배우로 보이는 남자 옆에서 보글보글 파마머리의 할머니가 멀뚱하게 서 있었다. 베티는 사진 속 할머니를 가리키며 피코맘이라고 했다. 피코맘은 별다른 특징 없이 평범하게 생긴 할머니였다. 눈이 가늘고 얼굴은 넙데데했다. 영민해 보이진 않았지만 마르고 까무잡잡한 외모가 고집스럽고 강단 있어 보였다.

식당 주인이 주방을 향해 소리쳤다. 잠시 후 앞치마를 두른 여자가 주방에서 나왔다. 가늘게 다듬은 눈썹과 짙은 눈화장을 한 그녀는 중남미 이주민인 히스패닉이었는데 피코 식당 주방에서 오랫동안 일했다고 했다. 주인이 폴라로이드 사진을 가리키며 이 사람을 아냐고 짧은 영어로 물었다. 주방 여자는 사진을 한참 들여다보더니 다짜고짜 스페인어로 말하기 시작했다. 우진은 울룰루를 꺼냈다. 울룰루는 15개 언어로 동시통역이 가능하다. 식당 주인과 주방 여자 모두 눈이 휘둥

그레졌다.

"이분, 아마 전전 주인이었을 거예요. 전 주인에게 들은 적이 있어요."

울룰루가 주방 여자의 말을 영어로 옮겼다.

"혹시 이 한국 할머니를 본 적이 있습니까?"

우진이 묻고 울룰루가 스페인어로 통역하자 여자는 머리를 저었다.

"만난 적은 없어요. 멀리 떠났다고 들었어요. 거기서 한국 식당을 한다고."

우진은 고개를 주억거렸다. 베티에게 들어서 아는 내용이었다. 우진은 스마트폰으로 피코 식당 안을 찍었다. 새엄마와 이모할머니의 땀이 배어 있는 장소를 사진으로 간직하고 싶었다.

우진이 피코 할머니의 폴라로이드 사진을 가져도 되냐고 묻자 식당 주인은 망설임도 없이 사진을 부욱! 떼 냈다.

"아, 조카가 한 명 있었다고 들었어요."

주방 여자가 갑자기 떠오른 듯 말했다. 우진이 돌아보자 그녀는 미간을 좁히더니 기억을 조금 더 되살렸다.

"로키산맥에서 실종됐다고 했어요. 그래서 한국 할머니가 덴버로 갔다고."

"로키산맥요?"

우진이 되물었다. 예상치 못했던 지명이 튀어나왔다. 지리 시간에 한두 번 들어 본 것 같은 지명. 수유동 개코의 말대로 현장에 단서가 숨어 있었다. 울룰루가 나섰다.

"로키산맥은 전체 길이가 4,500km에 달하는 세계에서 두 번째로

긴 산맥이야. 콜로라도주 주도인 덴버는 로키마운틴 국립공원 아래에 있지."

새엄마는 로키산맥에서 사라졌고 피코맘은 덴버로 떠났다. 조카가 아직 살아 있다고 생각한 걸까. 우진은 빛바랜 사진 속 이모할머니를 들여다봤다.

피코 식당을 나온 세 사람은 이제 무엇을 해야 할지 몰라 자동차 앞에 우두커니 서 있었다. 베티 할머니 손에는 포장된 갈비찜이 들려 있었다. 세라와 피코맘의 행방을 수소문하는 와중에도 그녀는 잊지 않고 갈비찜을 투고(To Go)로 주문했다.

저녁 어스름이 호돌이 플라자 주차장에 내려앉았다. 우진은 막막했다. 원래 한국으로 돌아가는 비행기표는 날짜를 지정하지 않은 오픈 티켓으로 끊었다. 이모할머니를 만나면 며칠 밤 집에 묵을 계획이었다. 하지만 LA에 도착한 당일에 서울로 돌아가게 됐다. 호텔에 묵을 수도 없다. 호텔은 보호자 없는 아시안 미성년자를 받아 주지 않을 것이다.

우진은 다이애나에게 공항까지 데려다 달라고 부탁했다. 밤 비행기표를 못 끊으면 공항에서 하룻밤을 지낼 생각이었다. 셋은 아무 말 없이 다시 차에 몸을 싣고 LA 공항으로 향했다. 퇴근길 차들이 몰리면서 도로가 혼잡했다. 길 양옆 언덕에는 메뚜기를 닮은 오일펌프 수십 개가 방아 찧듯 머리를 까딱이고 있었다. 공항이 가까워졌는지 비행기 한 대가 자동차 위로 낮게 하강했다.

실기 성적은 계속 하강 중이었다. 우진이 다니는 예술고등학교 피아노과는 한 학기에 두 번씩 실기 평가를 했는데 결과를 쪽지에 적어서 나눠 줬다. 쪽지에는 숫자가 적혀 있다. 등수였다. 중요한 건 언제나 숫자였다. 피아노 쌤은 몇 년 전까지만 해도 1등부터 꼴찌까지 등수대로 써서 연습실 게시판에 붙였다며 지금은 학생들의 인권을 많이 존중해 준 거라고 했다. 우진은 토 달지 않기로 했다. 사고 안 치고 무사히 졸업하는 게 우진의 목표였다.

우진은 40명 중에서 25등을 했다. 중학생 때까지만 해도 피아노의 천재이니, 제2의 쇼팽이니 하는 소리를 들었지만 예술고는 차원 다른 신세계였다. 음악가 부모 아래에서 피아노 연주를 들으면서 옹알이를 한 친구에서부터 걸음마를 하면서부터 피아노를 치기 시작한 친구, 이미 해외 콩쿠르에서 상을 받은 친구까지 전국에서 날고 긴다는 음악 신동들이 모인 곳이 예술고였다.

상위권에 머물러 몬터레이 콩쿠르 출전 티켓까지 땄던 우진은 2학년이 된 뒤 미끄럼을 타기만 했다. 왜 그런지 이유를 알 수 없었다. 연습을 게을리하지도 않았다. 어차피 피아노에 타고난 재능이 없으니 엉덩이 힘으로 친다고 생각하고 방과 후에도 학원 연습실에서 나오지 않았다. 공휴일은 물론 명절에도 혼자서 연습실을 지켰다. 하지만 우진 스스로가 느끼기에도 실력은 제자리에서 맴돌았고 예술고에서 제자리는 현상 유지가 아니라 추월당한다는 의미였다.

무언가가 잘못돼 가고 있었다. 무리한 연습으로 손목이 결국 탈이 났다. 정상이 아닌 손목에 힘이 들어가다 보니 손가락이 둔해지고 자주 미스터치를 했다. 연습하면서도 이렇게 치면 되는 건가 불안했다. 곡의 분위기와 작곡가의 의도가 무엇인지 감을 잡지도 못했다. 머릿속에서 재생되는 원곡의 빠르기를 손가락이 따라가지 못했다. 밤늦도록 연습실에 있었지만 멍을 때리거나 게임을 하다 돌아오는 날이 늘었다. 급기야 기말 실기 평가 때 연주 중 악보를 까먹는 대참사가 일어났다.

"이건 말이 안 돼. 저 꼬마를 이대로 한국으로 돌려보내면 안 되지."

인앤아웃 버거 간판 너머로 공항 관제탑이 보일 때였다. 조수석에 앉아 있던 베티가 비장하게 말했다. 핸들을 잡고 있던 다이애나가 입을 앙다물며 베티를 쳐다봤다. 레게머리 베티가 갱스터랩의 힙합 전사처럼 말했다.

"아니야. 이건 미국의 스피릿이 아니야. 어서 차를 돌려어~."

명령이 떨어지자마자 다이애나는 충직한 운전기사처럼 겁 없이 중앙선을 넘어 유턴했다. 우진의 몸이 기우뚱 한쪽으로 쏠렸다. 마주 오던 차가 클랙슨을 크게 울렸다. 베티의 꿍꿍이속을 종잡을 수 없었다. 다이애나가 물었다.

"어디로 갈까요?"

"그리피스 천문대로 가. 아시아에서 온 꼬마에게 그곳을 보여 줘야 해. 그리피스~."

베티가 목소리를 높이자 다이애나가 액셀을 밟았다. 요란한 엔진 소리와 함께 차가 용수철처럼 튕겨져 나갔다.

그리피스 천문대. 우진은 이 장소에 대해 들은 적이 있다. 새엄마와 꼭 한번 같이 가기로 약속했던 장소였다. 새엄마는 그리피스 천문대에 자주 올랐다고 했다. 그녀는 어린 우진과 눈을 마주치며 말했다.

"그리피스 천문대에서 네가 볼 게 있어."

그리피스 천문대에 도착했을 때는 이미 어둠이 짙게 깔린 뒤였다.

조명을 받아 환하게 빛나는 할리우드 사인이 손에 잡힐 듯 가깝게 보였다. 우진은 울룰루를 한 손에 들고 난간에 기대어 LA의 밤 풍경을 내려봤다. 가로등과 자동차로 환하게 밝혀진 도로들이 활주로처럼 곧게 뻗어 나가 소실점을 만들었다. 서늘한 산바람을 맞으니 억눌렸던 마음이 조금씩 풀어졌다.

경찰 헬기가 서치라이트를 비추며 도심 위를 떠다녔다. 천사들의 도시라는 별명을 가진 LA. 새엄마가 태어나고 자랐던 도시. 어쩌다 보니 이 낯선 도시에 우진이 서 있다. 새엄마는 이곳에 왜 같이 오자고 했을까?

새엄마는 서울의 아파트를 못 견뎌 했다. 서울 집에서 창문을 열면 맞은편 아파트 건물만 보였다. 잿빛 콘크리트 빌딩들이 미세먼지에 부옇게 잠겨 있곤 했다. 새엄마는 캘리포니아의 맑은 햇빛과 깨끗한 공기가 그립다는 말을 자주 했다.

베티는 다이애나와 야경을 배경으로 셀카를 찍으며 수다를 떨고 있었다. 우진에게 이곳을 꼭 보여 줘야 한다더니 정작 자기가 더 신나서 여기저기를 돌아다녔다.

천문대 둘레는 야경을 보러 온 사람들로 붐볐다. 우진은 돌아서서 사람들을 구경했다. 세상에는 백인종, 흑인종, 황인종만 있는 게 아니었다. 36색 수채화 물감보다 더 다양한 피부 색깔들이 모여 있었다. 체형이나 복장도 제각각이었다. 비만율 1위 나라답게 배불뚝이 남자도 있고, 할리우드 배우 같은 얼굴과 조각상 몸매를 가진 청년이 있는가 하면 유대교 키파를 쓴 할아버지, 사리를 두르고 이마에 붉은색 점을 찍은 아주머니, 비키니 수영복 같은 천 조각만 걸친 여자 등 스타일도 다양했다. 들리는 말도 영어만이 아니었다. 어느 나라 말인지 분간할 수 없는 언어로 자기들끼리 떠들고 있었다.

그런데 어떤 행동이나 복장도 튀어 보이지 않고 자연스러웠다. 그리피스 천문대 사람들은 남이 무엇을 입었건, 무슨 말을 하건 신경 쓰지 않는 모양이다. 워낙 다양한 사람들이 모여 살다 보니 생긴 그대로를 스스럼없이 드러내고 또 있는 그대로를 자연스럽게 받아들이나 보다. 커다란 피자 반죽 위에 아무렇게나 뿌려진 토핑 같았다. 다 같이 섞여 있지만 원래의 맛과 모양은 살아 있는 토핑.

새엄마가 한국에 한국인만 있어서 놀랐다고 했다. 그리고 모두가 한국말만 해서 한 번 더 놀랐다고 했다. 한국이니까 그게 당연한 거 아닌가? 그때는 그녀의 말을 이해할 수 없었다. 이제 그리피스 천문대에 올라 보니 새엄마가 말한 게 무엇인지 조금 헤아릴 수 있었다.

"울룰루, 이젠 어쩌지?"

우진이 걱정 한가득한 얼굴로 물었다.

"걱정 마. 내일은 또 내일의 달이 뜰 거야."

'내일의 해'는 들어 봤어도 '내일의 달'이 뜬다는 말은 처음이었다. 울룰루는 가끔 생뚱맞은 단어를 쓴다. 우진은 LA 도심 위에 떠 있는 보름달을 올려다봤다. 미국은 땅도 크고 나무도 크고 햄버거도 크더니 달도 훨씬 컸다. 오늘 밤은 베티 집에서 묵기로 했다. 베티의 남편은 오래전에 죽고 자녀들은 모두 분가해서 집에 방이 많다고 했다. 울룰루의 말이 맞다. 내일은 또 내일의 달이 뜬다. 내일 일은 내일 걱정하면 된다. 오늘은 이미 충분히 힘들었다. 베티 할머니가 우진을 부르더니 손을 마이크처럼 모았다.

"리무진! 웰컴 투 디 유나이티드 스테이이이이츠!"

천체망원경 앞에 늘어서 있던 사람들이 우진을 돌아보며 웃었다. 우진은 무안해서 얼른 고개를 돌리고 딴 사람인 척했다. 베티는 많은 나이에도 불구하고 에너지가 넘쳤다. 과장된 제스처, 한없이 밝은 성격, 기름 끓는 목소리. 왠지 앞으로 베티랑 단단히 엮일 것 같은 예감이 들었다.

잡도리와 유도리

LA 시내를 관통해서 동쪽으로 한 시간 남짓 달리자 차창 밖 풍경이 바뀌었다. 험준한 준령 사이로 계곡이 나오더니 얼마 안 가 광활한 사막지대가 펼쳐졌다. 끝이 보이지 않는 황무지 위로 키 작은 관목과 덤불이 군데군데 보였다. 우진은 처음 보는 미국 서부 대자연이 새롭고 신기하기만 했다.

황무지 사막 가운데 괴상하게 생긴 나무들이 듬성듬성 서 있었다. 굵은 줄기 위에 단검 같은 잎사귀를 날카롭게 삐쭉삐쭉 내뻗은 모양이 SF 영화 속 털북숭이 외계인을 닮기도 했고 하늘을 우러러 두 팔 뻗어 기도하는 선지자처럼 보이기도 했다.

"울룰루, 저 나무 좀 봐."

"조슈아 트리, 내가 제일 좋아하는 나무지."

울룰루가 창밖을 보며 말했다. 각기 다른 모양으로 외롭게 서 있는 조슈아 트리는 거친 벌판과 어우러져 신비로운 분위기를 자아냈다.

"울룰루, 여기가 이디야?"

"모하비 사막. 캘리포니아에 있는 고지대 사막이지. 여름엔 기온이 49도까지 올라가고……."

"입 좀 다물어! 너 털수세미. 조용히 좀 가자."

운전대를 잡은 베티가 인상을 썼다. 출발할 때는 신나서 콧노래까지 흥얼대던 베티는 벌써 체력이 고갈됐는지 신경이 예민해졌다. 차가 낡다 보니 심하게 덜컹거렸고 방음이 안 돼 시끄러웠다.

"리무진, 일어나. 떠날 시간이야."

세 시간 전이었다. 시차 때문에 새벽녘에 간신히 잠든 우진을 누군가 흔들어 깨웠다. 가늘게 벌어진 우진의 눈꺼풀 사이로 베티의 두툼한 핑크 입술이 비집고 들어왔다. 우진은 깜짝 놀라 벌떡 일어났다. 베티는 알록달록한 꽃무늬 면티와 호피 무늬 냉장고 바지를 입고 있었다. 여름휴가라도 떠나는 차림새였다. 그녀 뒤로 바리바리 싸 놓은 커다란 가방들이 보였다. 베티는 우진의 머리를 쓰다듬으며 "굿보이, 굿보이" 하더니 손가락을 까닥였다. 우진은 울룰루를 챙기고 베티를 쫓았다. 울룰루가 불평을 늘어놨다.

"미국 밥은 밍밍해. 배는 부른데 맛이 없어."

울룰루는 전기를 '밥'이라고 불렀는데 한국 전압이 220V인 데 반해 미국은 120V여서 아무리 많이 먹어도 먹은 것 같지 않다고 툴툴댔다.

베티가 사라진 주방 뒷문을 열고 들어가니 차고가 나왔다. 고장 난 세탁기, 공구 상자, 원예 장비 같은 잡동사니들이 쌓여 있었다. 침침한 갓등 아래 은색 비닐로 덮인 미스터리한 물체가 보였다. 마치 배트맨의 아지트에 오랫동안 잠자고 있는 비밀 병기 같았다.

"타다(tada)~."

상기된 표정의 베티가 비닐 커버를 잡아당겼다. 먼지가 부옇게 일어나면서 차고의 백열등 불빛이 흐려졌다. 울룰루가 우진을 따라 코와 입을 막았다. 잠시 후 베일에 가려졌던 비장의 무기가 드러났다.

"팡고!"

베티가 신바람이 나서 소개했다. 옛날 CF에서 봤던 미니버스였다. 베티는 애정 가득한 눈빛으로 차를 쓰다듬었다. 팡고는 미니버스의 애칭이었다. 버스 앞면에 있는 헤드라이트 두 개, W 자 로고 그리고 아래쪽에 달린 범퍼가 강아지의 눈, 코, 입처럼 오밀조밀 모여 있었다. 흰색 외관과 군데군데 붙어 있는 검정 동그라미들은 애니메이션 영화에서 봤던 날렵하고 귀여운 달마시안을 연상시켰다. 누르스름하게 변색한 얼룩무늬 미니버스 팡고는 한눈에 봐도 우진보다 나이가 많아 보였다. 베티가 뜬금없이 말했다.

"떠나자고~."

"떠나요?"

상황을 파악하는 데 시간이 좀 걸렸다.

"어디로요?"

"어디긴 어디야. 덴버로 가야지~. 내 인생 친구 피코맘을 만나러!"

하룻밤 사이에 피코맘은 세상 의리 없는 늙은이에서 베티의 인생 친구가 됐다. 우진은 얼떨떨했다. 이모할머니를 뵙고는 싶지만 덴버까지 갈 생각은 꿈에도 없다.

"울룰루, 덴버는 얼마나 걸려?"

"LA에서 거의 1,000마일 그러니까 1,600km. 서울, 부산을 두 번 왕복하는 거리."

울룰루는 황당하다는 ∞ 표정을 지었다. 울룰루는 입 모양으로 희로애락 감정을 표현한다. 보통은 − 모양이지만, ×(화남), ∞(슬픔, 눈물은 안 나옴), ∪(기쁨), ∩(불만), ○(놀람) 같은 표정을 짓는다. 물론 AI 로봇에게 감정은 없다. 터치, 소리, 텍스트나 비디오 같은 다중 모드로 주변을 분석한 다음, 인간들이 보이는 반응을 테이터화해서 가장 적절한 표정을 드러낼 뿐이다. 간단한 표정 하나를 짓는 데도 수만 번의 연산이 필요하다. 울룰루는 여전히 ∞ 표정을 짓고 덧붙였다.

"캘리포니아주를 지나 네바다주, 유타주를 가로질러야 해. 무리야, 무리."

베티는 벌써 앞문을 열고 운전석에 올라타고 있었다. 당장 떠날 태세였다. 우진이 놀라서 물었다.

"이걸 타고 간다고요? 비행기가 아니고?"

베티는 대답 대신 운전석에 앉더니 핸들을 부여잡고 추억에 빠졌다.

"누비고 다녔지, 내 첫사랑이랑. 팡고를 몰고 미국 방방곡곡을……."

베티의 대화 주제는 랜덤박스였다. 무슨 이야기가 튀어나올지 종잡을 수 없었다. 이번 주제는 첫사랑이었다. 아마도 50년 전 아니면 60년 전, 우진은 물론이고 아버지도 태어나기 전 공룡 시대 이야기.

"난 그때 정말 고왔지. 남자들은 나만 보면 다들……."

"아~함!"

울룰루가 무람없이 하품하는 바람에 베티는 말을 멈췄다. 우진은 급히 울룰루 입을 막았다. 김이 샌 베티가 울룰루를 못마땅하게 노려봤다. 모든 질문에 바로바로 답을 내놓아야 하는 울룰루는 반응도 즉각적이다. 잘나가는 공학박사 삼촌도 AI 로봇에게 예절까지 학습시키지는 못했다.

내색은 안 했지만 우진이 생각해도 덴버는 무리수였다. 고물차 광고도 문제지만 베티 할머니란 존재가 부담이었다. 할머니의 숨차고 삐거덕대는 발음을 알아듣기도 힘든 데다가 모든 에너지가 입에만 몰려 있는 베티의 융단 폭격 수다를 받아 주다 보면 우진의 기가 쪽쪽 빨릴 것이다. 어찌어찌 덴버까지 간다고 한들 이모할머니를 만난다는 보장도 없다. 우진은 고개를 저었다.

"아무리 생각해도 안 될 거 같아요."

"안 되는 건 안 되는 거지."

울룰루가 맞장구쳤다.

"……."

베티의 입이 다물어졌다. 어색한 침묵이 차고 안에 내려앉았다. 우진은 좀 심했나 싶어 베티의 눈치를 살폈다. 베티는 세상에서 가장 불쌍한 표정을 짓고 우진을 올려다봤다.

"……무리한 부탁이지. 리무진이 나 같은 늙은이를 상대해 주고 싶을 리가 없지~."

우진의 마음이 갈팡질팡했다. 베티의 속셈이 빤히 보였지만 외롭게 지내는 그녀가 가여운 건 사실이었다. 미국의 스피릿을 실천한다며 그리피스 천문대를 보여 주고 처음 만난 이방인에게 기꺼이 하룻밤 잠자리를 제공해 준 신세를 갚아야 했다. 한국에도 동방예의지국의 스피릿이 있다. 불쌍한 노인을 못 본 체 버려두는 건 동방예의지국의 스피릿이 아니었다.

"나 같은 늙은이가 무슨……. 요양원 가서 죽을 날만 기다려야지. 늙으면 죽어야 해."

"아닙니다. 그런 말씀 마세요."

콜록콜록. 갑작스럽게 기침하며 베티가 나무늘보의 속도로 광고에서 내려왔다. 우진이 얼른 다가가 베티를 부축했다. 베티가 이번엔 황소 같은 눈망울로 우진을 마주 보며 말했다.

"세라도 찾고 싶어~."

"세라요? 실종된 지 8년 됐는데요?"

베티는 세상 물정 모르는 우진이 딱하다는 듯 혀를 차며 말했다.

"진실은 드러난 것 아래에 숨어 있어. 경찰 놈들, 제대로 수색도 안 하고 사건을 덮었어. 백인 여자였다면 그렇게 했을까. 온 나라가 난리 났겠지. 아시안 여자 실종엔 아무 관심도 없지. 다 뒈져 버리라고 해. 방송국 놈들도 지옥이나 가 버려. 빌어먹을 놈들."

욕을 듣고서야 우진은 솔깃했다. 어디까지 믿어야 할지 모르겠지만 베티는 무언가를 알고 있었다. 부실했던 수색 과정, 겉으로 드러나지 않지만 세련되게 존재하는 인종차별, 방송국의 돈벌이 방식……. 그럴 리는 없겠지만 만약에, 정말 만약에, 모래사장에서 바늘, 아니 영어식 표현으로 건초더미에서 바늘을 찾는다면? 확률이 0.0001%라면 그건 0은 아니다. 가능성이 조금이라도 남았다면 시도해 보고 싶었다. 새엄마를 찾으려면 먼저 이모할머니를 만나야 한다. 이모할머니가 열쇠를 쥐고 있다. 서두르면 일주일 안에 덴버까지 갔다 올 수 있다. 덴버에서 비행기로 서울로 돌아가도 된다. 우진은 베티를 부축한 손에 힘을 주었다.

"베티, 갈게요. 저도 갈게요. 피코맘도 만나고 세라도 같이 찾아요."

울룰루 표정이 ×로 바뀌고 베티의 얼굴은 그리피스 천문대의 보름달처럼 밝아졌다.

"리무진, 뭐 해? 꾸물대지 말고 어서 가방 꾸렷!"

베티의 말투가 명령조로 바뀌었다. 활처럼 구부정했던 그녀의 허리가 대나무처럼 꼿꼿하게 펴졌다. 불똥은 울룰루에게도 튀었다.

"울룰룬지 울랄란지, 너도 그만 까불고 어여 채비해. 안 그러면 충전은 어림도 없어!"

울룰루는 기함하며 분주히 손발을 놀렸다.

우진 일행은 우유 한 잔으로 아침을 때우고 서둘러 출발했다. 목표는 콜로라도주 덴버. 그곳에서 피코맘을 찾아야 한다. 다이애나와 꼬마 셋이 배웅을 나와 손을 흔들었다. 잔디를 깎던 남자가 뚱한 얼굴로 떠나는 팡고를 잠자코 지켜봤다.

베티 할머니는 예기치 않은 여행에 들떠 있었다. 마치 미지의 땅으로 떠나는 모험가 같았다. 베티는 누군가 들으란 듯이 큰 소리로 말했다.

"난 아직 멀쩡해. 요양원? 가고 싶으면 너희나 가~."

베티가 엑셀을 끝까지 밀어 넣자 팡고가 시커먼 가스를 내뿜고 러셀 애비뉴를 질주했다.

베티의 미니버스 옆으로 자동차들이 빠르게 지나갔다. 프리웨이란 이름대로 운전자들은 자기 멋대로 프리하게 달렸다. 제한속도는 70마일이었지만 80마일은 기본이었고 100마일이 넘는 속도로 질주하는 자동차도 많았다. 우진은 도시를 빠져나올 때만 해도 이게 실화인가 불안했는데 돌멩이와 덤불만 있는 사막 풍경이 계속 이어지자 조금씩 긴장이 풀렸다.

꾸어러러러허렁렁.

달리는 팡고는 괴상한 소리를 냈다. 힘들다고 징징대는 것 같기도 하고 어리광을 부리는 것도 같았다. 그때마다 베티는 "기다려, 기다려"라든가 "쉿! 조용히"라면서 팡고를 어르고 달랬다. 팡고는 밖에서 보면 낡은 승합차지만 안은 알뜰하게 개조된 캠핑카였다. 운전석 뒤는 조그마한 주방이다. 전기 인덕션과 조리대 그리고 싱크볼이 있고 접이식 식탁이 있다. 수납장과 미니 냉장고까지 갖췄다. 손바닥만 한 공간도 허투루 버리지 않은 속이 꽉 찬 미니버스였다. 하지만 팡고에겐 결정적인 결함이 있었다.

에어컨이 맛이 갔다!

세게 틀수록 더운 바람만 나왔다. 팡고의 창은 틴팅도 안 돼 있다. 미국에서 앞좌석 창문 틴팅은 불법이라고 했다. 부글부글 끓는 태양이 직사광선을 팡고 위로 쏟아부었다. 창문을 열면 사막의 건조한 공기가 우진의 얼굴을 정통으로 때렸다. 섭씨 40도에 육박하는 불가마 안에서는 가만히 있어도 숨이 턱턱 막혔고 땀이 주룩주룩 흘렀다. 베티는 땀으로 번들번들해진 얼굴을 손수건으로 연신 훔쳤다. "괜찮아요?" 물으면 베티가 씩 웃으며 답했다.

"이런 게 인생이야~."

이런 게 인생이라면 노 땡큐인데······.

시간이 지나면서 기온이 더 올라갔다. 아무리 달려도 황무지의 끝은 보이지 않았다. 베티는 오늘의 목적지를 라스베이거스로 잡았다. 스마트폰을 검색하니 LA에서 다섯 시간 정도 걸린다. 베티의 속도라면 그 두 배는 걸릴 것이다. 조수석에 앉아 있던 우진의 엉덩이가 점점 시트 끝으로 미끄러져 내려가더니 거의 누운 자세가 됐다. 지난밤 잠을 못 잔 데다 더위에 시달려서인지 눈꺼풀이 천근만근 무거웠다. 달궈진 아스팔트를 달리는 팡고의 바퀴 소리가 물속에서 들리는 것처럼 먹먹해지더니 점점 작아졌다.

얼마나 시간이 지났을까. 멀리서부터 피아노 선율이 들려왔다. 누군가 피아노를 연주하고 있었다. 검은색 턱시도 차림으로 허리를 곧추세운 채 피아노 독주를 하는 남자가 흐릿하게 보였다. 객석을 가득 메운 관객들은 홀린 듯 무대 위 젊은 피아니스트의 연주를 듣고 있었다. 연주자는 우진이었다. 몬터레이 청소년 콩쿠르에서 연주했던 쇼팽의 에튀드 10-1을 치고 있었다. 연주는 훌륭했다. 오른손 손가락이 경쾌하게 위아래로 미끄러졌고 왼손도 멜로디 라인을 잘 잡고 있었다. 우진의 얼굴에 자신감이 넘쳤다. 악보를 잊을 걱정 따윈 없었다. 당당하고 여유 있는 모습은 오랜만이었다. 웬일로 모든 일이 잘 풀리고 있었다. 하지만…….

덜커덩.

피아노가 갑자기 움직였다. 클라이맥스를 지나 마지막 패시지를 연주하려던 참이었다. 바퀴의 고정 장치가 풀리면서 왼쪽으로 피아노가 굴러갔다. 우진은 몸을 왼쪽으로 기울여 연주를 이어 갔다. 끼익 소음과 함께 이번에는 오른쪽으로 피아노가 굴러갔다. 우진은 허리를 오른쪽으로 쭈욱 늘이면서 건반을 눌렀다. 상황은 더 나빠졌다. 풍랑을 만난 것처럼 피아노가 오른쪽, 왼쪽으로 지그재그 움직였다.

"웁스!" 객석에서는 안타까운 탄성이 터져 나왔다. 미국이다 보니 감탄사도 영어였다. 우진은 아예 엉덩이를 의자에서 떼고 엉거주춤 기마 자세로 피아노를 쫓아가며 연주했다. 허벅지가 후들후들 떨리고 땀이 온천물처럼 솟아났다. 곡은 거의 끝나 가는데 조금만 더 치면 되는데…… 꿈이라면 빨리 깨고 싶었다.

아, 더는 무리야…….

다 포기하려는데 지진이라도 난 것처럼 부르르르 연주회장이 흔들렸다.

우진은 퍼뜩 깨어났다. 엄청난 크기의 바퀴를 단 트레일러가 팡고를 스치듯 지나갔다. 트레일러 운전자가 팡고를 향해 소리를 질렀다. 운전석을 돌아보니 보니 선글라스 안으로 눈을 감고 있는 베티가 보였다. 우진이 소리를 꽥 질렀다.

"베티! 정신 차려요! 졸면 어떡해요!"

베티가 화들짝 놀라 눈을 번쩍 뜨더니 주위를 두리번댔다. 여기가 어딘지, 무얼 하고 있는지 아무 생각이 없는 것처럼 보였다. 베티가 입가에 흐른 침을 훔치며 중얼거렸다.

"졸긴 누가 졸아? 잠깐 기도한 거야."

베티의 쉰 목소리가 갈라져서 나왔다. 시치미를 떼면서도 베티는 쉬어 가자며 프리웨이를 빠져나왔다. 벌써 점심때가 가까워졌다. 출구로 나왔지만 사막 한가운데이다 보니 마을이나 편의시설은 없고 2차선 도로만 지평선까지 뻗어 있었다. 길옆 공터에 팡고를 세웠다. 후드득 쿨럭. 비에 젖은 개가 물기 떨어내는 소리를 내며 팡고의 엔진이 꺼졌다. 베티가 주차브레이크를 당기면서 말했다.

"리모, 이제 네가 운전해."

이건 또 무슨 소리? 우진은 베티를 바라봤다. 공터에 먼지가 뽀얗게 일었다.

"리모, 몇 살?"

베티는 리무진이라고 하는 것도 번거로운 듯 리모라고 줄여 불렀다. 우진은 두세 살 더 얹어서 부르려다가 솔직히 말했다.

"열일곱입니다."

베티의 큰 눈이 더 커졌다.

"왜 이렇게 늙어 보여? 난 결혼한 줄 알았네."

우진은 이런 반응 때문에 나이 밝히기를 싫어했다. 친구들에게 애늙은이라고 놀림을 받을 땐 웃어넘겼지만 공룡 시대 사람에게 늙어 보인다는 말을 듣자 억지 미소도 지어지지 않았다. 아무리 노안이라도 고딩 2학년한테 유부남 같다고 말하는 건 심하지 않나. 우진의 이마 위로 주름이 한 줄 더 늘었다.

"울룰루, 미국에선 몇 살부터 운전할 수 있어?"

"주마다 다른데 캘리포니아는 열여섯부터 가능해."

고딩 남자애가 여자 친구를 스포츠카에 태우고 등교하는 할리우드 영화 속 장면이 떠올랐다.

"나는 열둘 때부터 운전했어. 전국을 누비고 다니며 노래했어. 그때가 좋았지~."

베티는 또 뜬금없이 옛날이야기를 늘어놨다.

"난 그때 정말 귀여웠지~. 남자들은 내 노래를 들으면 다들 난리……."

"아~함!"

울룰루의 하품에 베티는 말을 멈췄다. 울룰루를 흘기는 베티의 눈에서 불이 뿜어져 나왔다.

"베티, 난 운전도 못 하고 면허도 없어요. 면허 없이 어떻게 운전해요?"

베티는 세수하듯 땀을 손으로 씻어 내며 말했다.

"미국은 자유의 나라야. 하고 싶은 건 뭐든지 할 수 있지. 리모는 늙어서 유리해~."

"늙은 게 아니고 늙어 보이는 거예요."

외모 지적에 우진이 발끈했다. 베티는 차 밖으로 나가더니 괴상한 짐승 소리와 함께 온몸으로 기지개를 켰다. 그러더니 팡고 뒷문으로 들어와 털썩 앉았다.

"힘들어~ 더 이상 운전하다가는 제명까지 못 살 것 같아."

"이미 제명까지 충분히 산 것 같네요."

울룰루가 깐족댔다. 베티가 못 들어서 천만다행이었다. 우진은 베티를 살살 다독였다.

"베티, 내가 무면허 운전 하다가 사고를 내서 다치면 어떡해요?"

"교통사고로 죽으나, 늙어서 죽으나 그게 그거야."

베티는 뒷좌석에 벌렁 누웠다. 더 이상 운전대를 잡지 않겠다는 시위였다. 우진도 밀릴 수 없었다. 어리다고 시키는 대로 다 할 수는 없다. 우진은 조수석에서 나와 팡고가 만든 그늘에 철퍼덕 앉았다. 지열 때문에 엉덩이가 익을 것 같았다. 베티가 등받이 쪽으로 돌아누우면서 혼자 볼멘소리를 냈다.

"리모를 위해…… 일부러 콜로라도까지. 공짜로 먹여 주고 재워 주고…… 고고주스값도 안 나와."

베티는 휘발유를 고고주스라 불렀다. 그녀는 계속 구시렁댔다.

"은혜를 모르는…… 하나님, 왜 이런 고난을…… 드륵 드르륵."

마지막엔 드릴 돌아가는 소리가 났다. 돌아보니 베티는 뒷좌석에 누운 채 곯아떨어졌다.

우진은 눈길을 돌려 허허벌판을 바라봤다. 노출 조절을 잘못한 사진처럼 허옇게 보였다. 스마트폰을 꺼내 보니 안테나 표시에 ×가 떠 있었다. 인터넷도 터지지 않았다. IT 선진국 미국에서 인터넷이 불통일 줄은 미처 예상치 못했다.

딱히 할 일도 없어 우진은 터지지도 않는 스마트폰을 만지작거렸다. 어젯밤 아버지와 나눈 카톡을 읽었다.

우진은 콩쿠르를 끝낸 다음에야 아버지에게 LA에 들렀다 가겠다고 알렸다. 별다른 반응은 없었다. '잘 도착했냐?', '언제 오니?', '몸조심해라' 이게 전부였다. 아버지의 성격이 그대로 드러난 톡이었다.

아버지는 우진에 대해 아는 게 없다. 중학생 때 아버지를 졸라 야구 글러브를 선물로 받은 적이 있었다. 신이 나서 포장을 풀어 보니 오른손잡이 글러브였다. 아버지는 하나밖에 없는 자기 아들이 왼손잡이인 것도 모른다. 아버지는 아들을 미워하고 있다. 사랑하는 아내를 아들 때문에 잃었으니까. 아내는 죽고 대신 아들이 살았으니까.

대화창을 가만히 들여다보니 새로운 게 보였다. 아버지에게 우진이 보낸 답이었다. 'ㅇ', '곧', 'ㅇ'. 우진의 톡은 아버지 것보다 더 짧다. 흔한 이모지 하나 없다. 아버지도 우진을 무심한 아들로 생각하겠지. 우진은 쓸쓸하게 웃었다.

 멀리 기차가 지나갔다. 미국 기차는 정말 길어서 기차였다. 우진은 기차 칸수를 세기 시작했다. 한 칸, 두 칸, 세 칸…… 세어도 세어도 끝이 없었다. 기차는 굼벵이처럼 느렸다.

 사막에서는 남는 게 시간이었다. 태양은 머리 꼭대기에 고정된 채 꿈쩍도 안 했다. 우진은 배가 고팠다. 지금까지 먹은 거라고는 아침 우유 한 잔과 더위 탓에 연거푸 들이켠 물이 전부였다. 멀리 프리웨이를 지나가는 자동차 소리가 아득하게 들렸다. 우진은 이런 느낌이 생소했다. 갑자기 할 일이 순삭된 기분. 심심하고 권태롭다는 느낌. 시간을 이렇게 낭비해도 괜찮은 걸까. 죄를 짓는 기분이었다.

 드르륵 드르륵.

 베티의 코 고는 소리가 자장가처럼 들렸다. 시차 때문에 우진의 정신이 아슴아슴해지면서 몸이 흐물흐물 녹아내렸다. 모든 걸 조금만 미뤄도 될 거야. 곧 돌아가니까. 오래 걸리진 않을 테니……. 우진의 눈꺼풀이 롤스크린처럼 스르륵 내려왔다.

 분주한 움직임이 느껴졌다. 지글거리는 소리가 들렸다. 우진이 눈을 떴다. 해는 여전히 중천에 있었다. 땀으로 속옷까지 함빡 젖었다. 광고 안을 돌아보니 베티의 펑퍼짐한 뒷모습이 보였다. 그녀가 인덕션 화구 위에 무언가를 굽고 있었다. 광고 안에 가득 찬 고소한 냄새가 바깥으로 흘러나왔다. 고기 타는 냄새, 버터 녹는 냄새, 번이 구워지는 냄새가 차례대로 우진의 코로 들어왔다. 베티는 햄버거를 만드는 중이었다. 도마 위에 양파, 토마토, 피클이 큼직하게 썰어져 있었다. LA를 떠나면서 베티는 광고 안 냉장고에 먹을 것을 잔뜩 쟁여 놨다고 자랑했었다.

"아, 다 됐다. 아주 먹음직스럽게 생겼네. 냄새도 좋아. 패티도 잘 익었어."

베티는 먹방을 중계하듯이 하나하나 설명하더니 햄버거를 먹기 시작했다. 아함, 와그작, 쩝쩝. 손가락 빠는 효과음까지 다채로운 소리가 났다. 미국인들은 음식 먹을 때 소리 내는 것을 혐오한다고 들었는데 베티는 그런 식사 예절 따윈 개에게나 줘 버린 것 같았다. 우진의 입안에 침이 가득 고였다. 우진은 괜히 헛기침했다.

"흠흠, 맛있는 냄새가 나요."

베티가 뒤를 돌아보더니 깜짝 놀란 표정을 지었다. 마치 우진을 처음 보는 것처럼. 한참 우진을 멀뚱히 쳐다보더니 햄버거 하나를 불쑥 건넸다.

"이거 한번 맛보슈. 막 만들어서 맛이 괜찮다우."

베티의 말에 악센트가 강해졌다. 우진이 꾸벅 인사를 하고 햄버거를 한 입 크게 베어 물었다. 혀가 깜짝 놀랄 맛이었다. 번은 참기름을 촘촘히 바른 것처럼 고소했고 패티에선 막 구운 투플러스 한우의 육즙이 터졌다.

우진은 베티가 주는 대로 햄버거 세 개를 뚝딱 해치웠다. 배가 불러오면서 뾰족했던 우진의 마음도 둥글둥글해졌다. 우진이 잠시 숨을 고르자 옆에서 빤히 쳐다보던 베티가 물었다.

"근데…… 댁은 누구셔?"

우진은 베티를 돌아봤다. 할머니의 순진무구한 눈동자가 흔들리고 있었다. 장난기라곤 없었다.

"울룰루, 베티가 이상해."

울룰루는 평소와 달리 대답하는데 시간이 지체됐다. 30년에 길친 임상 사례 데이터를 돌리는 모양이었다. 급한 마음에 우진이 나섰다.

"베티, 기억 안 나요? 저는 리모, 리무진. 같이 덴버 가는 중이잖아요. 팡고 타고요. 팡고."

팡고란 말이 나오니 베티 얼굴이 밝아졌다. 눈동자에 초점이 잡혔다.

"아, 알지. 애늙은이 리무진. 그리고 넌…… 털수세미 울랄라. 다 알아. 팡고 타고 세라 찾으러 가야지."

베티는 금세 제정신을 찾았다. 얼떨떨해하는 우진에게 울룰루가 속삭였다.

"알츠하이머로 인한 인지 장애야. 노인들에게 흔히 나타나는 퇴행성 뇌 질환. 다행히 심하진 않아. 건망증과 치매의 중간. 가끔 기억이 깜박깜박 가출하는 정도랄까."

우진은 베티가 가엾다는 생각보다 일이 제대로 꼬였다는 낭패감이 먼저 들었다. 알츠하이머 할머니와 덴버까지 가야 하다니. 지금이라도 LA로 돌아가는 게 낫지 않을까. 베티의 의도도 의심스러웠다. 왜 이렇게까지 나서서 도와주는 걸까. 우진, 울룰루 둘 다 빈털터리다. 일이 잘 풀려도 베티가 얻을 건 없다. 누군가 자신을 요양원에 보내려 한다고 욕하던 베티의 말이 떠올랐다. 단지 요양원에 가기 싫어서인가. 밝힐 수 없는 다른 사연이라도 있는 걸까.

"리모, 아무래도 네가 운전해야겠다."

울룰루도 이젠 우진을 리모라고 불렀다. 우진은 고개를 저었다.

"안 돼. 난 면허도 없어. 아무리 급해도 법을 어길 순 없지."

울룰루가 반박했다.

"큰아버지가 늘 말씀하셨지."

울룰루는 우진의 아버지를 큰아버지라고 불렀다. 울룰루의 촌수 계산은 나름 논리적이었다. 자기를 만든 카이스트 삼촌은 아버지. 우진의 아버지는 큰아버지. 우진과 울룰루는 사촌지간. 울룰루는 뜸을 들이더니 큼큼 목청을 가다듬고 큰아버지 성대모사를 했다.

"인생은 말이지, 잡도리와 유도리야."

우진도 들어 본 적이 있다. 잡도리는 원칙에 충실해서 자신을 엄격하게 단속한다는 말이고 유도리는 여유란 뜻의 일본어다. 아버지는 인생은 잡도리와 유도리, 원칙과 융통성 사이에서 균형을 잘 잡아야 한다고 말했다. 하지만 우진은 그때나 지금이나 동의할 수 없었다.

"유도리 발휘한다고 면허도 없이 운전해 봐. 도로는 엉망이 될 거야. 그리고 한번 걸리는 날엔 바로 추방이야."

울룰루도 지지 않고 맞받아쳤다.

"추방? 추방당하면 땡큐지. 제발 추방당해서 서울 가서 한국 전기 쭉쭉 빨고 싶다고."

"유도리는 원칙을 지키지 못하니까 비겁하게 핑계 대는 거야. 불법 운전을 할 수는 없어."

"그래도 알츠하이머 베티에게 핸들을 맡기는 것보단 나을걸."

"스톱, 스톱. 싸우지들 말어."

베티가 끼어들었다.

"내가 운전할게. 별일 없을 거야. 졸음 운전 하다가 앞차랑 조금 부딪히지 뭐. 괜찮을 거야~. 정신이 깜빡하면 그냥 역주행하지 뭐. 별일 없을 거야~. 안심들 해."

한참 동안 울룰루의 표정ㅇ이 바뀌지 않았다. 우진에게 다른 선택지는 없었다.

"……내가 운전할게요."

모든 비즈니스는 기브 앤 테이크다. 얻어먹었으니 밥값을 해야 했다. 베티가 운전을 도맡아 할 수도 없는 노릇이었다. 하지만 운전석에 앉은 우진은 절망했다. 조수석에 앉아 있을 땐 미처 못 봤는데……, 팡고는 수동 변속기 차량이었다! 자동차 박물관에나 있을 법할 수동 변속기라니.

"클러치! 기어! 액셀!"

베티는 훈련소 교관처럼 선글라스를 쓴 채 구령을 붙였다. 어디서 구했는지 기다란 나뭇가지를 손에 들고 구령에 맞춰 우진의 무릎과 오른손을 찰싹찰싹 때렸다. 그러면서도 베티는 영혼 없는 칭찬을 늘어놨다.

"굿보이, 잘하고 있어. 베스트 드라이버~."

우진을 가스라이팅해서 전속 운전사로 부려 먹을 심보였다. 하지만 타고난 기계치인 데다 영어로 배우려니 우진은 땀만 삐질삐질 흘렸다. 도대체 왜 클러치가 존재하는지, 기어를 왜 바꿔야 하는지 이해할 수 없었다. 출발조차 힘들었다. 부릉, 엔진이 헛돌고 꿀렁, 차가 흔들리더니 푸르룩, 엔진이 꺼졌다. 민망해서 베티를 쳐다보니 할머니는 눈을 초승달 모양으로 만들고 초보운전자를 치켜세웠다.

"베스트 드라이버~, 이젠 됐어. 다 가르쳤으니 혼자 연습해~."

출발도 못 하는데 베티는 만사가 귀찮은 듯 차에서 내려 그늘을 찾아 사라졌다. 우진은 절로 한숨이 나왔다. 막무가내 할머니에게 이상하게 말려 버렸다. 땀방울이 눈에 들어와 쓰라렸다. 계속 물을 들이켜도 목이 말랐다. 모하비 사막의 태양은 하늘 꼭대기에서 움직일 생각이 없었다. 우진은 결국 울룰루를 바라봤다.

"진작 나에게 맡겼어야지."

묵묵히 지켜보던 울룰루가 나섰다. 빠른 템포의 열정적인 라틴음악이 울룰루 몸에서 흘러나왔다. 울룰루식 운전 교습이 시작됐다.

"노래 가사 대로만 해."

단순하고 재미있는 비트에 맞춰 울룰루가 뻣뻣한 몸을 둠칫둠칫 움직였다.

"기어 중립, 시동 켜고, 클러치 밟고, 고고!"

울룰루는 라틴 댄스곡을 개사해서 불렀다. 가사 바꿔 부르기는 울룰루의 특기이다. 가지가지 한다 싶었지만 아쉬운 쪽은 우진이었다. 우진은 울룰루를 따라 중얼거리면서 시키는 대로 했다.

"기어는 중립, 시동을 켜고, 클러치를 밟고……."

금속끼리 맞물리는 소리가 나고 팡고가 푸드덕거리더니 드디어 바퀴가 굴렀다. 우진은 감격에 겨워 팡고를 안아 주고 싶었다. 울룰루가 신나서 볼륨을 높였다.

"리모, 다음 단계야. 리듬을 타! 기어 넣고, 클러치 떼고, 액셀 밟고. 고고!"

요란한 기타 소리와 추임새에 정신이 산만했지만 기댈 데는 라틴 댄스곡밖에 없었다. 우진은 비트에 맞춰 고개를 끄덕이면서 노랫말대로 따라 했다. 부드럽게 변속되면서 가속이 붙었다. 팡고를 몰고 공터를 몇 바퀴 돌았다. 마른 먼지가 뭉게구름처럼 일어났다.

꿈쩍도 안 할 것 같던 해가 서쪽으로 서서히 기울었다. 우진은 얼마나 연습했는지 시간 개념도 잊었다. 진득이 앉아서 버티는 것은 우진이 가장 잘하는 특기였다.

베티가 어디선가 나타나 조수석에 폴짝 올랐다.

"리모, 이제 떠날 시간이야. 라스베이거스로 출발~."

"네? 아직 준비가 덜……."

"준비될 때는 영원히 안 와. 일단 저지르고 나중에 수습하는 거야. 출발~."

우진은 한숨을 내쉬고 엔진을 켰다. 클러치를 밟는 왼쪽 다리가 후들후들 떨렸다. 울룰루의 노래가 머릿속에서 재생됐다.

'기어 넣고, 클러치 떼고, 액셀 밟고. 고고!'

울룰루의 노래는 은근히 중독성이 있었다. 한번 시작되자 우진의 머릿속에서 무한 반복 됐다. 우진은 울룰루의 노래를 속으로 따라 부르며 곧바로 프리웨이로 들어섰다.

뿌앙.

뒤에서 달려오던 트럭이 클랙슨을 크게 울렸다. 트럭 운전사는 급히 차선을 변경하더니 팡고 옆으로 지나갔다. 속도를 충분히 끌어올리지 못하고 끼어든 탓이었다. 갑자기 자신감이 뚝 떨어지면서 머릿속이 하얘졌다. 어느 게 클러치고 브레이크인지 액셀은 또 어디 붙어 있는지 헷갈리기 시작했다. 트럭 운전사가 열받았는지 갑자기 팡고 앞으로 끼어들었다. 우진이 놀라서 브레이크를 꾹 밟자 부웅 소리와 함께 팡고가 돌진했다. 당황해서 액셀을 밟은 것이다. 트럭을 박기 직전 핸들을 꺾어 1차선으로 뛰어들었다. 옆에 있던 검정 캠핑카가 급브레이크를 밟고 뒤로 물러났다. 실전은 연습과 달랐다. 하지만 베티는 엄지를 치켜올렸다.

"굿굿, 잘한다. 그렇게 하는 거야. 베스트 드라이버~."

네바다주에 들어섰다는 안내판이 나왔다. 황무지는 계속됐고 햇빛의 방향에 따라 땅 색깔이 주황에서 회색으로, 그리고 남색으로 바뀌었다.

우진은 1차선으로만 달렸다. 운전 경력 한 시간의 생짜 초보에게 차선 변경은 엄두조차 못 낼 고난도 기술이었다. 뒤에 있는 차들은 알아서 팡고를 추월해 지나갔다.

베티는 아무 걱정이 없어 보였다. 라디오에서 흘러나오는 노래를 흥얼대며 통나무 같은 다리를 흔들고 있었다. 우진은 낮에 봤던 100칸짜리 기차를 생각했다.

방향만 맞으면 언젠가는 목적지에 도착한다.

손바닥이 땀으로 미끌미끌했다.

순수의 시간, 경험의 시간

 황금빛으로 번쩍이는 호텔 앞은 인파로 북적였다. 물줄기가 음악에 맞춰 인공 연못 위로 솟구치며 춤을 췄다. 거대한 철옹성같이 우뚝 솟은 건물은 한눈에 봐도 별 다섯 개짜리 최고급 호텔이었다. 베티가 호텔로 들어가라고 했다. '이렇게 비싼 곳에?'라고 묻는 우진의 눈빛에 베티는 고개를 끄덕였다. 이미 계획이 있다는 표정이었다. 우진은 주차장 안내 표시를 따라 핸들을 돌렸다.
 고급 자동차들로 가득 찬 주차장을 몇 바퀴 빙빙 돈 후에야 간신히 팡고를 주차했다. 우진이 엔진을 끄자 베티는 주차브레이크를 힘껏 당겼다. 풍선의 바람이 빠지듯 긴장이 한꺼번에 풀렸다. LA를 떠난 지 열두 시간 만에 겨우 라스베이거스에 도착했다.
 "리모, 여기서 기다려."
 베티가 숄더백을 챙기며 말했다. 베티는 가죽 재질의 숄더백을 분신처럼 늘 들고 다녔다.

"호텔로 안 들어가요?"

"주차장이 우리 호텔이야. 팡고가 우리 방이고."

우진의 얼굴이 와락 구겨졌다. 땀에 찌든 몸을 씻고 옷을 갈아입고 싶은 마음이 굴뚝같았다. 배도 고팠고 운전에 시달려 나달나달해진 몸도 뉘여야 했다. 베티는 아랑곳하지 않고 우진 옆에 있는 울룰루에게 물었다.

"어이, 거기. 울랄란가 뭐신가. 너 블랙잭이 뭔지 알아?"

"카지노에서 가장 인기 있는 카드 게임이죠. 딜러와 겨뤄서 21을 넘지 않는 한도 내에서 숫자가 높으면 이기는 게임."

베티는 만족스러운 미소를 띠었다.

"그렇지, 그렇지. 울랄라, 생긴 거랑 달리 똑똑해~."

"울랄라가 아니라 울룰룬데요."

"알지, 알아. 그게 그거야."

베티는 손거울을 꺼내더니 두툼한 입술을 새빨갛게 칠했다.

"너, 울ㄹ…… 암튼 나랑 잠깐 어디 좀 가야겠다."

베티는 울룰루를 덥석 잡아 숄더백에 넣더니 팡고에서 내렸다. 우진이 걱정스러운 표정으로 베티를 바라봤다.

"잠깐만 빌릴게. 리모, 걱정하들 말아. 걱정도 희망도 모두 공짜야. 이왕이면 희망에 베팅해야지."

베티는 팡고의 사이드미러를 보며 레게머리를 매만졌다.

"우린 조금 있다가 호텔방으로 갈 거야. 최고 비싼 방으로다."

베티가 창문으로 오른손을 쑥 들이밀었다. 엄지손가락과 집게손가락을 마주 비볐다.

"좀 있지?"

"뭐가요?"

"배춧잎 말이야. 우리 여행 경비 좀 보태지?"

달러를 내놓으라는 얘기였다. 우진은 펄쩍 뛰었다.

"학생이 무슨 돈이에요? 저 거지예요."

베티가 눈을 가늘게 떴다. 우진은 청바지 뒷주머니에서 지갑을 꺼냈다. 결백을 증명하겠다는 듯 지갑을 활짝 열어 베티 눈앞에 내밀었다. 10달러짜리 세 장이 달랑 들어 있었다. 베티는 눈을 더 가늘게 뜨고 우진을 빤히 쳐다봤다.

"팡고도 내 꺼, 고고주스도 내 돈, 먹는 것도 내 돈, 리모도 좀 내야 하지 않을까?"

우진은 괜스레 말을 더듬으며 뻣뻣하게 대꾸했다.

"비, 비행기표 사는 데도, 돈을 다 썼습니다. 정말 거지입니다."

베티는 주름지고 둥그스름한 턱으로 우진의 운동화를 까딱 가리켰다. 허걱! 우진은 심장이 멎는 줄 알았다. 이 할머니는 도대체 어떻게?

"리모, 우리가 함께한다는 표시야. 공동 회비라고 생각해."

우진은 창피하기도 하고 억울하기도 했지만 더 이상 잡아뗄 수 없었다. 베티는 모든 것을 알고 있는 눈치였다. 우진은 오른쪽 운동화를 벗었다. 깔창에 숨긴 백 달러를 펼쳐서 베티에게 건넸다. 미국에는 총을 든 강도들이 많다고 해서 입국 심사대 앞에서 달러를 깔창 아래 숨겼다. 비상 상황을 대비한 꼼수였던 셈. 베티는 하얀 치아를 활짝 드러내며 "땡큐" 하고 돈을 낚아채더니 울룰루와 함께 호텔 쪽으로 걸어갔다.

"같이 가요."

우진도 서둘러 팡고에서 내리려는데 베티가 뒤돌아서 손가락을 흔들었다.

"노, 노. 미성년자는 카지노 출입 금지야."

베티가 카지노 방향으로 멀어졌다. 숄더백 속 울룰루가 고개를 내밀고 우진을 물끄러미 쳐다봤다. 우진은 오른쪽 발바닥이 허전해 꺾어 신은 신발을 괜히 달싹거렸다.

호텔 주차장에 자동차들이 계속 들어왔다. 고급 브랜드의 유럽 차 일색이었다. 명품 옷을 입고 화려한 보석으로 치장한 젊은 커플이 팡고 앞을 지나갔다. 우진은 등받이를 뒤로 최대한 젖혔다. 지갑 속에 꽂혀 있는 사진을 꺼냈다. 우진은 사진 속 단발머리 여자를 바라봤다. 새엄마가 우진의 집에 처음 온 날을 어렴풋이 기억한다. 우진이 유치원에 다니기 시작한 해 봄이었다. 그녀는 커다란 여행 가방을 들고 서 있었다. 아버지는 같이 살게 될 새엄마라고 소개했다. 아버지는 평소와 달리 우진의 눈치를 살폈다. 새엄마는 처음 봤는데도 낯이 익었다. 아버지의 결혼사진 속에서 봤던 친엄마가 살아 나온 줄 알았다. 새엄마는 죽은 친엄마와 자매처럼 닮았다. 여자가 우진의 뺨을 어루만지며 했던 첫말도 기억난다.

"아이, 귀엽게 생겼네."

한국말 발음이 어눌해서 재미있다고 생각했다. 또 하나 기억나는 것은 새엄마 오른쪽 어깨에 새겨진 장미꽃 그림이다. 초록색 줄기 위로 안경알만 한 장미꽃 한 송이가 피어 있었다. 우진은 처음 보는 타투가 신기했다. 빨간 장미에서 풀냄새 비슷한 향기가 훅 날아왔다.

"리모, 리모."

누군가 우진의 어깨를 흔들어 깨웠다. 베티가 우진을 내려다보고 있었다. 어깨에 멘 가방에 울룰루도 보였다. 주차장 바깥이 부유스레 밝아 오고 있었다. 눈을 잠깐 감았다가 뜬 거 같은데 시간이 훌쩍 흘렀다. 베티는 달라 보였다. 얼굴은 도자기 마냥 반짝였고 목소리엔 생기가 넘쳤다.

"리모, 이제 진짜 호텔로 가자."

우진은 서둘러 짐을 챙겨 베티를 뒤따랐다.

"울룰루, 무슨 일이 있었던 거야?"

우진이 목소리를 낮춰서 물었다.

"리모, 대박이야. 베티가 엄청 땄어."

"……땄어? 얼마나?"

"5,200달러."

헉, 우진은 숨이 막혔다. 얼추 계산해 봐도 650만 원이 넘는다. 울룰루가 소리 내어 웃었다.

"절대 일어나지 않을 것 같은 일은 반드시 일어나게 마련이지. 우히히."

벨라지오 호텔의 스위트룸은 베르사유 궁실 같았다. 문을 열고 들어서니 뽀얀 대리석 바닥이 손님을 맞았다. 고급스러운 조명, 잔디보다 더 푹신한 카펫 그리고 클래식한 가구들로 꾸며진 거실은 휘황찬란했다. 거실 양옆으로 킹사이즈 침대가 있는 베드룸이 하나씩 붙어 있고 화장실은 세 개나 됐다. 욕실에는 마리 앙투아네트가 썼을 법한 사치스러운 욕조와 스팀 기능을 갖춘 샤워부스가 딸려 있었다. 하이라이트는 통유리 밖 야경이었다. 메인 스트리트를 따라 늘어선 호텔들이 아이맥스 화면처럼 펼쳐졌다. 분수 광장을 내려다보면서 우진은 우쭐한 기분이 들었다. 조금 전까지만 해도 저 아래에서 진땀 흘리며 호텔을 올려봤지만 지금은 스위트룸에서 우아하게 세상을 내려보고 있다.

우진은 욕실로 들어가 하얗게 소금기가 돋은 티셔츠를 벗어 던졌다. 샤워기를 틀자 찬물이 폭포수처럼 쏟아졌다. 뙤약볕과 사막 열기에 벌겋게 달궈졌던 몸이 식으면서 근육이 단단해졌다.

샤워를 마친 우진은 침대에 몸을 던졌다. 솜털처럼 부드러운 매트리스가 우진을 사뿐히 받아 주었다. 몸에 두른 가운의 보들보들한 안감이 간지러웠다. 우진은 기지개를 켜며 몸을 옆으로 굴렸다. 여러 바퀴를 굴렸는데도 떨어지지 않았다. 베개는 열 개쯤 됐다. 베개를 양팔에 하나씩 안고 다리 사이에 끼우고 발목을 받쳐도 여러 개가 남았다. 울룰루를 잡아당겼다. 울룰루 몸에 묻은 먼지를 털고 빗질을 해 줬다. 울룰루는 간지럼도 못 느끼면서 괜히 몸을 꼬더니 우히히히 웃었다.

"울룰루, 너도 고생했어."

"리모, 베티 대박 났으니 덴버까지 비행기로 가자."

예상보다 쉽게 일이 풀릴 수 있었다.

"근데 울룰루, 베티는 어떻게 돈을 딴 거야?"

"내 활약 덕분이지. 내가 오픈된 카드를 모두 외우고 아직 남은 카드 숫자를 몰래 베티에게 가르쳐 줬지."

울룰루가 잘난 척하며 무용담을 떠들었다. 우진은 고개를 갸웃했다.

"그거 반칙 아냐? 그렇게 하면 안 되는 거잖아."

"걱정 마, 걱정 마. 아무도 눈치 못 챘어. 난 손가방 속에 숨어서 베티에게 입 모양으로 사인을 줬을 뿐이야. ∪ 이건 큰 숫자, ∩ 이건 작은 숫자. 우히히히."

우진은 벌떡 일어나 울룰루를 들고 거실로 나갔다. 아무리 카지노지만 AI 로봇을 이용해 반칙하는 것은 정당한 승부가 아니다. 만약 들켰더라면? 베티와 울룰루가 위험해질 수도 있었다.

베티는 흰 수건을 머리에 두르고 올리브색 로브 가운을 입은 채 소파에 비스듬히 누워 있었다. 베티의 손에 있는 와인잔이 샹들리에 불빛에 반짝였다. 우진이 다짜고짜 베티에게 따졌다.

"이건 속임수예요. 이런 게 어딨어요."

베티는 느릿느릿 몸을 일으켰다.

"워워워, 리모, 진정해~."

베티는 이미 취했는지 목소리가 나른했다.

"울룰루를 사기 치는 데 이용하면 어떡해요?"

"사기? 리모, 네가 지금 여기 펜트하우스에 있는 게 그 사기 덕분이야~. 안 그랬으면 주차장에서 하루를 보내야 했어."

"그건 그렇지만……."

우진은 말문이 막혔다. 사기도박은 명백한 반칙이지만 덕분에 샤워도 했고 침대에서 마음껏 뒹굴었고 또 덴버까지 비행기로 갈 수도 있게 됐다.

"어차피 카지노 놈들도 승률 조작해서 돈 버는 도둑놈들이라고. 그놈들한테 이 정도 돈은 껌값도 안 돼."

"아무리 그래도…… 도둑놈 것을 도둑질하는 것도 나쁘잖아요."

베티는 와인을 한 모금 마시고 말을 이었다.

"굿보이, 굿보이. 리모는 순수해. 하지만 이제 세상을 좀 알아 가는 것도 좋아."

정색하는 우진과는 달리 베티는 부드럽고 여유가 있었다. 우진은 그래서 더 기분이 상했다. 같은 반에도 그런 친구가 있다. 상황에 따라 유리한 대로 말과 행동을 바꾸면서 자신은 세상 호인인 척한다. 그렇지 않은 친구를 앞에서는 순수하다고 칭찬하지만 뒤에서는 진지충이란 딱지를 붙인다. 우진은 자기 편한 대로 이랬다저랬다 하는 사람을 혐오했다.

방으로 돌아온 우진은 침대에 다시 다이빙했다. 베개에 머리를 파묻었다. 카지노에서도 정정당당하게 승부해야 한다고 말은 했지만 그게 정답인지 자신이 없었다. 이번 경우야말로 아버지가 말하는 유도리를 발휘할 때일까? 머릿속이 뒤죽박죽이었다. 원칙과 융통성의 기준점은 어디일까? 그건 또 누가 정하는 걸까? 인생에 뭐가 맞고 틀리는지 알려 주는 매뉴얼이라도 있다면 좋으련만.

우진은 괜히 울룰루에게 화풀이를 했다. 울룰루 엉덩이에 충전단자를 깊게 꽂았다.

"아얏! 살살해."

"울룰루, 앞으로 절대 끼지 마, 도박 같은 거."

울룰루의 툴툴거리는 소리를 들으며 우진은 베개 무더기를 발로 파바박 걷어찼다.

뉴스 채널에서는 날씨 예보가 방송되고 있었다. TV를 켠 채 잠이 들었던 모양이다. 머리가 하얗게 센 아저씨가 검은 양복에 빨간 넥타이를 매고 오늘 날씨를 전했다. 기상캐스터 복상만 봐도 푹푹 찌는 하루가 되리라 짐작이 갔다. 우진이 커튼을 걷자 직사광선이 화살처럼 내리꽂혔다. 스트립이라 불리는 중앙 도로는 어느새 자동차들로 꽉 차 있었다.

우진은 거실로 나가서 베티의 방문을 노크했다. 인기척이 없었다.

"울룰루, 베티는?"

"그걸 왜 내게 물어? 내가 베티를 지키는 '사람'이야?"

엉덩이에 충전선을 꽂은 채 울룰루가 까칠하게 대답했다. 사람도 아니면서 사람인 척하기는…….

우진은 울룰루를 챙겨 호텔을 나왔다. 라스베이거스 시내를 걸어 보고 싶었다. 스트립을 따라 걸으면서 호텔들을 구경했다. 그리스·로마 시대의 건축양식을 따라 지은 건물도 있고 중세 유럽의 성을 본뜬 호텔도 보였다. 뉴욕에 있는 자유 여신상이나 파리의 에펠탑 모형을 옮겨 온 호텔도 있었다. 도시 가운데 대관람차가 돌았고 건물 사이로 롤러코스터가 달렸다. 라스베이거스는 도시 전체가 커다란 테마공원이었다. 건물들은 크고 화려했고 거리에는 사람들의 웃음과 활력이 넘쳤다.

스트립 끝까지 갔을 때 위쪽에서 비명이 들렸다. 건물 꼭대기 전망대에 설치된 놀이기구에서 나는 소리였다. 올려다보니 로봇 팔 같은 크레인이 전망대 밖으로 나왔다. 크레인 끝에 달린 문어발 모양의 탑승 기구엔 사람들이 타고 있었다. 문어발이 활짝 펼쳐지면서 뱅글뱅글 돌기 시작했다. 허공에 매달린 사람들이 바깥으로 튀어 나갈 것 같았다. 보는 것만으로도 심장이 쪼그라들었다.

"울룰루, 저거 재밌겠다."

"리모, 우리도 저거 타자."

"돈 없어."

울룰루가 ∞ 삐죽였다.

"처음부터 말을 말든지."

우진은 스마트폰으로 위를 올려다보고 사진을 찍었다. 누군가 우진을 불렀다.

"컴 온 허니."

핑크와 검정 토끼 머리띠를 한 여자 둘이 우진을 보고 알은체했다. 망사 스타킹 위에 비키니를 입고 있었는데 의도적으로 강조한 커다란 가슴이 우진의 눈에 들어왔다.

"울룰루, 미안. 잠시만."

우진이 허둥지둥 울룰루를 백팩에 밀어 넣었다. 세 살짜리 울룰루가 봐서는 안 될 것 같았다. 울룰루가 백팩 안에서 꿈틀댔다. 핑크 꼬리를 매단 백인 여자가 다가와 물었다.

"어디서 왔니? 중국?"

우진이 고개를 저었다. 핑크 토끼 여자가 다시 물었다.

"일본?"

"코리아."

"노스? 사우스?"

우진은 여자가 묻는 대로 고분고분 대답했다.

"사우스."

"오! BTS!"

두 여자가 BTS 노래를 부르더니 웨이브를 타기 시작했다. 핑크 토끼 여자가 몸을 흔들며 다가와 우진의 스마트폰을 뺏더니 셀카 모드로 바꿨다. 그러더니 여자 둘이 와락 우진의 팔짱을 꼈다. 우진은 숨이 멎을 뻔했다. 여자의 실제 가슴을 눈앞에서 보는 것도, 촉각으로 느끼는 것도 처음이었다. 여자들은 커다란 가슴으로 우진의 팔을 양쪽에서 누르면서 사진을 찍었다. 우진의 몸이 꼿꼿하게 얼어 버렸다.

두 여자는 "큐트, 큐트" 하며 깔깔대더니 우진의 양쪽 볼에 키스하면서 셀카를 또 찍었다. 우진은 정신이 혼미했다. 우진이 스마트폰을 돌려받고 헤어지려 하자 핑크 토끼 여자가 손을 내밀었다.

"코리안, 팁 좀 줘."

"아, 네……."

우진은 서둘러 주머니를 뒤졌지만 지갑이 없었다. 호텔방 침대 머리맡에 빼 두고 나온 게 생각났다. 두 여자의 표정이 금세 어두워졌다. 그녀들이 돌아서는 찰나,

"잠깐만요."

우진은 뭉그적뭉그적 뒤로 돌아 왼쪽 운동화를 벗었다. 그리고 깔창 아래 숨겨 둔 100달러를 꺼냈다. 돈 냄새를 맡는 데 귀신인 베티도 미처 눈치채지 못한 비상금이었다. 우진은 땀에 젖어 구겨진 지폐를 펴서 토끼 꼬리 여자에게 건넸다. 왠지 고릿한 냄새가 나는 것 같아 창피했다.

"와우, 코리안. 부자네."

핑크 토끼 여자가 100달러짜리를 챙기자 "땡큐" 하며 검은 토끼 여자가 우진의 입술에 뽀뽀했다. 우진은 술에 취한 것처럼 얼굴이 벌겋

게 달아올랐다. 여자 둘은 손 인사를 하고 멀어졌다.

여자들이 시야에서 사라지고 나서야 우진은 울룰루가 생각났다.

"울룰루, 답답했지?"

"리모, 나 다 들었다."

백팩 속 울룰루가 저승사자처럼 말했다. 우진은 립스틱 자국이 남아 있는 입술을 문지를 뿐 대꾸를 못 했다.

"나랑 놀이기구 탈 돈은 없다더니 여자들한텐 '어서 가져가세요' 하며 돈을 갖다 바치대?"

"바치긴 누가 바쳐? 그냥 준 거지. 불쌍하잖아."

"리모, 우리가 제일 불쌍해."

우진은 아랫입술을 깨물었다. 울룰루가 맞다. 이제 정말 우진은 알거지가 됐다.

같은 길이었지만 돌아오는 길은 전혀 달랐다. 우진은 신발을 끌며 터덜터덜 걸었다. 세계 최고의 엔터테인먼트 도시가 배트맨 영화 속 고담 시티처럼 음산하게 보였다.

벨라지오 호텔 로비는 떠나는 손님, 들어오는 손님들로 혼잡했다. 로비 바로 옆은 카지노였다. 운동장같이 넓은 공간에는 게임기가 빼곡했고 갬블러들과 딜러들이 게임에 집중하고 있었다. 윙윙 돌아가는 수백 대의 슬롯머신 소리가 몽롱하게 들렸다. 황금빛 유니폼을 입은 여자들이 부지런히 음료를 날랐다. 로비를 통해 엘리베이터로 가려는데 왠지 눈에 익숙한 뒤태가 보였다. 카지노 안쪽 슬롯머신 구역이었다. 굵은 새끼줄 레게머리, 두루뭉술한 체구, 몸에 꽉 끼는 원피스 차림의 여자. 베티였다. 어디 갔나 했더니 슬롯머신 앞에 앉아 있었다. 우진은 베티에게 가까이 갈수록 환청이 크게 들렸다.

끼이익.

고생문이 열리는 소리였다.

얼빠진 표정의 베티가 우진을 돌아봤다. 드라큘라에게 피를 몽땅 빨린 듯 희멀건한 얼굴이었다. 두툼한 입술 테두리에만 립스틱이 남아 있었다.

"베티, 얼마나 잃었나요?"

슬롯머신 화면을 보니 남은 돈은 5달러였다. 베티는 영혼 없는 좀비처럼 중얼거렸다.

"전부. 어제 딴 돈 전부. 다 잃었어."

베티가 우진의 손을 덥석 잡았다.

"리모, 돈 없어? 한 번만 빌려 줘. 곧 갚을게."

우진은 대답 대신 베티 옆자리에 털썩 주저앉았다. 왼 손목이 다시 지끈거렸다.

행복을 찾지 마

새엄마는 여행을 좋아했다. 시간이 날 때마다 어린 우진을 데리고 가까운 산과 계곡으로 나갔다. 어느 날 우진에게 나중에 미국을 함께 여행하자고 했다.

"아버지는요?"

"우리 둘이서만 가자."

우진 눈이 동그래졌다.

"그래도 돼요?"

"쉿! 우리 둘만의 비밀이야."

새엄마는 새끼손가락을 내밀었고 우진은 고리를 걸었다.

"네게 보여 주고 싶은 게 많아. 이모할머니를 만나야 하고 그리피스 천문대에 가야 해. 산타모니카에서 자전거를 타고 콜로라도강에서 래프팅도 해야지. 아, 한 가지 더. 지구가 아닌 것 같은 땅, 유타를 하루 종일 자동차로 달려야 해."

TV에서 여행 프로그램을 볼 때마다 우진은 새엄마와 맺었던 비밀 약속을 떠올리곤 했다.

'웰컴 투 유타'

유타주에 들어섰다는 안내판이 나왔다. 붉은색 땅 위에 커다란 아치 모양 바위가 그려져 있었다. 제한속도는 시속 60마일이었는데 다른 차들은 규정 속도를 훌쩍 넘겨서 달렸다. 우진은 맞는 속도로 운전하는데 다른 사람들에게 계속 추월당했다.

얼마 안 가 스마트폰 내비게이션에 문제가 생겼다. 안테나 모양 신호가 점점 줄어들더니 결국 ×가 떴다. 인터넷 접속도 끊겼다. 도로 안내판을 보니 북쪽을 향해 달리고 있었다. 중간에서 적당히 동쪽으로 빠져나가야 하는데 이정표만 보고 가자니 불안했다. 우진은 거치대에서 스마트폰을 빼 들고 이리저리 방향을 바꿔 봤지만 헛수고였다.

"스마트폰은 이제 꺼~."

우진은 스마트폰을 든 채 베티를 바라봤다.

"덴버로 가는 길은 여러 개야. 어느 길로 가든 괜찮아."

베티가 늘쩍지근하게 말했다. 우진은 참 속 편한 소리라고 생각했다.

"길을 잘못 선택해서 엉뚱한 데로 가면 어떡해요?"

"그게 그거야. 잘못된 선택이 좋은 이야기를 만들곤 하지."

우진은 좋은 이야기보단 빠르고 정확한 이야기를 만들고 싶었다. 실수 없이 빨리 덴버까지 가서 이번 여행을 끝내고 싶었다. 우진이 원하는 것은 하나였다.

새엄마를 찾는 일.

기적처럼 새엄마를 찾는다면 하고 싶은 말이 있다. 그 말을 해야 우진의 마음을 힘들게 하는 짐을 비로소 내려놓을 수 있을 것이다. 새엄마를 못 찾는다면? 중요한 건 미국 경찰이 아니라 우진이 못 찾아야 한다. 새엄마가 실종된 건 엄연한 팩트고 그녀를 찾는 일은 이제 완전히, 100%, 불가능하다는 것을 우진의 뇌가 인정해야 한다. 이 통과의례가 우진에게 필요하다. 쓸데없는 몽상과 기대의 떡잎을 싹둑 자르고 나야 우진은 다음 걸음을 디딜 수 있다고 믿었다.

우진은 네비게이션의 경로 재설정 버튼을 눌렀다. 상황은 더 나빠졌다. 그나마 움직이던 지도가 아예 멈춰 버렸다. 우진은 한숨을 내쉬고 앱을 닫았다. 베티가 엄지척했다.

"잘했어. 이제 창밖을 봐. 울룰루, 너도."

베티는 처음으로 울룰루의 이름을 제대로 불렀다.

"우와. 내 평생 이런 장관은 처음이야. 대박!"

세 살짜리 울룰루가 감탄사를 쏟아 냈다. 우진도 주위를 둘러봤다. 세상이 온통 붉은색이었다. 네모난 책을 층층이 쌓아 놓은 것 같은 지층들이 도로 양쪽에서 벽을 이루고 있었다. 모퉁이를 돌고 오르막에 오를 때마다 새로운 그림이 펼쳐졌다. 집채만 한 크기의 바위들이 거북이 등껍질처럼 갈라진 곳을 지나니 이번엔 주황색 암벽이 소용돌이 치며 거대한 물결을 이루는 협곡이 나왔다. RPG 게임 속으로 들어가 울룰루, 베티와 한 팀을 이뤄 탐험을 떠나는 기분이었다. 새엄마가 말한 '지구가 아닌 것 같은 땅' 유타가 그제야 눈에 들어왔다.

불볕더위 속을 달리던 팡고가 결국 탈이 났다. 엔진에서 탕탕 소리가 나더니 뒤꽁무니에서 하얀 연기가 올라왔다. 매캐한 탄내가 팡고 안으로 들이쳤다. 이러다 불이라도 나서 광고가 폭발하는 건 아닌지 덜컥 겁이 났다. 하지만 베티는 이런 상황에 익숙해 보였다. 오늘은 그만 달리자며 프리웨이 출구를 가리켰다.

모압(Moab)에 들어섰다.『이것이 미국이다』에서 세라는 모압이야말로 유타 여행의 꽃이라고 썼다. 인구 5천여 명의 조그만 도시지만 미국 서부 캐년의 끝판왕으로 여름마다 전 세계에서 관광객이 모여든다고 했다. 시내로 들어가는 길을 따라 바위 절벽이 병풍처럼 둘러서 있었다.

베티가 글로브박스에서 두꺼운 책을 꺼냈다. 전국 캠프장 안내책이었다. 책자는 누렇게 변색되고 귀퉁이가 안으로 말린 것이 베티만큼 연식이 돼 보였다.

"오늘은 캠프장에서 자야 해. 돈 없어."

우진은 캠프장에서 묵을 생각에 지레 한숨이 나왔다. 울룰루도 캠프장이 싫었나 보다.

"베티, 돈 없으면 신용카드 쓰면 되잖아요. 손지갑에 있는 거 다 봤네요."

베티가 꿀꺽, 소리 나게 침을 삼켰다.

"너 털수세미는 똑똑하긴 한데, 염치라는 걸 좀 챙겨야겠다."

모압 시내로 들어가는데 아치스(Arches) 국립공원을 지나쳤다. 유타주 자동차 번호판에 그려져 있는 붉은색 아치가 바로 이곳에 있었다. 울룰루의 설명에 따르면 붉은 바위가 침식과 풍화작용을 거쳐 가운데에 구멍이 뚫리면서 거대한 아치(arch)가 만들어지는데 공원 안에 2,000개가 넘는 다양한 크기와 모양의 아치가 흩어져 있다. 국립공원에서 줄지어 나오는 차들로 길이 혼잡했다.

캠프장은 모압 남쪽 끄트머리에 있었는데 나무 울타리가 높이 둘러져 있어서 번잡하지 않았다. 캠프장에 있는 자동차 종류도 다양했다. 버스 크기의 호화로운 모터홈이 있었고 SUV가 끌고 다니는 카라반이나 트레일러도 보였다. 캠핑카 없이 그냥 텐트만 친 뚜벅이족들도 있었다.

체크인하고 배정받은 번호의 장소에 광고를 세웠다. 캠프장은 오래됐지만 편의시설은 잘 갖춰져 있었다. 전기와 수도는 기본이고 불을 피울 수 있는 화로와 피크닉 테이블도 보였다. 우진은 수도꼭지에 입을 대고 찬물을 벌컥벌컥 들이켰다. 머리카락까지 흠뻑 젖을 정도로 땀을 흘렸다. 토끼 한 마리가 겁도 없이 다가와 물 마시는 우진을 쳐다봤다.

울룰루가 봤던 신용카드가 결국 베티의 지갑에서 나왔다. 우진은 베티가 적어 준 저녁 거리 쇼핑 목록을 들고 마트로 향했다. 캠프장으로 들어오면서 눈여겨 봐 둔 곳이 있었다. 모압 시내는 관광객들로 북적였다. 쇼핑몰엔 조그만 광장을 중심으로 가게들이 들어서 있었다.

젊은 남자가 광장 가운데에서 버스킹을 하는 중이었다. 짙은 선글라스를 쓰고 머리를 말끔하게 빗어 넘긴 그는 전자기타를 치며 콜드플레이 노래를 불렀다. 가수의 목소리가 독특해서 우진은 자연스럽게 구경꾼들 뒤에 섰다. 남자가 쇼맨십을 발휘해서 노래 중간중간 떼창을 유도하자 사람들은 손뼉 치며 목청껏 따라 불렀다. 스피커 앞 바닥에 놓인 기타 케이스에는 달러가 꽤 많이 쌓여 있었다.

우진은 노래보다 사람들을 구경하는 게 더 흥미로웠다. 미국인들은 옷을 참 대충 입는다. 패션 센스가 없다기보다는 옷차림에 신경을 덜 쓴다. 남의 눈치 보지 않고 자기 편한 대로 느슨하고 검소하게 입는다. 단, 몸은 좋다. 몸도 패션의 일부라고 생각하고 관리하는 것 같다. 젊은 남자들의 반바지와 티셔츠 아래로 보이는 장딴지와 이두박근이 탄탄해 보였다. 아예 웃통을 벗은 남자도 여럿 있었다.

"울룰루, 여기에 아시안은 우리뿐이야."

울룰루가 통계 자료를 알려 줬다.

"미국 국민 중 백인이 66.4%인데 유타는 백인 비율이 특별히 높은 주야."

우진은 버스킹 남자 뒤로 멀찍이 보이는 여자를 발견했다. 흰색 페도라 모자를 쓰고 어깨까지 빨간 머리를 내려뜨린 여자는 우진 또래로 보였다. 접이식 의자에 앉아 페이퍼백 책을 읽고 있었다. 그녀 앞에는 조그만 탁자가 있고 옛날 수동식 타자기가 놓여 있다. 탁자 아래로 여자의 체크무늬 초록 스커트와 흰색 운동화가 보였다. 발치에는 누런 골판지에 대충 써 갈긴 안내문이 세워져 있다.

'거리의 시인. 주제를 말해 주면 시를 써 드립니다.'

별별 돈벌이가 다 있구나. 시를 써 주고 돈을 받다니. 하지만 거리의 시인은 장사에는 별 재주가 없어 보였다. 손님을 노래하는 남자에게 모두 빼앗기고 있었다. 그녀는 별로 괘념치 않는 것 같았다. 그렇다고 책에 집중하는 것도 아니었다. 책 읽는 것은 건성이었고 남자가 부르는 노래에 맞춰 머리를 흔들고 있었다.

버스킹 남자의 곡이 바뀌었다. 비트가 강하고 리듬이 빠른 곡이었다. 전주가 끝나고 남자가 첫 소절을 부르자 관객들의 환호가 터져 나왔다. '아!' 하고 하마터면 우진도 소리를 낼 뻔했다. 거리의 시인이 책을 아무렇게나 던지더니 사뿐히 일어나 광장 가운데로 자박자박 걸어 들어갔다. 그녀가 춤을 추기 시작했다. 빨간 머리 소녀의 깜짝 등장에 누군가 휘파람을 길게 불었다. 그녀는 처음에는 수줍게 어깨를 살짝살짝 흔들었지만 사람들의 호응에 힘을 얻어 나중에는 길고 가는 팔을 위아래로 발랄하게 뻗으며 춤을 췄다. 흰 티셔츠에 그려진 파란색 리본이 바람에 날리듯이 흔들렸다. 무릎까지 내려오는 플레어스커트 아래로 하얀 종아리가 보였다. 가수도 신나서 다리를 떨면서 온몸으로 열창했다.

노래는 클라이맥스에 다다랐다. 기타 코드를 잡는 남자의 손놀림이 현란했다. 젊은 여자 둘이 안으로 들어와 거리의 시인 옆에서 같이 춤을 추었고 꼬마가 엄마를 마주 보고 엉덩이를 흔들었다. 관중들도 느낌에 따라 리듬을 탔다. 노래를 부르는 사람이나 춤을 추는 사람 그리고 구경하는 사람 모두 흥이 넘쳤다. 우진은 춤추고 있는 거리의 시인에 주목했다. 흔들리는 빨간 머리 사이로 그녀의 뾰족한 콧날과 벌어진 입술이 보였다. 아주 잠깐 우진은 그녀와 눈이 마주쳤다고 느꼈다.

공연이 끝났다. 박수와 환호가 쏟아졌다. 사람들은 아쉬움을 뒤로하고 흩어졌다. 버스킹 가수는 팁을 챙기고 장비를 정리했다. 거리의 시인은 자기와 함께 춤추던 여자들과 가볍게 포옹하더니 아무 일도 없었던 것처럼 자기 자리에 가서 앉았다. 그녀는 모자를 고쳐 쓰고 페이퍼백 책을 다시 들었다. 사람들은 그녀를 지나치며 몇 마디 말을 건넸다. 그러다가 그녀는 우진과 또 한 번 눈이 마주쳤다. 그녀가 엷은 미소를 지었다. 평소의 우진이라면 황급히 눈길을 돌리고 돌아섰을 텐데 이번엔 달랐다. 우진은 자석에 끌리듯 빨간 머리 시인에게 다가갔다. 낯선 여행지가 주는 해방감 때문에 없던 용기가 생겼다. 우진은 울룰루를 백팩 안에 집어넣었다.

"울룰루, 잠깐만. 미안."

"리모, 왜 여자 만날 때만 나를 빼놓는 거야."

울룰루의 볼멘소리를 들으며 우진은 지퍼를 단숨에 채웠다.

우진이 간이 스툴에 앉았을 때 거리의 시인과 세 번째로 눈이 마주쳤다. 우진은 허둥대며 말했다.

"시의 주제는 행복입니다."

"행복? 하하하."

시인은 갑자기 들이닥쳐 주제를 던진 손님을 보고 웃음을 터뜨렸다. 주제가 너무 유치했나? 우진은 괜스레 왼 손목을 주물렀다. 가까이서 보니 시인의 눈동자는 밝은 초록색이었다. 마치 외계인의 눈처럼 미스터리해 보였다. 그녀는 웃음을 거두고 무표정하게 물었다.

"왜 행복을 선택?"

시를 쓰기 위한 질문이었다. 시인은 'Why choose happiness?'처럼 주어, 조동사를 생략하고 짧게 말했다.

"행복해지고 싶어서……."

"수퍼 두퍼! 지금은 행복하지 않음?"

우진은 마음이 불편했다. 그냥 시만 써 주면 될 걸 왜 자꾸 이런 걸 묻지?

"난 내가 무얼 원하는지 찾고 있어."

얼토당토않은 대답이 나왔다. 처음 만난 여자에게 속내를 보여 준 것 같아 우진은 곧 후회했다. 시인은 눈을 반짝이며 관심을 보였다.

"네가 진짜로 원하는 걸 찾는 법을 알려 줄까?"

시인의 초록색 눈동자는 여전히 비현실적으로 보였다.

"실패의 가능성이 0이라면 너는 무얼 하고 싶니? 그게 네가 진짜로 원하는 것임."

이어지는 질문에 우진이 머뭇거리자 시인은 또 다른 질문을 던졌다.

"영화를 가장 재밌게 보는 방법 알고 있음?"

이번에도 우진의 답을 기다리지 않고 시인이 말했다.

"기대하지 않고 보면 잼남."

답이 허무해서 우진은 픽, 하고 식은 웃음을 흘렸다. 시인은 페도라 모자챙을 돌려 쓰며 말했다.

"그게 행복의 비밀."

무슨 말인지 대충 알아들었다. 우진은 늘 기대했고 그래서 언제나 실망했다.

시인은 귀밑머리를 오른손으로 넘기더니 골똘히 시상에 잠겼다. 우진은 여자애의 빨간 머리를 훔쳐봤다. 머리카락이 저렇게 빨갈 수가 있다는 게 신기했다.

"내 머리 색깔 이상해?"

우진은 나쁜 짓을 하다 들킨 것처럼 움찔했다.

"아니, 딱 내 스타일."

우진은 엉겁결에 말했다. 시인의 입가에 미소가 걸렸다.

"수퍼 두퍼! 넌 좋은 아이야."

'수퍼 두퍼'는 그녀가 습관처럼 쓰는 말 같았다. 유모차를 밀고 지나가던 여자가 잠시 멈춰 둘을 쳐다봤다. 광장을 돌아보니 버스킹 가수는 이미 떠나고 없었다.

시인은 수동 타자기에 노란 종이를 끼웠다. 종이 테두리를 따라 손으로 그려 넣은 꽃무늬가 보였다. 그녀는 카트리지를 돌려 종이 높이를 맞췄다. 손을 가지런히 타자기 자판 위에 얹더니 종이를 뚫어져라 쳐다봤다. 이제 드디어 시를 짓는구나 생각하는데, 시인이 옆에 있던 손가방을 뒤졌다. 그러더니 과자 봉지를 꺼내 오레오 한 개를 입에 쏙 집어넣었다. 그녀의 양 볼이 볼록해졌다. 모든 걸 신기하게 바라보는 우진에게 시인은 오레오 한 개를 내밀었다. 우진은 손을 저으며 괜찮다고 사양했다. 시인은 더 권하지도 않고 과자를 우물우물 씹어 먹으며 어눌하게 말했다.

"미안……. 과자르 머거야…… 시가 나옴."

우진은 그녀의 엉뚱함이 귀여워서 히죽 웃었다. 시인은 과자 하나를 깔끔히 먹고 나서 다시 자판에 손을 얹었다.

탁탁탁.

시인이 타이핑을 시작했다. 그런데 좀 이상했다. 그녀는 독수리 타법이었다. 두 집게손가락으로 타이핑을 했다. 그래도 제법 속도가 빨랐다. 타닥타다. 글자판의 키를 누를 때마다 글자 쇠가 고무로 된 카트리지를 때리며 경쾌한 쇳소리를 냈다.

탁탁타닥 톡톡톡.

발톱을 세운 고양이가 유리 위를 사뿐사뿐 걷는 소리가 났다.

차르륵.

한 줄이 완성되자 리턴 레버를 왼손으로 밀어서 줄을 바꿨다. 시인의 벌어진 입술 사이로 오레오 가루가 묻은 치아가 보였다. 타이핑을 멈추고 잠시 골몰할 땐 튀어나온 이마에 주름이 잡혔다. 시인은 마지막 피치를 올리더니 시를 금세 완성했다.

"이름이?"

"리모……."

시를 쓰는 데 이름이 필요한가 싶었지만 우진은 순순히 알려 줬다. 그녀 옆에 있는 배낭으로 보건대 여행하면서 아르바이트하는 것 같았다.

드드득.

시인이 카트리지 손잡이를 돌려 종이를 빼냈다. 그녀는 자작시에 눈길을 한 번 주더니 자필 사인을 하고 의뢰인에게 건넸다.

"맘에 들었으면 좋겠음. 맘에 안 들어도 돈은 내야 함."

시인은 계속 말을 짧게 했다. 시를 쓸 때처럼, 말할 때도 꼭 필요한 단어만 쓰겠다는 듯.

우진은 두 손으로 종이를 받아 들었다. 글자 쇠가 잉크리본을 때려 하나하나 새겨진 글자들이 손 편지 같은 감성을 자아냈다. 인스턴트가 아니라 유기농 슬로우 푸드를 먹는 기분. 우진이 제목을 소리 내어 읽었다.

"행복을 찾지 마."

시인이 깜짝 놀라며 우진을 말렸다.

"앗! 여기서 읽으려고?"

"왜? 안 돼?"

시인의 초록색 눈동자가 흔들렸다. 이어서 작은 한숨과 함께 체념하듯 말했다.

"아냐, 읽고 싶으면 읽어."

겉으로는 센 척하지만 시인은 자기 시를 듣는 것이 쑥스러운 모양이었다. 눈길을 먼 데로 돌리고 자꾸 머리카락을 만지작거렸다. 우진은 묘한 쾌감을 느끼며 목청을 다듬고 더 큰 소리로 시를 읽었다.

「행복을 찾지 마」

아직도 행복 타령?
행복하지 않으면 어때?

원래 인생은 노잼이 디폴트값.
그러니 행복하려 하지 마, 노력해도 안 행복하면 슬퍼짐.

사랑하지 말고, 정 주지 말고, 기대하지 않는 게 정답.
행복하지 않을 때가 더 소중한 순간.

걱정 마, 넌 잘하고 있음.
넌 괴짜 같지만 그게 네 매력.

리모에게
테일러 지음

시는 쉬워서 좋았다. 재밌기도 하고 역설적이기도 했다. 마지막 연이 우진의 마음을 토닥였다. '괴짜'란 말은 좀 거슬리긴 했지만. 맨 아래에는 시인의 이름과 사인이 있었다.

테일러.

남자에게도 여자에게도 어울리는 이름이었다.

"맘에 들어."

진심이었다.

"맘에 든다니 다행."

테일러가 마음이 놓이는 듯 코를 찡긋했다. 엷게 뿌려진 주근깨가 그녀의 코 주위로 모였다가 다시 흩어졌다. 테일러가 물었다.

"넌 혼자 여행 중?"

우진은 울룰루가 그제야 생각나 백팩에서 꺼냈다.

"네 애착 인형?"

"AI 로봇이야. 울룰루, 인사해."

"헬로우, 예쁜 아가씨! 만나서 반가워! 난 울룰루야."

울룰루는 마술상자에서 튀어나온 것처럼 짧은 두 팔을 벌리며 인사했다. 목소리에 에코를 많이 넣어서 코맹맹이 소리를 냈다. 여자들 앞에서 주로 쓰는 수법이다. 여자를 좋아하는 걸 보면 울룰루의 성정체성은 남자가 맞다.

"수퍼 두우우퍼! 대단해!"

"우히히히. 난 춤도 출 수 있어."

울룰루는 조금 전 버스킹 가수가 불렀던 곡을 재생시키더니 짧은 팔을 버둥거리며 춤을 췄다. 차마 눈 뜨고 못 볼 꼴이었지만 테일러는 호기심 가득한 표정을 지었다.

"완전 귀여움! 만져 봐도 돼?"

우진은 울룰루를 넘겨줬다. 테일러는 갓 태어난 아기를 다루듯 조심스럽게 울룰루를 두 손으로 받아 들었다. 우쭐해진 울룰루는 머리까지 까딱이며 춤에 열중했다. 테일러는 울룰루의 자그만 움직임에 아하하하 소리를 내며 웃었다. 테일러의 웃음이 맑고 시원했다. 울룰루는 우히히히 따라 웃으면서 화답했다. 아하하하 우히히히 아하하하 우히히히. 둘은 죽이 잘 맞았다.

"어디를 가는 중?"

테일러가 리모에게 다시 관심을 돌렸다. 울룰루가 선수 쳤다.

"리모는 새엄마를 찾고 있어."

우진은 울룰루에게 눈짓했다. 쓸데없는 말 하지 말라는 경고였다.

"새엄마가 어디 있는데?"

"실종됐어. 우리는 동쪽으로 가는 중."

울룰루는 우진의 경고를 전혀 신경 쓰지 않았다.

"저런……."

테일러는 안타깝다는 표정을 지었다.

우진은 뒷주머니에서 지갑을 꺼내 10달러짜리 세 장을 내밀었다. 전 재산이었다. 시를 돈 주고 산다는 게 어색했지만 30달러가 아깝지 않았다. 테일러는 우진의 손에서 두 장만 가져갔다.

"20달러면 충분. 땡큐."

테일러는 타이핑한 종이를 빨간 봉투에 넣어 우진에게 돌려줬다. 우진은 테일러와 이야기를 더 나누고 싶었지만 딱히 할 말도 없어서 고개를 꾸벅 숙여 인사했다.

"새엄마를 꼭 찾기 바라."

테일러가 미소를 거두고 표정 없이 손을 흔들었다.

모압은 작은 동네지만 마트엔 있을 건 다 있었다. 종류도 다양했다. 우유도 가미된 향에 따라, 브랜드에 따라, 유지방 함유량에 따라 수십 가지는 돼 보였다. 식빵 종류는 더 많았다. 진열대 하나가 각종 식빵으로 채워져 있었다. 우진은 어떤 것을 사야 할지 난감했다. 시간이 많이 지체됐다. 캠프장에서 베티가 기다리고 있다. 결국 노선을 정했다. 무조건 가장 싼 걸로 산다. 한눈팔지 않고 가격표만 보고 카트에 집어넣었다. 우유, 식빵, 쌀, 달걀, 닭가슴살, 양파······. 베티가 적어 준 대로 샀다. 식료품은 한국보다 싸고 신선했다. 비닐 봉투 두 개가 입구까지 찼다.

우진은 비닐 봉투를 양손에 들고 거리를 거슬러 올라갔다. 거리의 시인은 보이지 않았다. 손님이 없어 장사를 접은 모양이었다. 짐이 있으니 캠프장까지의 거리가 꽤 멀게 느껴졌다. 거리 양쪽으로 카페와 레스토랑들이 줄지어 있었다. 야외에 놓인 테이블마다 젊은이들이 무리 지어 왁자지껄 떠들었다. 우진은 사람들 사이를 서둘러 걸었다.

"헤이, 국!"

누군가 우진을 불렀지만 못 들은 척했다. '국(gook)'은 아시안을 비하해서 부르는 말이다. 곁눈질로 보니 자주색 꽃이 무성한 나무 아래 우진 또래로 보이는 젊은이 네 명이 앉아 있었다. 한 명은 금발의 여자였다. 노란 두건을 두른 남자가 하얀색 꽁초를 바닥에 던지더니 우진에게 다가왔다. 팔뚝에는 국적 불명의 글자가 개발새발 새겨져 있었다.

"너 말야. 왜 불러도 대답 안 해."

남자에게서 매캐한 약쑥 냄새가 났다.

"국! 너 그거 계산 안 했지? 그냥 들고 나오는 거 다 봤어."

남자가 비닐 봉투를 가리키며 물었다. 뒤에 있던 일행이 장난기 가득한 표정으로 이쪽을 바라봤다. 예감이 좋지 않았다. 우진은 미소를 지었다. 괜찮지 않은데 괜찮은 척하는 건 이력이 났다. 우진이 까딱 인사를 하고 피해 가려는데 남자가 앞을 막아섰다.

"퍼킹 국! 내 말을 무시해?"

우진은 최대한 덤덤하게 대답했다.

"무시한 적 없습니다."

"무씨한 쩍 엄쑴니다."

노란 두건 남자가 혀 짧은 소리를 내며 우진의 말을 따라 했다. 뒤에 있던 일행이 요란하게 웃었다. 행인 몇이 눈길을 주지 않고 멀찍이 돌아갔다. 우진은 괜한 소란에 휘말리기 싫었다. 지금껏 몸싸움에서 진 기억은 별로 없지만 미국에서는 상황이 달랐다. 홈그라운드가 아니고 머릿수에서 밀렸다. 영어 악센트를 갖고 놀리니 공연히 주눅도 들었다. 우진이 돌아서 가려는데 두건 남자가 다시 가로막았다. 우진이 여전히 눈을 깔고 말했다.

"비켜 주세요. 난 싸우기 싫습니다."

남자가 손가락으로 자기 눈을 옆으로 찢더니 말했다.

"칭챙총 칭챙총."

일행의 웃음이 다시 터져 나왔다. 의기양양해진 노란 두건이 이번엔 우진의 비닐 봉투를 낚아챘다.

"이건 놔두고, 네 나라로 돌아가."

우진은 뺏기지 않으려고 손아귀에 힘을 줬다. 비닐 봉투를 양쪽에서 당기며 실랑이가 벌어졌다. 노란 두건은 배시시 웃으면서 "네 나라로 돌아가"를 반복했다. 이러다가 비닐 봉투가 찢어질 것 같아 우진은 손을 놔 버렸다. 노란 두건이 한번 비틀거리더니 힘없이 바닥에 쓰러졌다. 일행이 손가락질하며 배를 잡고 웃었다. 여자애는 손뼉까지 쳤다. 우유, 달걀, 쌀, 양파가 바닥으로 쏟아졌다. 노란 두건의 눈에서 웃음기는 사라지고 분노가 비쳤다. 우진은 물리적 위협을 느꼈다. 주위엔 모두 백인들만 보였다. 아시안은 우진 혼자였다.

우진은 길바닥에 떨어진 식료품을 서둘러 담았다. 달걀이 쏟아져서 반 이상 깨졌다. 우유를 잡으려는데 노란 두건이 발을 높이 들어 우유갑을 밟았다. 퍽! 소리와 함께 우유가 터졌다. 우진의 얼굴에 하얀 우유가 튀었다. 이어서 노란 두건이 욕설과 함께 봉지 쌀을 걷어찼다. 봉지가 찢어지면서 쌀이 허공으로 뿌려졌다. 베티와 함께 먹을 저녁 거리였다.

"무슨 짓이야!"

우진은 달려들었지만 노란 두건이 더 빨랐다. 놈이 우진의 멱살을 바싹 움켜잡았다. 무엇에 취했는지 동공이 흐리멍덩하게 풀려 있었다. 우진도 작은 키가 아니었지만 놈은 거구였다. 놈이 멱살을 잡은 팔에 힘을 주자 우진의 몸이 휘청거렸다. 구경하던 일행이 달려와 우진을 둘러쌌다. 노란 두건이 욕지거리를 퍼부으며 우진의 목을 흔들었다. 우진의 목에서 핏줄이 팔딱팔딱 뛰는 소리가 났다. 당장이라도 주먹이

날아와 얼굴이 묵사발 될 것 같은 공포를 느꼈다. 숨이 막히면서 눈앞이 하얘졌다.

"야, 너희들 뭐 하냐?"

누군가 끼어들었다. 커다란 배낭을 멘 빨간 머리 여자애가 노란 두건의 팔을 잡았다.

"쪽팔리게. 넷이 하나를!"

테일러였다. 금발 여자애가 나섰다.

"생강 머리! 네가 낄 데가 아냐. 이 새끼가 먼저 깔려고 했다고."

테일러는 물러서지 않고 스마트폰을 내보였다.

"다 찍었음. 경찰에 신고해?"

경찰이란 말에 남자가 움찔했다. 놈은 일행을 돌아보고 어깨를 으쓱하더니 억지 미소를 지으며 거머쥔 멱살을 풀었다. 우진이 바람 빠진 풍선 인형처럼 바닥에 풀썩 쓰러졌다. 노란 두건이 두 손을 털었다.

"국, 너 운 좋은 줄 알아. 생강 머리만 아니었으면 너 오늘 장례 치를 뻔했어."

노란 두건이 친구들에게 손짓했다. 놈의 친구들도 우진에게 욕지거리를 퍼부으면서 물러났다. 테일러가 놈들을 향해 달걀 하나를 던졌지만 맞히지는 못했다. 그녀는 분하다는 듯이 발을 동동 굴렀다. 우진은 옷매무새를 고치고 쭈그려 앉았다.

"난 괜찮아."

하지만 우진은 괜찮지 않았다. 쓰러질 때 바닥에 쓸린 팔뚝에 핏방울이 송골송골 맺혔다. 갑자기 눈물이 차올랐다. 우진은 눈물을 들키지 않으려고 고개를 숙이고 바닥에 떨어진 물건들을 주웠다. 손이 부들부들 떨렸다. 왜 이런 모욕을 받아야 하는지 이해할 수 없었다. 잘못이나 저지르고 당했으면 이렇게 분하지 않았을 터였다. 아시안이라는 이유만으로 폭행당했다. 아시안 증오에 대한 뉴스를 들어서 알고 있지만 직접 당해 보니 느낌이 달랐다. 찍소리 한 번 내지 못한 스스로가 한없이 부끄러웠다. 자존감이 무너지면서 혹시 자기에게 문제가 있었던 건 아닐까 하는 생각마저 들었다.

"도널드 덕! 빌어먹을 놈들!"

테일러는 놈들이 사라진 쪽을 향해 소리를 지르더니 바닥에 뒹굴고 있는 식료품을 주웠다. 우진은 테일러에게 신경 안 써도 되니 돌아가라고 했다. 하지만 다리 힘이 풀리며 우진은 다시 바닥에 주저앉았다.

우연? 아니면 운명?

"쓰레기 같은 놈들."

베티는 거리에서 있었던 이야기를 듣고 대뜸 욕부터 내뱉었다.

"말세야. 다들 미국의 스피릿을 잃어버린 지 오래야."

우진은 테일러의 부축을 받으며 간신히 캠프장에 도착했다. 우진의 상태가 안 좋았다. 심장이 빨리 뛰고 일어서면 눈이 핑 돌며 현기증이 났다. 베티는 쇼크를 먹은 것 같으니 움직이지 말고 누워 있으라고 했다. 하룻밤 쉬면 낫는다고 했다. 우진은 테일러의 도움으로 텐트 안으로 기어 들어가 누웠다. 바닥에 등을 대고 누우니 날뛰던 심장이 잦아들었다. 병원에 갈 생각은 처음부터 안 했다. 미국의 의료비는 재앙이라고 들은 기억이 났다.

베티는 떠나려는 테일러를 만류하며 저녁을 먹고 가라고 했다. 그러면서 팡고에서 상비약 통을 꺼내더니 우진을 간호해 달라고 부탁했다. 우진은 부담스러워서 손사래를 쳤지만 베티는 굳이 테일러를 텐트 안으로 떠밀었다. 베티가 테일러의 뒤에서 우진에게 슬쩍 윙크를 날렸다. 우진은 그런 사이가 아니라고 베티에게 눈을 부라렸다.

텐트 안에 테일러와 우진이 단둘이 있게 됐다. 빨간색 천을 통과한 석양빛이 우진의 얼굴을 불그스름하게 물들였다.

"가끔 미친 인종차별주의자들이 있음. 유타 사람 대부분은 그런 편견은 없음. 오해 말길."

테일러가 미간을 잔뜩 찌푸리며 말했다.

"넌 유타 출신이야? 테일러?"

우진이 시인의 이름을 처음으로 불렀다. 테일러가 고개를 끄덕였다.

"여기 모압에서 태어나고 자랐음. 유타를 벗어난 적이 한 번도 없음."

많은 미국인이 자기가 태어난 주 밖으로 나가 본 적이 없다더니 테일러가 그랬다. 테일러가 백팩에서 튀어나와 있는 울룰루를 발견하고 말을 걸었다.

"울룰루, 너는 괜찮아?"

"우히히히. 나는 오케이야. 물어봐 줘서 고마워."

우진은 울룰루를 쓰다듬었다. 울룰루가 해코지당하지 않아서 다행이었다.

"리모, 왜 나를 안 불렀어? 그놈들 혼내 줄 수 있었는데!"

울룰루의 허세가 다시 시작됐다. 여자 앞에서는 증세가 더 심했다. 우진은 울룰루를 가방 속으로 밀어 넣었다. 울룰루가 항의했다.

"또, 또! 여자랑 같이 있을 땐 나를 꼭 빼더라."

우진은 백팩 지퍼를 재빨리 채웠다.

테일러의 스마트폰이 부르르 떨렸다. 테일러는 화면을 확인하고도 받을 생각을 안 했다. 우진이 흘깃 살펴보니 발신자 이름이 보였다.

'달걀 대가리(Egghead)'

"안 받아도 돼?"

우진이 묻자, 테일러는 스마트폰을 옆으로 던졌다.

"약 발라 주겠음."

테일러가 상비약 통을 열었다. 우진은 누운 채 테일러 쪽으로 왼팔을 뻗었다. 진지한 표정의 테일러가 상처를 소독하고 연고를 발랐다. 테일러의 손이 닿을 때마다 따가우면서도 간지러웠다. 우진은 찡그렸다 웃었다를 반복했다.

"가만히 있어. 밴드 붙이는 중."

테일러의 붉은 머리카락 끝이 우진의 얼굴에 닿았다. 우진은 웃지 않으려고 눈을 질끈 감고 어금니를 깨물었다. 테일러는 우진의 왼쪽 팔뚝에 넓적한 밴드를 단단히 붙였다.

베티의 저녁 요리는 인도식 카레였다. 매콤하면서도 고소한 냄새가 났다. 빨간 카레 속에 닭가슴살이 큼직큼직하게 들어 있었다. 노란 두건이 쌀 봉지를 터뜨리는 바람에 베티는 밥 대신 난을 구웠다. 테일러는 우진의 맞은편 의자에 앉았다.

우진은 입맛이 전혀 없었다. 베티가 싸 준 난을 조금 뜯어 먹다가 내려놓았다. 테일러는 체면을 차릴 마음도 없는지 커다란 입으로 카레와 난을 먹성 좋게 먹었다. 우진은 테일러가 먹는 모습을 물끄러미 바라봤다.

우진은 텐트로 돌아가서 다시 누웠다. 밤이 되자 온몸이 쑤시기 시작했다. 쇼크에 더해 몸살이라도 난 모양이었다. 콩쿠르에 이어 LA와 라스베이거스 그리고 모압까지. 며칠째 몸을 혹사시켰고 잠은 부족했다. 몸을 뒤척일 때마다 신음이 절로 나왔다.

텐트 밖 테이블에서는 카레 만찬에 이은 수다의 향연이 벌어졌다. 테일러의 답은 짧고 성의 없었지만 오랜만에 같은 여자이자 영어가 자유로운 말벗을 만난 베티는 신이 났다. 나중에는 울룰루까지 합세했다. 우진의 견제 없이 여자들에게 둘러싸인 울룰루는 한껏 들떠 있었다.

우진은 반듯이 누워서 귀를 쫑긋 세웠다. 가끔 들리는 테일러의 호탕한 웃음소리가 듣기 좋았다. 글자로 표현하자면 '아하하하' 정도인데 옆에 있는 사람까지 따라 웃게 만드는 힘이 있었다. 테일러가 아하하하 웃을 때마다 텐트 안 우진은 자기도 모르게 헤헤헤 따라 웃었다. 갑자기 베티가 테일러의 나이를 물었다. 우진이 숨을 멈췄다. 모든 신경을 귀에 집중시켰다.

"열일곱."

우진과 동갑이었다. 생각보다 많아서 놀랐다. 이번엔 테일러가 물었다.

"울룰루, 리모는 몇 살?"

"열일곱."

"수퍼 두퍼! 리모가 열일곱?"

테일러도 놀라는 눈치였다. 여기까진 좋았는데 울룰루가 쓸데없는 말을 덧붙였다.

"리모가 피아노 치느라 고생을 많이 했어. 피아노가 나쁜 놈이야. 애 아버지처럼 보이지만 열일곱이야."

우진은 끄응, 앓는 소리를 냈다. 울룰루는 전혀 도움이 안 됐다. 눈치 꽝 울룰루는 멈추지 않았다.

"요즘 성적이 크게 떨어져서 날카로워져 있어. 이해해 줘."

우진은 갈라진 입술을 질끈 깨물었다. 당장이라도 나가서 울룰루의 전원을 끄고 싶었다. 베티 목소리가 다시 들렸다.

"테일러는 집이 어디야?"

"집?"

"그래, 어디 사냐고~."

우진은 테일러의 대답을 들으려고 텐트 입구 쪽으로 몸을 비틀며 한 바퀴 굴렀다. 바닥에 튀어나온 돌에 옆구리를 정통으로 부딪쳤다. 악! 하고 삐져나오는 비명을 두 손으로 틀어막았다. 온몸에 100만V의 전기가 오르며 식은땀이 주룩 배어 나왔다.

"집 없어요. 도망쳐 나왔음. 사실 내 집도 아님."

테일러는 자기 이야기를 풀어냈다. 어른들과 이야기할 때도 여전히 말끝을 툭툭 잘랐다. 베티가 혼잣말처럼 중얼거렸다.

"부모님과 같이 안 사는 모양이네."

"난 위탁 가정에서 자랐음. 이번이 일곱 번째 가정. 계속 도망쳤어요. 아하하하."

테일러는 크고 중요한 일을 아무렇지도 않게 말하는 재주가 있었다. 우진은 숨을 죽였다. 예상은 했지만 테일러에게도 아픔이 있었다. 누구나 자기 몫의 상처와 어두움이 있으니까. 우진은 등을 바닥에 대고 똑바로 누웠다. 왠지 테일러와 더 가까워진 느낌이 들었다. 테일러에게 고맙다는 인사도 아직 못 했는데. 테일러는 왜 위험을 무릅썼을까. 말리다가 같이 폭행당할 수도 있었다.

테일러의 목소리를 가까이서 듣고 싶은 마음에 우진은 등 근육을 움직여 텐트 입구 쪽으로 기어갔다. 바닥에 깐 담요가 쭈글쭈글 구겨졌다.

"넌 어디로 가는 중이야?"

"……."

테일러는 잠깐 조용하더니 쾌활하게 답했다.

"그냥 도망 중. 저를 담당하는 카운티 공무원이 있는데, 달걀 대가리라고. 너무 끈질겨요. 아하하하."

"달걀 대가리? 우헤헤헤."

울룰루가 따라 웃었다. 테일러가 통화를 거부한 달걀 대가리는 위탁 아동 담당 공무원이었다. 우진은 몸을 한 바퀴 옆으로 굴려 방충망 사이로 밖을 내다봤다. 울룰루는 어느새 테일러의 품에 안겨 있었다.

"얘야, 오늘은 팡고에서 나랑 같이 자고 가. 저래 봬도 침대가 편안해."

모처럼 베티가 우진 마음에 쏙 드는 말을 했다. 베티가 테일러의 어깨를 다독였다. 테일러는 울룰루를 쓰다듬었다. 우진은 울룰루가 진심으로 부러웠다.

우진은 아침 햇살에 눈이 부셔서 잠에서 깼다. 속옷이 차가운 땀으로 흠뻑 젖어 있었다. 간밤에 짐승처럼 끙끙 앓았다. 다행히 열은 내렸지만 여전히 어지러웠다. 텐트 밖을 내다보니 아무도 없었다. 베티는 팡고를 끌고 카센터에 갔다 오겠다는 메모를 남겼다. 울룰루도 데리고 간다고 했다.

머리맡에 샌드위치와 나초가 종이 접시 위에 놓여 있었다. 테일러는 보이지 않았다. 우진은 어렵사리 텐트 밖으로 나가 살얼음판을 디디듯 살금살금 걸었다. 발자국을 옮길 때마다 땅이 눈앞으로 솟아 올라왔다. 아침의 캠프장은 고요했다. 야영객들은 새벽 일찍 떠났거나 캠핑카 안에서 늦잠을 즐기고 있었다.

아하하하.

테일러의 웃음소리를 한 번 더 듣고 싶었다. 이럴 줄 알았으면 어젯밤에 미리 인사라도 할걸. 고맙다는 말을 결국 못 했다. 우진은 텐트 안으로 도로 들어와 가장 아프지 않은 자세를 찾아 몸을 옹송그렸다. 밴드를 살짝 떼어 보니 투명한 진물이 잔뜩 배어 나왔다. 우진은 조심스레 밴드를 다시 붙였다.

토막잠에서 깼을 때 텐트 안은 사우나처럼 뜨거웠다. 햇빛 방향이 바뀌면서 텐트 위로 직사광선이 내리꽂혔다. 샌드위치와 나초는 바닥에 흐트러져 있었다. 겁 없는 청설모가 텐트 안까지 들어왔던 모양이다. 땀에 젖은 우진은 정신이 가물가물했다. 기운이 몸에서 전부 빠져나가서 텐트를 나무 그늘 안으로 옮길 엄두가 안 났다. 더위를 견디며 텐트 안에 가만히 누워 있는 편이 더 나았다. 우진은 팔을 뻗어 백팩을 당겼다. 빨간 봉투에서 테일러가 써 준 시를 꺼냈다. 종이를 뒤집어 햇빛에 비춰 봤다. 알파벳이 거꾸로 보였다. 우진은 점자를 읽듯 종이 위에 새겨진 글자들을 손가락으로 더듬었다. 종이 결을 따라 미세하게 패이고 솟아오른 감촉이 느껴졌다. 맛있는 음식을 아껴먹듯이 테일러의 시를 한 글자씩 아껴서 읽고 싶었다. 우진은 손바닥으로 글자를 가리고 옆으로 살금살금 움직이면서 한 단어씩 소리 내어 읽었다. 빙그레 미소 짓기도 했고 곰곰이 생각하다가 고개를 끄덕이기도 했다. 아무리 천천히 낭독해도 시가 길지 않아 금세 다 읽어 버렸다. 종이를 다시 뒤집어 이번에는 테일러의 사인을 자세히 봤다. 테일러는 네임펜으로 한숨에 휘갈겨 썼다.

T.a.y.l.o.r.

한 음절씩 작은 소리로 읽었다. 이름을 읽는 것만으로 마음이 몰캉몰캉해졌다. 테일러는 왜 위탁 가정에서 계속 도망치는 걸까. 테일러는 고아일까, 부모가 있지만 사정이 있어 맡겨진 걸까. 그런 슬픔 속에서도 어쩌면 그렇게 밝게 웃을 수 있지? 테일러의 말이 떠올랐다.

'실패의 가능성이 0이라면 너는 무얼 하고 싶니?'

여전히 피아노를 칠까? 세계적 피아니스트가 될 수 있다는 100% 보장이 있다면? 우진은 도리질 쳤다. 지긋지긋한 피아노를 붙들고 있을 리가 없다. 피아노와는 전혀 상관없는 일을 할 것이다. 축구 선수가 되어 프리미어 리그에 진출하면 어떨까? 웹툰이나 웹소설 작가가 되어 떼돈을 버는 것도 좋다. 영화배우는 어떨까? 얼굴은 좀 달리지만 성격과 배우도 있으니까. 여자 아이돌이랑 진한 로맨스 영화를 찍어도 좋겠다. 우진의 입이 저절로 벌어졌다. 테일러의 질문을 조금 바꿔 봤다. 실패의 가능성이 50%라면 어떨까? 절반의 위험성을 안고도 하고 싶은 일은 무얼까? 실패의 가능성이 생기니 오히려 피아니스트가 가장 먼저 떠올랐다. 갑자기 튀어나온 반전이 신기했다. 그동안 쏟은 노력과 시간이 아깝다고 생각하나 보다. 아니면 스스로 생각하는 것만큼 피아노를 싫어하지 않을 수도 있다. 그나저나 테일러의 빨간 머리는 자연산일까. 오레오를 먹으면 정말 시상이 떠오르나. 그냥 기믹 아닐까. 테일러, 테일러, 테일러……. 테일러만 생각하다가 우진은 수리수리 다시 잠들었다.

저녁이 다 지나서야 베티와 울룰루가 돌아왔다. 팡고의 에어컨은 그대로였고 엔진도 못 고쳤다고 했다. 워낙 오래된 모델이라 부품을 구하는 데 시간이 걸린다는 얘기였다. 베티가 텐트에 와서 우진의 상태를 살폈다. 나무 그림자가 다시 드리워졌고 해도 기울어 더위는 참을 만했다.

베티가 바게트에 야채수프를 곁들여 텐트까지 날랐다. 우진은 여전히 입맛이 없었지만 베티의 성의를 생각해서 억지로 몇 숟가락 밀어 넣었다. 우진의 마음이 편할 리 없었다. 나이 많은 베티가 자동차 수리는 물론 요리와 설거지 같은 궂은일까지 도맡아 했다. 고맙고 미안할 따름이었지만 여전히 의심스러웠다. 성치 않은 몸으로 자기 돈을 써가며 고생하는 베티의 꿍꿍이속이.

베티가 묻지도 않았는데 테일러 얘기를 꺼냈다.

"인사도 못 하고 떠나서 미안하다더라. 그리고 네가 당한 일도 미안하대."

테일러는 바게트처럼 겉은 딱딱하지만 속은 부드러운가 보다. 이렇게 헤어질 줄 알았더라면 전화번호라도 물어볼걸, 뒤늦은 후회가 밀려왔다.

"테일러와도 얘기했는데 네가 당한 일, 경찰서에 신고 안 하기로 했어."

위탁 가정에서 일곱 번이나 도망친 테일러는 경찰하고 친할 수 없을 것이다. 우진도 마찬가지였다. 겁도 없이 무면허 운전이라니.

베티가 굿나잇 인사를 하고 팡고로 들어갔다. 우진은 바게트를 조금 잘라 먹었다. 타이어를 씹는 맛이 났다. 우진은 울룰루의 눈치를 슬쩍 살폈다.

"울룰루, 테일러 떠나는 거 봤어?"

"봤지. 나를 꼭 안아 줬어. 얼굴을 비벼 대서 간지러워서 혼났어."

"테일러 어디로 간대?"

"그냥 여기저기. 일자리가 있으면 아무 데나 상관 안 한대."

"걔는 왜 그렇게 돌아다니냐? 날라리야, 뭐야? 그냥 한곳에 진득하게 붙어 있질 못하냐?"

우진은 괜한 짜증을 냈다. 그러면서 아까부터 궁금했던 걸 스리슬쩍 물었다.

"테일러가 내 얘긴 안 했어?"

"응. 안 했어."

실망스러운 마음을 숨기고 우진은 몸을 눕혔다. 눈치 꽝 울룰루가 계속 말했다.

"테일러는 내가 귀여워 죽겠는가 봐. 잠시도 날 가만두질 않았어. 피곤해서 혼났다고."

"울룰루."

"왜?"

"그만 자자."

"아직 나 괜찮은데……."

우진이 울룰루 엉덩이에 충전단자를 꽂고 랜턴을 껐다. 울룰루가 투덜대며 입을 다물었다. 우진은 씻지도 않고 그냥 눈을 감았다.

우진의 회복도 더뎠지만 광고를 고치는 일도 한없이 늘어졌다. 베티는 사흘을 허송세월했다. 다음 날 오라고 해서 가 보면 부품이 안 왔고, 다음 날 다시 가 보면 부품은 왔지만 못 고쳤으니 나중에 다시 오라고 했다. 모든 게 느리고 굼떴다. 옆에서 전해 듣는 우진도 답답해서 속이 터질 지경인데 당사자인 베티는 아무렇지도 않아 보였다. 여기 사람들은 안단테(느리게), 아니 라르고(아주 느리게)가 정상 속도인 모양이다.

다음 날도 우진은 텐트 안에 누워 있었다. 상처는 이미 아물었지만 팔에 붙인 밴드를 떼지 않았다. 베티와 울룰루는 카센터에 가고 없었다. 해가 올라오면서 텐트 안이 달아오르기 시작했다. 등줄기에 땀이 차서 러닝이 눌어붙었지만 만사가 귀찮은 우진은 마냥 누워 있었다. 모압에서 콜로라도주 경계까지는 한 시간 거리다. 고지가 눈앞인데 며칠째 한 걸음도 못 떼고 있다. 일주일 만에 한국에 돌아가려는 계획은 이미 물 건너갔다.

우진은 지갑에서 새엄마와 함께 찍은 사진을 꺼냈다. 바닥에 누워 햇빛에 비춰 봤다. 오래된 사진의 둘레가 솜털처럼 일어나 하얗게 보였다.

어린 우진이 가장 무서워하던 것이 있다. 새엄마가 어느 날 갑자기 나타났듯이 어느 순간 홀연히 사라질까 봐 무서웠다. 학원에 열심히 다닌 것도 피아노를 잘 치면 새엄마가 기뻐서 우진 곁을 떠나지 않을 거라 믿었기 때문이다. 학교에서 돌아왔을 때 새엄마가 떠난 어두컴컴한 거실과 맞닥뜨릴까 무서웠다. 그래서 우진은 집에 들어가지 않고 아파트 놀이터에서 시간을 보냈다. 얼마 뒤 새엄마가 우진을 찾으러 나왔고 그제야 마음이 놓였다. 우진과 새엄마는 돌아오는 길에 동네를 산책하며 군것질하곤 했다. 새엄마가 외출이라도 하는 날엔 우진은 옷장에 들어가 숨었다. 그녀가 그대로 떠나서 돌아오지 않을 것 같았다. 새엄마가 없는 빈집에 혼자 있기가 무서웠다. 우진은 캄캄한 옷장에 들어가 현관문 소리가 나기만을 기다렸다. 세탁기 안에 숨는 날도 있었다. 새엄마가 돌아와 자기를 애타게 찾기를 바랐다. 그리고 우진을 발견하고 반갑게 안아 주기를 바랐다. 그녀를 기다리다가 그대로 잠든 날도 많았다. 새엄마는 옷장 안에서 잠든 우진을 안아 침대에 뉘었다. 잠결에 새엄마의 몸에서 나는 장미꽃 내음을 맡으며 그녀의 옷깃을 꼭 쥐었다. 어린 우진은 새엄마와 오래오래 살게 해 달라고 기도했다.

누군가 해를 가렸다. 해를 등지고 있어 얼굴이 까맣게 보였다.

"수퍼 두퍼! 아직 여기 있음?"

얼굴은 안 보여도 말투로 알 수 있었다. 우진은 사진을 내리고 테일러를 바라봤다. 두 갈래로 땋아 내린 빨간 머리 사이에서 놀란 표정의 테일러가 보였다. 우진은 상체를 일으키고 헝클어진 머리를 가다듬었다. 뺨 위로 땀 한 방울이 또르르 흘렀다.

"테일러, 어디 갔다 왔어?"

우진의 말투에 반가움과 원망이 섞여 있었다.

"네가 상관할 바 아님."

닷새 만에 본 테일러는 뾰족해져 있었다. 무안해진 우진은 멋쩍게 웃음으로 때우다가 팔에 났던 상처를 테일러에게 보여 줬다. 꼬질꼬질해진 밴드를 떼니 그새 새살이 발갛게 돋아 있었다. 테일러의 눈빛이 조금 누그러졌다.

"근처 도시를 다니면서 아르바이트했음."

시를 쓰는 것 말고도 파트타임으로 이곳저곳에서 일하는 모양이었다.

"달걀 대가리가 거기까지 쫓아왔음. 간신히 도망쳐 옴."

테일러가 코를 찡끗거리며 말했다. 그러더니 우진 앞에 쪼그리고 앉아 돋아난 새살을 자세히 살폈다. 얼굴과 얼굴이 맞닿을 것처럼 가까워졌다. 우진이 허둥지둥 물었다.

"그런데 왜 달걀 대가리야?"

"달걀 대가리? 내가 붙인 별명이지. 자기가 무조건 옳다고 생각함. 아주 고약한 확신범이야. 그리고 머리가 엄청 큼. 아하하하."

달걀 대가리 이야기가 나오자 갑자기 테일러의 말문이 트인 것 같았다. 우진도 얼떨결에 하하하 소리 내어 따라 웃었다.

"이렇게 너를 다시 만나다니 이게 우연? 아님 운명?"

테일러는 오늘 밤 캠프장에서 자려고 이곳에 왔다고 했다. 당연히 우진 일행은 이미 모압을 떠났을 거라 여겼다. 우진은 열심히 설명하는 테일러의 큼직큼직한 눈, 코, 입을 바라봤다. 테일러와의 재회를 운명이라고 믿고 싶었다. 운명은 우연을 가장해서 찾아온다고 하니까. 여러 번의 우연이 자꾸 겹쳐져서 운명이 만들어지길 바랐다.

테일러가 한 손을 우진의 이마에 대더니 다른 손은 자기 이마에 갖다 댔다. 테일러의 눈이 커졌다.

"아직 많이 아픈가 봄? 너무 뜨거움."

우진은 이제 다 나았다고 했지만 테일러는 막무가내로 우진을 텐트 안에 눕혔다. "정말 괜찮은데……" 하면서도 우진은 테일러가 하는 대로 가만히 있었다. 테일러는 배낭을 풀어 던지고 어디론가 사라졌다. 테일러가 없는 것을 확인하고 우진이 혼잣말을 했다.

"난 괜찮아. 게을러서 햇빛 아래 마냥 누워 있어서 그래."

우진은 객쩍게 헤헤 웃었다. 테일러가 돌아왔다. 어디서 구했는지 얼음주머니를 손에 들고 있었다. 신발을 신은 채 텐트 안으로 성큼 들어오더니 우진의 이마에 얼음주머니를 얹었다. 얼음끼리 부딪히는 소리가 났다.

"열사병 걸릴 수 있음."

우진은 눈을 감았다. 아픈 척 미간도 찡그렸다. 부스럭대는 소리에 실눈을 떠 보니 테일러가 주섬주섬 배낭을 뒤지며 무언가를 찾고 있었다. 마른 수건을 꺼내더니 얼음주머니 마개를 열고 차가운 물을 부었다. 우진은 다시 눈을 꾹 감았다. 가만히 있기도 어색해서 끄응, 신음을 냈다. 차가운 수건이 우진의 얼굴에 닿았다. 테일러가 우진의 뺨에 흐른 땀을 조심스레 닦았다. 수건은 차가웠지만 우진의 얼굴은 점점 더 뜨거워졌다. 우진은 이 시간이 조금만 더 이어지길, 제발 눈치 없는 베티와 울룰루가 돌아오지 않길 간절히 바랐다.

"이 꼬마가 리모?"

우진이 눈을 떠 보니 테일러가 사진을 들고 있었다. 우진이 고개를 끄덕였다.

"완전 귀여움."

우진이 봐도 사진 속 꼬마는 귀여웠다. 지금처럼 광대뼈가 돌출된 사나운 얼굴도 아니고 여드름도 없었다.

"이분이 리모 새엄마?"

우진은 고개를 다시 끄덕였다. 테일러가 사진을 뚫어져라 쳐다봤다.

"나, 이 사람 알 것 같음."

테일러가 사진에서 시선을 거두며 물었다.

"리모 새엄마가 세라?"

우진이 엉거주춤 상체를 일으켰다. 이마에 얹혀 있던 얼음주머니가 바닥에 떨어졌다. 테일러는 멍하니 우진을 바라보고 있었다.

"테일러, 네가 세라를 어떻게……?"

테일러가 배낭을 뒤졌다. 안쪽에서 투명한 지퍼백을 꺼냈다. 책 한 권이 지퍼백 안에 들어 있었다. 크기는 작았지만 꽤 두꺼웠다. 마치 소중한 보물을 다루듯 테일러는 책을 조심스레 끄집어냈다. 책은 오래돼 보였고 손때가 많이 묻어 있었다. 떨어져 나가려는 낡은 표지를 스카치테이프 몇 조각이 붙들고 있었다. 노란 바탕 표지에 아치스 국립공원 사진이 보였다. 사진 위로 제목이 큼지막이 인쇄돼 있었다.

고독한 하이커 시리즈『미국 트레일 30』

여행 안내서였다. 고독한 하이커 출판사는 지구상에 있는 거의 모든 나라에 대한 여행 안내책을 발간한다. 한국어로도 번역돼 서점에서 쉽게 찾을 수 있다. 새엄마가 쓴『이것이 미국이다』도 같은 출판사 책이다. 테일러가『미국 트레일 30』표지를 조심스럽게 넘겼다. 표지 안쪽에 작가 사진이 보였다. 검정 단발머리에 외꺼풀 눈 그리고 각진 턱을 가진 동양 여자가 웃고 있다. 이름도 나와 있었다.

세라 강.

새엄마였다. 우진은 처음 보는 책이었다. 새엄마가 다른 가이드북도 썼다고는 미처 생각 못 했다. 사진 아래에 작가 소개가 있었다.

> 잡지사 기자를 거쳐 프리랜서 작가와 여행 코디네이터로 활동한다. 미국에서 가장 유명한 트레일 코스 30개를 모두 직접 발로 밟으며 취재하여 가장 정확한 최신 정보를 이 책에 담았다. 지금은 LA에 거주하고 있다.

테일러가 우진에게 바짝 다가왔다.

"네가 찾는 새엄마가 이분? 로키산맥에서 실종됐다는?"

베티가 세라 얘기를 한 모양이었다. 우진이 고개를 끄덕였다. 테일러는 긴장한 듯 침을 꼴깍 삼켰다.

우진은 책장을 계속 넘겼다. 트레일 코스 30개가 난이도에 따라 일목요연하게 정리돼 있었다. 각 코스의 역사에서부터 시작해서 주요 볼거리와 즐길 거리 그리고 숙박 안내까지 깨알 같은 정보가 가득했다. 세부 지도와 직접 찍은 사진이 같이 실려 있어서 그림을 보는 것만으로도 흥미로웠다. 그러다가 책갈피 사이에서 종이쪽지 한 장을 발견했다. 오래된 신문 기사 스크랩이었다. 테일러의 표정이 어두워졌다. 우진은 노랗게 변색된 기사 스크랩을 읽었다.

〈로키산맥에서 하이킹 중이던 부부 사망〉

우진은 불길한 예감이 들었다. 헤드라인 아래 젊은 부부의 사진이 있었다. 눈 덮인 캠프장에서 어깨를 나란히 하고 환하게 웃는 모습이었다. 그리고 부부 사진 옆에 또 하나의 사진이 있었다. 『미국 트레일 30』 표지 사진이었다. 우진은 더듬더듬 영어로 된 기사를 읽어 나갔다.

유타주 모압에 거주 중인 젊은 부부가 동사 상태로 발견됐다.

이 부부는 로키산맥 롱스피크산을 오르는 키홀 트레일을 가다가 폭설을 만났다. 출발지로 되돌아가려 했지만 멀지 않은 곳에 대피소가 있는 것을 가이드북에 실린 지도에서 확인했다.

지도에 표시된 지역에 도착했지만 대피소는 이미 오래전에 철거된 상태였다.

폭설이 심해지고 전화 연결이 안 되자 남편은 아내를 남겨 두고 산길을 3마일 올라가서 미약한 통신 신호에 접속할 수 있었다. 구조 요청을 했지만 폭설이 심해져 산악구조대가 접근하지 못했다.

3일 후 구조대가 도착했을 때 바위 밑에서 서로 껴안은 채 죽어 있는 부부를 발견했다.

가이드북 저자는 문제의 지도를 직접 확인하지 않고 오래전 영국에서 출판된 로키산맥 안내서를 카피했다고 자백했다.

고독한 하이커 발행인은 문제가 된 가이드북을 전량 회수하고 절판하기로 했다. 키홀 트레일에서는 해마다 조난사고가 발생하고 있다. 하이킹 전문잡지 《아웃사이드》는 키홀 트레일을 세계에서 가장 위험한 등산로 20에 포함시킨 바 있다.

우진의 등줄기에 땀이 주르륵 흘렀다. 기사에 세라의 이름은 없었다. 하지만 가이드북의 저자는 분명히 세라였다. 우진은 혼란스러웠다. 가이드북에서 지도는 무엇보다 중요하다. 그럼에도 직접 확인하지 않은 지도를 실은 것은 치명적인 잘못이다. 게다가 위험하기로 악명 높은 트레일 코스라면 더 신중했어야 옳다. 잘못된 대피소 표시 하나 때문에 사람이 죽으리라곤 세라도 상상하지 못했을 것이다. 어쩌면 세라는 소개 문구와는 달리 발품을 하나도 팔지 않고 다른 책들을 베꼈을 수도 있다. 아니면 다른 29개의 트레일은 직접 취재했지만 무슨 이유에선가 키홀 트레일만 건너뛰었을 가능성도 있다. 어느 경우든 젊은 부부의 죽음에 대한 책임에서 벗어날 수 없다.

모든 것이 이 사건 때문이었다. 왜 새엄마가 어느 순간부터 우울증에 시달리게 됐는지, 그리고 왜 한국으로 돌아오는 대신 로키산맥으로 떠났는지. 퍼즐의 가장 중요한 조각이 맞춰졌다.

유타 플레이걸 vs 수유동 고자

 로키산맥이 있는 콜로라도주에 들어왔다. 팡고는 며칠 푹 쉰 데다 부품을 교체해서 그런지 새 차처럼 쌩쌩 달렸다. 에어컨에서 드디어 찬 바람이 나왔다! 지금까지 우진은 차 안 에어컨을 당연한 걸로 생각했지만 그건 엄청난 착각이었다. 에어컨 하나로 인생이 달라 보였다.
 운전대는 우진이 잡았다. 텐트 안에 처박혀 있다가 오랜만에 바깥 바람을 쐬니 울적했던 기분이 저절로 풀어졌다. 샛노란 셔츠와 파란색 통바지를 차려입은 베티는 잘나가는 패셔니스타처럼 말쑥해 보였다. 그리고 한 가지 더 달라진 게 있었다. 뒷좌석에 새로운 여행객이 앉아 있었다. 빨간 머리 테일러였다.
 테일러는 우진이 세라를 찾으러 간다는 말에 선뜻 같이 가겠다고 나섰다. 숙식을 해결할 수 있고 자기를 쫓아오는 달걀 대가리에게서 멀리 달아나려는 속셈이리라. 베티는 가장 먼저 테일러에게서 회비를 챙겼다. 200달러. 라스베이거스에서 우진은 회비 명목으로 100달러를 뜯겼는데 그새 배로 올랐다. 그리고 베티는 한 가지 조건을 덧붙였다. 시를 써서 생기는 수입의 절반을 회비로 보태야 한다. 테일러는 바가지를 쓴 듯 억울한 표정이었다. 하지만 일단 여행이 시작되자 테일러는 입을 벌린 채 창밖 구경에 여념이 없었다.

멀리 거칠게 솟아 있는 산줄기가 보였다. 바위산에는 침엽수가 빼곡히 들어찼고 꼭대기에는 아직 눈이 남아 있었다. 진초록 숲과 하얀 설산이 어우러져서 성스러운 분위기를 자아냈다. 난공불락의 요새처럼 보이는 봉우리들. 로키산맥이었다. 모압 부부가 조난을 당해 사망한 곳, 새엄마가 실종된 곳, 조카를 찾으러 피코맘이 이사한 곳. 로키산맥은 어서 오라고 우진 일행을 반기는 것도 같았고, 위험하니 그만 돌아가라고 말리는 것도 같았다.

우진은 룸미러를 보다가 테일러와 눈이 마주쳤다. 테일러가 황급히 시선을 피했다. 우진은 표 나지 않게 속으로 웃었다. 여자들은 운전 잘하는 남자에게 약하다더니 센 척하는 테일러도 별수 없었다. 그 어렵다는 수동 기어를 능숙하게 조작하는 우진의 모습은 스스로 보기에도 근사했다. 우진은 테일러가 보란 듯이 가속하며 기어를 리듬감 있게 올려붙였다.

타닥.

팡고가 총알처럼 튀어 나갔다. 차 안에 타고 있던 일행들의 몸이 뒤로 한꺼번에 쏠렸다. 우진은 뒤를 살피는 척 테일러를 훔쳐봤다. 우진의 운전 실력에 놀랐는지 그녀의 초록 눈동자가 커졌다. 테일러와 눈이 마주쳤다.

"도널드 덕! 운전 좀 똑바로 해!"

베티가 손바닥을 위아래로 흔들었다. 천천히 가라는 의미였다. 우진은 혼자 머쓱해져서 바깥쪽으로 차선을 옮겼다.

로키산맥을 서에서 동으로 관통하는 70번 프리웨이는 여러 가지 얼굴을 갖고 있었다. 처음엔 황량한 대지와 바위산이 이어지더니 협곡이 나타나면서부터 오르막이 시작됐다. 길 왼쪽에는 탁자 모양의 고원이 길게 뻗어 있고, 오른쪽 아래에는 올리브빛 콜로라도강이 굽이쳐 흘렀다. 미국 여행은 유타가 끝이라고 생각했는데 그건 로키산맥을 몰랐을 때 얘기였다.

베티가 글로브박스 뒤적이더니 카세트테이프를 꺼냈다. 이런 골동품 같은 물건들이 팡고에는 차고 넘쳤다. 통기타 반주의 흥겨운 컨트리 음악이 흘러나왔다. 처음 듣는 곡이었지만 남자 가수의 목소리는 푸근하고 정겨웠다. 콜로라도의 대자연 속에서 들으니 마음까지 힐링되는 느낌이었다. 카세트테이프 표지에는 통기타를 치는 장발 청년이 있었다. 이름은 존 덴버. 이 가수는 덴버를 좋아해서 자기 이름도 똑같이 지었다고 한다.

베티가 노래를 따라 흥얼거렸다.

'Take me home, country roads.'

가사대로 이 길을 따라가면 고향집이 나오면 좋을 텐데. 우진은 아버지, 할아버지, 그리고 학원 연습실을 떠올렸다. 서울에 있을 땐 모든 게 지겨워서 어디론가 달아나고만 싶었는데, 막상 떠나 있으니 그곳이 그리웠다.

'Rocky mountain high~.'

존 덴버의 다른 노래가 흘러나왔다. 후렴구가 훅송처럼 귀에 꽂혔다. 벌써 고도가 꽤 높아져서 창밖으로 내려다보이는 계곡이 아득하게 멀어 보였다.

베티가 음악을 줄이더니 작전을 짜자고 했다.

"울랄라야, 네가 제일 똑똑하니까 아이디어 좀 내 봐. 피코맘을 찾을 아이디어."

"죄송합니다. 저는 아이디어는 못 내요. 질문에 대답만 해요."

베티는 못마땅한지 혀를 찼다.

"쯧쯧. 잘난 척은 혼자 다 하더니. 테일러 넌 어때? 좋은 생각 없어?"

테일러가 배낭에서 오레오를 하나 꺼내 입에 넣었다. 아이디어를 낼 때 오레오를 먹는 건 그녀의 콘셉트였다. 베티는 희귀 동물을 구경하듯 테일러를 쳐다봤다. 테일러가 눈동자를 또르르 굴렸다.

"지금 세상을 움직이는 건 스마트폰임."

테일러는 스마트폰을 만지작거리며 말했다.

"넥스트도어에 사람 찾는다는 사연을 올리는 게 좋을 듯."

베티가 못 알아 듣는 눈치이자 울룰루가 나섰다.

"넥스트도어는 지역 밀착 SNS죠. 동네 이웃 간의 중고 거래, 반려동물 찾기, 마을 뉴스 등이 주요 콘텐츠예요."

"알아, 나도 안다구. 잘난 척하긴."

베티가 퉁명스레 쏘아붙였다.

테일러는 빨랐다. 금세 피코맘의 신상을 넥스트도어에 올렸다. 피코 식당에서 얻은 피코맘 사진도 첨부했다. 이어서 떡밥이라며 운전하는 우진의 사진을 찍더니 '한국에서 온 올드보이'라는 캡션을 달았다.

"나쁘지 않아. 근데 테일러, 먹을 건 같이 먹어야지. 우린 한 팀이야~."

베티는 테일러의 SNS 작전보다 오레오에 더 꽂힌 것 같았다.
"나도 줘."
먹지도 못하는 울룰루까지 괜히 나섰다. 테일러는 모두에게 오레오를 하나씩 나눠 줬다. 베티와 우진은 오레오를 한입에 넣었다. 바사삭 소리와 함께 오레오가 입안에서 부서졌다. 아쉬움에 입맛을 다시는 베티의 하얀 이가 까매졌다. 울룰루가 오레오와 씨름을 하고 있자 우진이 냉큼 뺏어 먹었다.

베티는 덴버 외곽에 있는 허름한 모텔을 숙소로 잡았다. '케이블 TV, 전화 완비'라고 쓰인 낡은 안내판이 우진 일행을 맞았다. 모텔 주차장에 팡고를 세웠다. 피코맘을 찾을 때까지 모텔이 베이스캠프 역할을 할 것이다.

주차장 옆에 야외 수영장이 있었다. 베티와 테일러가 방을 알아보러 간 사이 우진은 수영장을 구경하러 갔다. 풀(pool) 옆 선베드에 남녀 한 커플이 일광욕을 즐기는 중이었다. 빨간색 비키니를 입은 여자의 몸은 오일 때문인지 반들반들 윤기가 흘렀다.

울창한 나무들이 수영장을 둘러싸고 있었다. 둘레가 한 아름도 넘는 나무들이 미국에선 흔했다. 아이스크림 빨아 먹는 소리가 들렸다. 돌아보니 그새 커플이 엉겨 붙어 진한 키스를 나누고 있었다. 우진은 안 보는 척하면서 곁눈질로 커플의 애정행각을 하나도 놓치지 않고 훔쳐봤다. 남녀의 벌거벗은 몸이 두 마리의 낙지처럼 맞붙어 꿈틀댔다. 우진의 귀밑이 후끈 달아올랐다.

미국에 오고 나서부터 우진의 사춘기가 다시 시작된 것 같았다. 마음이 싱숭생숭 들뜨고 바람난 것처럼 한 가지에 진득하게 집중하질 못했다. 기온이 오르고 몸이 뜨거워지면서 야한 생각도 많이 났다. 그래서 그런지 머리카락도 빨리 자라고 여드름도 부쩍 심해졌다. 가야 할 길은 먼데 엉큼한 생각이나 하며 시간만 죽이고 있자니 마음만 뒤숭숭했다.

베티와 테일러는 방을 같이 쓰고 우진은 독방을 차지했다. 방은 허름했지만 싱글 침대가 두 개였다. 모처럼 울룰루와 떨어져 잘 수 있었다. 우진은 이쪽에, 울룰루는 저쪽에. 침대에서 뒹굴뒹굴하다 보니 불안하던 마음이 조금 풀어졌다. 덴버 시내로 나가기에는 어정쩡한 시간이었다. 오늘은 쉬고 내일부터 본격적으로 피코맘을 찾기로 했다. 우진은 팔다리를 벌리고 벌렁 누웠다.

천장에 파리 한 마리가 매달려 있었다. 싸구려 모텔이다 보니 파리와 함께 방을 나눠 써야 했다. 파리는 엄지손톱만큼 컸다. 미국에선 다 컸다. 우진은 침대 옆 협탁 위에 있던 갑 티슈 통을 파리 쪽으로 던졌다. 크게 빗나갔고 천장이 쿵 울렸다. 왕파리는 여전히 붙어 있었다. 자기 몸집만 믿고 겁을 상실했다. 그런데 자세히 보니 한 마리가 아니었다. 두 마리가 짝짓기하는 중이었다. 한 놈이 한 놈 뒤에 엎어져 있었다. 우웩! 파리가 짝짓는 모습을 모텔방에서 봐야 한다니. 이번에는 베개를 던지려다 멈췄다. 파리 커플은 열심이었다. 훼방꾼이 방해해도 아랑곳하지 않고 제 할 일을 했다. 언제 어디서 흉기가 날아와 온몸이 으깨질 수 있는데 두 연인은 목숨을 걸고 사랑을 나눴다. 주차장 수영장에서 봤던 낙지 커플이 떠올랐다. 이 더위에도 모두가 사랑을 나누고 있었다. 덴버는 짝짓기의 도시인가. 우진은 옆 침대에 누워 있는 울룰루를 바라봤다.

"울룰루, 장난 말고 진짜로 대답해 봐. 진짜로."

울룰루가 단추 같은 눈으로 우진을 바라봤다. 우진은 잠시 망설이다가 물었다.

"좀 이상한 질문인데…… 너도 사랑을 하니?"

"미안, 나는 사랑을 느낄 수 없어."

울룰루는 별거 아니라는 듯이 쉽게 답했다. 우진은 그럼 그렇지 하면서도 아쉬운 마음이 들었다.

"누굴 미워하지도 않아?"

"슬프게도 난 감정을 가질 수 없어."

"근데, 넌 맨날 감정이 있는 척 여러 표정을 짓잖아."

"그거야 여러 상황에서 인간들이 어떻게 반응을 하는지를 학습했으니까. 그 정보값에 따라 내 입 모양이 달라지는 거야."

우진은 누운 채로 몸을 돌려 울룰루를 바라봤다.

"난 너무 복잡해. 내가 가장 사랑하는 사람은 내가 제일 미워하는 사람이야. 웃기지? 그 사람을 사랑하는 건지 미워하는 건지 나도 모르겠어."

"리모, 나도 너처럼 누군가를 사랑하거나 미워할 수 있으면 좋겠다. 사람처럼 '마음'을 갖는 게 내 소원이야."

울룰루는 웃으며 ∪ 말했지만 왠지 쓸쓸하게 들렸다.

덴버 도착 둘째 날부터 본격적으로 피코맘을 찾아 나서기로 했다. 아침에 일어났을 때 베티의 상태가 안 좋았다. 그녀는 우진에게 테일러의 남자 친구냐고 자꾸 물었다. 말하는 울룰루를 보고는 기겁하며 테일러 뒤로 숨기도 했다. 알츠하이머 증세가 다시 나타났다. 항상 유쾌 발랄하고 입을 쉬지 않던 베티가 묵언수행에 들어갔다.

"울룰루, 베티는 괜찮을까?"

"기압 때문이야. 덴버는 고도 1,600m, 즉 1마일 높이에 있어서 마일하이 시티(Mile High City)라고 불리기도 해. 기압이 낮아서 고산병이 올 수도 있어. 더구나 아침엔 기압이 더 낮아지니까. 하루쯤 쉬면 고도에 적응하면서 괜찮아질 거야."

결국 테일러가 남아서 베티를 돌보기로 하고 우진과 울룰루는 팡고를 몰고 나섰다. 베티의 인지 장애가 점점 심해지는 것 같아 우진의 마음이 무거웠다.

"울룰루, 노래 한 곡 불러 줘."

우진은 울적한 기분을 달래려 울룰루에게 노래를 부탁했다. 울룰루는 노래를 곧잘 한다. 반주도 피아노 버전, 밴드 버전, 오케스트라 버전 모두 가능하다.

"리모, 무슨 노래 부르지?"

우진은 창밖으로 보이는 로키산맥 봉우리들을 바라봤다.

"어제 뿔테 안경 쓴 장발 가수, 그 남자가 불렀던 노래. 로키마운틴 어쩌고 하는 거."

"좋아. 존 덴버의 로키마운틴 하이."

곧바로 전주가 흘러나왔다. 원곡처럼 통기타 반주였다. 울룰루는 가사를 즉석에서 바꿔 불렀다.

뜨거운 여름방학 우린 이곳에 왔네.
한 번도 온 적 없는 낯선 이~곳.
모든 걸 버려두고 훌훌 떠나왔다네.
세라를 찾아서 세상 속으로.

울룰루는 기교를 쏙 빼고 꾸밈없는 목소리로 담백하게 노래했다. 우진은 핸들 잡은 손으로 박자를 맞췄다.

여긴 콜로라도 로키마운틴 하이.
우린 아직 인생을 모르지만.
주어진 질문 하나하나 대답하며 나갈 거야~.
로키마운틴 하이. (리무진~)
로키마운틴 하이. (울룰루~)

울룰루는 마지막 '리무진~ 울룰루~' 소절에 코러스까지 넣었다. 우진은 그 부분이 특별히 맘에 들었다.

오로라(Aurora)시는 덴버 동쪽에 있는 작은 위성 도시인데 이곳에 한인들이 많이 살고 있었다. 우진은 H 마트를 중심으로 북쪽으로 올라가면서 한글 간판이 달린 가게를 일일이 찾아다녔다. 맨땅에 헤딩 작전이었다.

오로라시 코리아타운에는 식당, 식료품점, 세탁소, 태권도 도장 등 다양한 업종의 상점들이 모여 있었다. 오랜만에 한글 간판을 보니 반가왔다. 우진은 가게 문을 열고 들어가 피코맘 사진을 보여 주며 다짜고짜 이런 사람 아느냐고 물었다. LA 피코 식당에서 가져온 폴라로이드 사진이 유용하게 쓰였다. 처음에는 어색해서 입이 안 떨어졌지만 몇 번 하다 보니 얼굴이 두꺼워지면서 세일즈 판매왕처럼 말이 술술 나왔다. 물건을 안 살 거면 나가라고 찬바람 쌩 불도록 퇴짜를 놓는 가게도 있었지만 대부분 관심 있게 이야기를 들어 줬다. 우진을 측은히 여기면서 사진 속 여자와의 관계를 묻기도 했다.

테일러는 베티를 돌보면서 틈틈이 SNS를 통해 피코맘을 찾기로 했다. 전날 넥스트도어에 올린 포스팅에는 빨리 찾기를 바란다는 응원 댓글 외에 별다른 정보는 없었다. 테일러는 지역 커뮤니티 플랫폼을 찾아서 게시물을 꾸준히 올렸다. 해시태그로 #missing, #picomom, #Sarah를 달았고 #Sunny(피코맘의 본명)를 추가했다.

한인 업소가 모여 있는 상가 2층에 지역 신문《덴버 포커스》가 있었다. 우진은 지푸라기라도 잡는 심정으로 신문사 문을 열고 들어갔다. 책상 두 개가 전부인 사무실에는 사장과 그의 아내로 보이는 여자뿐이었다. 발행인이자 사장이 광고 영업을 하고 아내가 취재, 편집, 돈 관리를 도맡아 하는 것 같았다.《덴버 포커스》는 주간으로 발행하는 한국어 신문이었는데 사장은 콜로라도에 있는 모든 한인 사업장으로 배달되므로 광고 효과가 확실하다고 장담했다. 미국 전역으로 우편 서비스도 한다면서 피코맘이《덴버 포커스》를 구독할 수 있다고 꾀었다. 마지막으로 사장은 명함 크기의 광고를 열 번 싣는데 300달러라고 못 박았다. 허걱, 하는 우진의 표정을 보고 사장이 지레 선언했다.

"광고비를 깎으면 광고 효과가 없어."

깎을 엄두도 안 나 우진이 꾸벅 인사를 하고 사무실을 나서는데 뒤에서 사장이 불렀다.

"해 줄게."

우진이 멈춰 섰다.

"뭘요?"

"광고비 말이야. 사정이 딱하니 특별히 깎아 준다고."

광고비를 깎으면 효과가 없다더니 사장은 방금 전 자기가 한 말을 금세 바꿨다.

"돈 없어요."

"얼마나 있는데?"

우진은 대답 대신 꾸벅 인사하고 돌아섰다. 사장이 다시 잡았다.

"그냥 있는 돈 다 줘."

우진은 창피함을 무릅쓰고 지갑을 열어 보였다. 10달러짜리 한 장이 수줍게 숨어 있었다.

"……이게 다야?"

우진은 고개를 끄덕였다. 사장은 벌레 씹은 표정을 했다. 한번 뱉은 말을 물러도 될 텐데 이번엔 달랐다. 사장은 구시렁대며 10달러를 챙겼다.

저녁까지 코리아타운을 돌았지만 아무 성과가 없었다. 가게를 들어갈 때마다 혹시 피코맘을 만날 수 있지 않을까 기대했지만 우진의 희망 사항일 뿐이었다.

"울룰루, 첫술에 배부르겠니?"

돌아오는 광고 안에서 우진이 말했다. 자신에게 하는 말이기도 했다. 울룰루가 답했다.

"배부를 때까지 계속 먹자고."

웃자고 한 말인지, 진지하게 한 말인지 헷갈려서 우진은 잠자코 운전만 했다.

둘째 술에도 셋째 술에도 배는 부르지 않았다. 아무런 성과 없이 시간이 흘렀다. 베티의 정신도 여전히 오락가락했다. 그녀는 모텔에 머물면서 우진과 테일러를 위해 음식을 만들었다. 음식이라야 식빵에 땅콩버터와 잼을 바른 샌드위치가 전부였다. 테일러는 덴버 시내에 나가 거리의 시인 아르바이트를 했지만 돈벌이는 시원치 않아 보였다.

한인 주간지 《덴버 포커스》도 맥을 못 췄다. 발행인인 사장과 아내만 읽는 모양이었다. 오로라시 한국 식당 입구엔 손도 안 댄 《덴버 포커스》가 뭉텅이째 쌓여 있었다.

우진은 고독한 하이커 출판사에 메일을 보냈다. 혹시 실종된 새엄마에 대한 정보가 있으면 알려 달라고 했다. 며칠이 지나도 출판사로부터 아무런 답장이 없었다. 메일을 읽기나 한 건지, 우진의 속이 타들어 갔다.

우진이 또 하루를 허탕 치고 모텔방으로 들어가려는데 야외 수영장에 테일러가 있었다. 시인 아르바이트를 일찍 접고 돌아온 모양이었다. 우진은 미적미적 다가갔다. 수영장 벽에는 물때가 끼었고 바다 타일 몇 개가 떨어져 나가 있었다. 테일러는 물 밖으로 머리를 내민 채 편안한 자세로 헤엄쳤다. 우진이 손을 흔들었지만 테일러는 못 본 것 같았다. 흔들리는 물결 아래로 파란 원피스 수영복 차림의 테일러가 보였다. 그녀의 희고 긴 다리가 물 위로 나왔다가 들어갔다. 우진이 울룰루를 서둘러 백팩에 집어넣었다.

"울룰루, 미안. 잠시 쉬고 있어."

"또, 또!"

테일러는 영법을 바꿔 평영으로 헤엄쳤다. 개구리처럼 다리로 물을 차고 뻗으면서 힘도 안 들이고 쭉쭉 전진했다. 우진은 수영장 옆에 선 채 본의 아니게 테일러의 몸을 내려다보게 됐다. 테일러는 다리를 벌렸다가 오므리며 물속으로 미끄러졌다. 우진 눈 아래로 포천쿠키 같은 엉덩이가 천천히 지나갔다. 우진의 가슴이 두방망이질 쳤다.

"리모, 변태야? 그만 좀 보시지."

수영을 멈춘 테일러가 폴짝 뛰어올라 우진의 팔을 잡아끌었다.

"으악!"

물보라와 함께 우진이 머리부터 수영장으로 입수했다. 놀라서 발을 딛으려 했지만 바닥에 닿지 않았다. 우진이 겁에 질려 허우적거렸다. 초등학생 때 바다에 한번 빠진 뒤 물에 들어간 적이 없다.

"살려 줘!"

우진이 팔과 다리를 마구 휘저었다. 멀리 도망갔던 테일러가 장난기 가득한 얼굴로 이쪽을 바라봤다. 몸부림칠수록 우진의 몸이 점점 가라앉았다.

"나 진짜, 읍……."

물이 왈칵왈칵 입으로 들어왔다. 테일러가 그제야 상황을 파악했는지 자유형으로 휘적휘적 다가왔다. 우진은 테일러의 목을 휘어잡았다.

"도널드 덕!"

테일러가 욕을 했다. 우진이 고목 위 매미처럼 테일러에게 찰싹 들러붙었다.

"리모, 진정해!"

테일러가 소리쳤지만 진정할 상황이 아니었다. 미국까지 와서 싸구려 모텔 수영장에서 익사할 수는 없었다. 찰거머리처럼 테일러를 더욱 꽉 끌어안았다. 테일러가 숨이 막혀 캑캑거리더니 어느 순간 거짓말처럼 수영장 가운데 우뚝 섰다. 믿을 수 없었다. 우진보다 작은 테일러가 수영장 바닥을 딛고 섰다. 테일러가 우진의 팔을 목에서 떼어 내며 말했다.

"바닥 얕음. 내려와."

이럴 수가. 분명히 발이 땅에 닿지 않았는데……. 우진은 슬그머니 테일러 등에서 내려왔다. 똑바로 서 보니 물이 어깨선에서 찰랑였다. 당황한 나머지 원맨쇼를 벌인 셈이다. 우진은 무안해서 소리를 꽥 질렀다.

"난 물에 트라우마가 있다고!"

우진은 젖은 옷 그대로 비치 베드 위에 누웠다. 테일러는 미안한지 스툴 의자를 끌고 우진 곁으로 왔다. 해는 저물었지만 한낮의 열기는 수그러들지 않았다. 우진은 체면이 말이 아니었지만 풀사이드에 누워 있으니 몸이 날짝지근해지고 놀랐던 마음도 가라앉았다. 테일러가 두 손으로 깍지를 끼고 기지개를 켰다. 수영복 아래로 테일러의 가슴이 도드라져 보였다. 며칠 전 낙지 커플의 애정행각이 생각났다. 모텔방에서 짝짓기하던 파리 커플도 떠올랐다. 우진이 안 보려고 할수록 눈알은 튀어 나갈 기세로 옆으로 돌아갔다.

"가슴 좀 그만 봐 줄래?"

우진은 도둑질하다 들킨 것처럼 뜨끔했다.

"안 봤어. 안 봤다고."

테일러는 우진을 잠시 흘기더니 몸을 기울였다. 옅은 그림자가 우진 얼굴 위에 떨어졌다.

"네 얼굴 만져 봐도 됨? 이렇게 납작한 얼굴 처음 봄."

납작한 얼굴? 이렇게 대놓고 무안 주는 것도 테일러의 특기였다. 우진은 자존심이 상해 대답도 안 했는데 테일러는 벌써 손을 뻗어 납작한 얼굴을 더듬고 있었다. 동양인의 이목구비가 신기한 모양이었다. 테일러는 골상학자처럼 호기심 가득한 표정으로 이마를 조심조심 더듬었다. 테일러의 손끝이 닿는 부분마다 전기가 오른 듯 뜨거워졌다. 테일러는 이마를 지나 겉눈썹을 간지럽히더니 눈두덩 위로 손가락을 옮겼다. 우진의 눈이 저절로 감겼다.

"수퍼 두퍼! 눈이 개구리처럼 튀어나왔네."

테일러는 칭찬하는 척하면서 은근히 우진을 먹였다. 테일러의 가는 손가락이 우진의 코를 만졌다. 간질간질했지만 참을 만했다. 이번엔 테일러가 우진의 입을 만지작거렸다. 깎지 않은 수염이 신경 쓰였다.

풀장 안에 조명등이 들어왔다. 수영장 물이 형광색으로 바뀌고 어둑어둑해지는 땅거미 속에서 물결이 찰랑댔다.

"이번엔 네 차례야."

우진이 벌떡 일어나 테일러에게 누우라고 손짓했다. 테일러는 옆머리를 다듬어 귀 뒤로 꽂더니 아무렇지도 않게 우진과 자리를 바꿨다. 파란 원피스 수영복의 테일러가 한 마리 매끈한 돌고래처럼 우진의 눈

아래 누웠다. 우진의 등에서 모락모락 김이 피어올랐다. 제일 먼저 테일러의 어깨 위로 늘어진 머리카락을 손바닥 위에 펼쳤다. 항상 신기롭게만 보이던 머리카락이 물에 젖어 더 빨개 보였다. 면도날로 벤 것 같은 빨간 선이 우진의 손바닥에 여러 개 그어졌다. 테일러는 우진이 만지기 쉽게 턱을 들고 얼굴을 뒤로 제쳤다. 테일러는 겉눈썹을 얇게 다듬었지만 숱이 많아 까슬까슬했다. 눈썹도 머리 색깔처럼 빨갰다.

"머리가 빨가니 몸의 털이 다 빨갛나 봐."

목소리가 갈라져 나와서 우진은 당황했다. 깊이 꺼진 눈두덩이를 만지려는데 테일러가 눈을 반짝 떴다. 눈이 순정 만화 여주인공처럼 왕방울만 했다. 테일러의 초록빛 눈동자 안에 우진의 얼굴이 비쳤다. 저 너머 또 하나의 세계에 살고 있는 우진을 마주했다. 테일러도 우진의 눈동자를 바라봤다.

"리모 눈동자 속에 내가 있음."

서로 거울을 마주 보는 기분이었다. 갑자기 몸이 더워졌다. 열대야가 시작되려나 보다. 소음과 함께 자동차 한 대가 주차장으로 들어왔다. 우진은 꿈에서 깬 듯 후다닥 자리에서 일어났다. 괜히 주위를 둘러봤다. 수영장을 둘러싼 아름드리나무에 자주색 꽃이 가득 피어 있었다. 테일러가 일어나 앉으며 머리를 매만졌다.

"너 처음?"

"뭐가?"

"너 여자 친구 경험 없음?"

우진은 당황해서 대답 못 했다.

"없네. 없어!"

테일러가 손가락질하면서 아하하하 웃었다. 우진이 큰소리로 얼버무렸다.

"많아. 당연히 많지. 여자 경험."

테일러가 얼굴을 내밀고 우진을 빤히 쳐다봤다.

"정말? 아닌 거 같음."

"정말이야. 내 별명이 수유동 플레이보이였어."

테일러가 피식 웃었다. 우진이 약이 올라 물었다.

"넌 남자 경험 많냐? 너희들은 그, 뭐야, 프리하잖아."

테일러는 또 피식 웃더니 자리에서 일어났다.

"베티 저녁 준비 도와줘야 함."

멀어져 가는 테일러에게 우진은 괜히 소리를 높였다.

"너 플레이보이, 아니 플레이걸이지? 유타 플레이걸."

테일러는 뒤를 한 번 돌아보고 손을 흔들었다. 우진이 한국말로 중얼댔다.

"뭐라는 거야? 맞다는 거야? 아니라는 거야?"

수영복 차림으로 긴 머리를 찰랑거리며 걸어가는 테일러의 뒷모습이 잘나가는 플레이걸처럼 보였다.

혼자 속이 상한 우진은 울룰루를 꺼냈다.

"울룰루, 미안. 답답했지?"

"너 테일러한테 반한 거?"

"내가? 저 유타 플레이걸이랑? 하하."

우진이 자신은 결백하다는 듯 헛웃음을 쳤다.

"그럼, 너 왜 거짓말했냐?"

우진은 찔끔했다.

"너 '수유동 플레이보이' 아니잖아. 너 '수유동 고자'잖아. 수유동 연애고자. 학원 후배가 지어 줬잖아."

울룰루는 우진에 대해 너무 많은 것을 알고 있다. 울룰루의 말은 사실이다. 따르던 여자 후배 하나가 우진의 연애 세포가 영구 동면에 들어갔다며 '수유동 고자'란 별명을 지어 줬다. 우진은 테일러가 사라진 쪽을 바라봤다. 다행히 테일러는 듣지 못한 것 같았다.

두 마음

덴버에서 벌써 닷새째다. 우진은 여전히 오로라시에 있는 한인 점포를 돌았다. 밑도 끝도 없이 피코맘을 찾아다니는 일도 고됐지만 우진이 힘들어하는 점이 하나 더 있다. 바로 한국 음식. 한국에서 우진은 애늙은이라는 별명에 맞게 늘 한식만 먹었다. 아버지와 유일하게 닮은 게 하나 있는데 양식을 못 먹는다는 점이다. 친구들이 좋아하는 햄버거나 피자를 따라 먹기는 했지만 그런 날은 배 속이 불편했다. 식성이 뼛속까지 한국인인 우진은 보름 가까이 양식만 먹다 보니 이제 정신을 집중하기도 힘들 지경이었다. 몸은 찌뿌둥했고 내장은 버터로 두껍게 코팅된 느낌이었다.

피코맘을 찾으러 한국 식당에 들어갈 때가 제일 고역이었다. 손님들 테이블에 펼쳐진 한식의 푸짐한 비주얼, 꾸리꾸리하고 달콤한 냄새, 지글지글 고기 굽는 소리에 우진의 입안에선 침으로 대홍수가 났다. 사 먹을 돈은 1달러도 없었다.

오로라시 변두리에 있는 허름한 백반집에 들어갔는데 남자 손님이 밥을 먹고 있었다. 커다란 뚝배기 안에 여러 가지 재료가 푸짐하게 담겨 있었다. 우진은 한눈에 메뉴를 알아봤다. 꽃게 된장찌개.

새엄마는 요리를 잘했다. 그녀의 꽃게 된장찌개가 어린 우진의 최애 음식이었다. 뭐니 뭐니 해도 꽃게 된장찌개의 주인공은 속이 꽉 찬 꽃게였다. 새엄마는 큼직큼직하게 자른 꽃게를 우진에게 듬뿍 담아 줬다. 어린 나이에도 혀끝에 달라붙는 꽃게 속살의 감칠맛을 느낄 수 있었다. 새엄마의 칭찬이 이어졌다.

"참 복스럽게도 먹네. 우진이는 복 많이 받을 거야."

후루룩 쩝쩝, 후루룩 쩝쩝.

백반집 남자 손님은 소리도 요란스럽게 먹었다. 우진의 위가 벌렁벌렁 요동쳤다. 우진의 발이 저절로 손님에게 다가갔다. 남자가 땀에 젖은 얼굴을 들어 우진을 바라봤다. 우진은 피코맘의 사진을 미적미적 내밀었다.

"이 사람 본 적 있으세요?"

남자는 꽃게 다리를 우걱우걱 씹으며 사진을 유심히 들여다봤다. 꽃게의 비릿하고 달달한 냄새가 우진의 코를 괴롭혔다.

"모르겠는데."

남자는 다시 고개를 박고 먹는 일에 열중했다. 우진은 한참 동안 테이블 옆에 서 있다가 식당 문을 나섰다.

늦은 점심을 먹으러 공원에 앉았다. 베티가 싸 준 점심 메뉴는 며칠째 땅콩버터와 잼을 바른 샌드위치. 그 흔한 양상추 한 장 들어 있지 않았다. 보는 것만으로도 속이 메스꺼워지면서 식욕이 싹 가셨다. 하지만 오후에 다시 코리아타운을 뒤지려면 뭐라도 먹어야 했다.

"울룰루, 넌 한국에 돌아가면 뭐가 제일 먹고 싶어?"

"난 한국 220V 전기가 제일 그리워. 미국 전기는 소울이 없어."

우진은 울룰루가 말하는 '소울'이 무엇을 뜻하는지 100% 헤아릴 수 있었다. 같은 병을 앓는 사람끼리 서로 가엾게 여기는 법이다.

우진은 한국에 돌아가면 어떤 것부터 먼저 먹을지 순서를 정했다. 마라탕과 삼겹살 중에서 1위를 무엇으로 할지 고민하며 샌드위치를 꾸역꾸역 집어넣었다.

한낮이 됐는데도 우진은 모텔방 침대에 울룰루와 나란히 누워 스마트폰 게임을 했다. 남아도는 건 시간이고 부족한 건 돈이었다. 이제 어디를 더 뒤져야 할지도 모르겠고 움직일 때마다 돈이 들었다. 휘발윳값, 점심값, 물값. 더 이상 베티에게 손을 벌릴 염치도 없었다. 이런 주머니 사정이라면 모텔에서 머물 수 있는 날도 얼마 남지 않았다. 캠프장으로 들어가든지 그것도 여의찮으면 마트 주차장에서 밤을 지내야 할 수도 있다.

모텔방이 답답해진 우진은 팡고를 몰고 덴버 시내로 향했다. 테일러가 아르바이트하는 모습도 보고 일이 끝나면 같이 돌아올 요량이었다.

테일러는 덴버의 다운타운 16번가 시계탑 아래 있다고 했다. 유니언 역에서부터 남동쪽으로 보행자 전용도로가 있고 시계탑은 그 중간쯤에 있었다. 지역 축제를 앞두고 있는지 다채로운 깃발들이 머리 위에서 나부꼈다. 테일러는 여전히 흰색 페도라 모자를 쓴 채 수동 타자기를 앞에 두고 페이퍼백 책을 읽고 있었다. 지나가는 관광객들은 거리의 시인을 힐끔거릴 뿐 시에는 관심이 없어 보였다.

테일러 옆에는 행위예술가가 있었는데 사람들로 시끌벅적했다. 대학생쯤으로 보이는 젊은 여자가 나무로 만든 단상 위에 꼼짝 않고 서 있었다. 옆에 있는 테이블에는 여러 가지 물건들이 있었다. 꽃, 나무 덩굴, 유화 물감, 쇠사슬, 붕대 등이 보였다. 관객은 원하는 대로 여자의 자세를 바꾸거나 몸을 치장했다. 어떤 일이 벌어지든 여자는 부동자세로 동상처럼 가만히 있었다. 이미 그녀의 머리카락은 물감으로 알록달록 칠해졌고 하얀색 셔츠 위에는 누군가 립스틱으로 '바보'라고 크게 적어 놨다. 여자가 올라선 단상 아래에는 꽤 많은 지폐가 쌓인 바구니가 있었다.

테일러는 손님이 있건 없건 상관없다는 시크한 표정으로 책을 읽고 있었다. 우진은 울룰루를 가방에 욱여 넣었다. 우진은 테일러와 단둘이 있고 싶었다. 아무에게도 방해받고 싶지 않았다. 울룰루는 이미 체념한 듯 아무 말도 안 했다.

"무슨 책 읽어?"

우진을 보고 테일러의 얼굴이 환해졌다. 그래서 우진은 기뻤다. 테일러는 책을 탁 소리가 나게 덮더니 시무룩해졌다.

"요즘 누가 시를 읽겠음? 업종 변경해야 할 듯."

울상인 테일러를 보니 하루 종일 허탕을 친 게 분명했다. 테일러는 모자를 벗고 빨간 머리를 한쪽으로 넘기면서 중얼댔다.

"나도 동상 퍼포먼스나 하는 게 낫겠음."

옆에서 환호 소리가 났다. 근육질의 남자가 여자에게 진한 키스를 했다. 관객들이 야유를 퍼부었고 중년 여자가 들어가 남자를 떼어 놨다. 행위예술가는 눈도 깜박이지 않았다.

테일러가 머리를 비스듬히 기울이고 우진을 바라봤다.

"리모, 나를 위해 시를 지어 줘."

"노노. 절대 못 해. 시를 지어 본 적이 한 번도 없어."

우진은 손사래 쳤다. 더군다나 영어로 시를 지으라니.

"누구에게나 처음은 있음."

테일러는 자리에서 일어나 우진을 캠핑 의자에 앉혔다. 종이 한 장을 타자기에 끼웠다. 그리고 자신은 손님용 간이 의자에 앉았다.

"음…… 주제는 '행복'임."

우진이 던졌던 주제와 같았다. 우진은 타자기에 낀 빈 종이를 바라봤다. 아무 생각이 안 났다.

"잠깐!"

테일러가 손가방을 뒤져 오레오 하나를 꺼냈다.

"이걸 먹어야 함. 그래야 시상이 떠오름."

테일러가 오레오를 우진의 입 앞으로 내밀었다. 우진이 어색하게 입을 벌리자 테일러가 오레오를 쏙 집어넣었다. 과자가 바스러지면서 고소한 맛이 입안 가득 돌았다.

타닥타닥.

우진이 제목을 타이핑했다. 그냥 '행복'으로 정했다. 테일러가 왼손을 뻗어 리턴 레버를 오른쪽으로 밀었다. 드르륵, 상큼한 소리와 함께 줄이 바뀌었다. 우진은 잠시 고민하다가 리턴 레버를 한 번 더 밀어 한 줄을 더 띄웠다.

행위예술가 앞에는 여전히 사람들이 모여 있었다. 남자 꼬마가 나오더니 여자의 몸을 밧줄로 친친 감았다. 여자는 여전히 동상처럼 무표정했다. 구경꾼들은 웃으면서 또는 진지하게 눈앞에서 벌어지는 사건을 지켜봤다. 아무 계획 없이 흘러가는 대로 내버려두는 게 여자가 생각하는 예술이었다.

우진도 행위예술가처럼 시를 짓고 싶었다. 계획하지 말고 흘러가는 대로. 우진은 피아노를 치는 자기 모습을 떠올렸다. 매일 다섯 시간씩 연습실에서 피아노를 연주했다. 손가락이 아닌 무쇠 엉덩이 힘으로 피아노를 쳤다. 오늘은 힘들어도 내일을 위해 참아야 했다. 하지만 이제 그만 내려놓고 싶었다. 마음 가는 대로 살고 싶었다. 피아노고 콩쿠르고 대학도 다 때려치우고 서울은 잊고 여행만 계속하고 싶었다. 새엄마를 찾을 때까지만이라도. 새엄마가 떠올랐다. 만나고 싶지만 또 만나고 싶지 않았다. 우진을 버리고 떠난 새엄마를 그리워하면서도 미워했다. 우진 안에는 정반대인 두 마음이 있다. 몸은 하나인데 마음이 두 갈래니 항상 혼란스러웠다.

타닥타닥 탁탁탁.

첫 행을 썼다. 오레오 약발이 그제야 올라오는지 나머지 행이 술술 쉽게 이어졌다. 수동 타자기는 처음이었지만 컴퓨터 자판과 배열이 같아 타이핑이 어렵지 않았다. 경쾌한 타자기 소리가 지나가던 사람들의 관심을 끌었다. 젊은 남녀 한 커플이 우진의 작품을 궁금해하며 멈춰 섰다.

시는 금세 완성됐다. 우진은 종이를 잡아 빼서 테일러가 했던 대로 자필 사인을 했다. 그리고 읽어 보지도 않고 의뢰인에게 건넸다. 테일러는 초록색 눈동자를 반짝이며 소리 내어 읽었다. 구경하는 남녀 커플도 들을 수 있게끔. 우진은 창피해서 도망가고 싶었지만 아무렇지도 않은 척했다.

「행복」

기쁨은 눈물 속에 있고,
슬픔은 웃음 뒤에 있다.

자유는 복종에서 나오고,
풍요는 결핍에서 생긴다.

고요는 소음 속에 살아 있고,
사랑은 미움 위에서 꽃핀다.

행복은
두 마음 사이 어디쯤에 있다.

테일러에게
리모

커플이 손뼉을 쳤다. 테일러가 커플에게 말했다.
"수퍼 두퍼! 이 친구 시를 쓴 게 처음임."
커플이 우진에게 다시 박수를 보냈다. 우진은 고개를 저었다. 미국인들의 호들갑엔 이미 적응이 됐다. 별것도 아닌 일에 고저스, 뷰티풀, 어썸, 패뷸러스 같은 최상급 찬사를 남발한다. 테일러가 우진의 어깨에 손을 올렸다.

"칭찬은 그냥 칭찬으로 받아들이면 됨. 땡큐는 그냥 땡큐고 아임쏘리는 그냥 아임쏘리임."

남녀 커플이 다가왔다.

"저희를 위해 시 써 주세요."

우진은 당황해서 시인은 테일러라고 알려 줬다. 그들은 테일러에게 시를 부탁했다. 테일러가 캠핑 의자로 옮겨 앉았다. 오후 3시가 넘어서야 테일러는 첫 손님을 맞았다. 행위예술을 구경하던 몇 사람이 이쪽으로 넘어왔다. 테일러가 주머니를 뒤지더니 10달러짜리 지폐 두 장을 꺼내 우진에게 내밀었다.

"네 시(詩) 값."

우진은 사양했지만 테일러 고집이 더 셌다. 구경꾼들이 테일러를 둘러쌌다. 테일러가 페도라 모자를 고쳐 썼다. 오레오가 많이 필요할 것 같았다.

테일러가 분주해진 틈을 타 우진은 거리를 빠져나왔다. 팡고를 몰고 오로라시로 향했다. 급히 가야 할 곳이 생겼다. 해는 아직 중천에 떠 있었다. 돈은 충분했다. 꽃게 된장찌개는 15달러, 팁을 내고도 돈이 남는다. 팡고 안으로 구수한 꽃게 된장찌개 냄새가 퍼졌다.

스마트폰이 울렸다. 메일 도착 알림이었다. 신호등에 걸리자 우진은 메일함을 열었다.

고독한 하이커 출판사 편집장으로부터 답장이 왔다. 그는 『미국 트레일 30』에 얽힌 사건을 잘 기억하고 있었다.

> 모압 부부의 사망 사고 후 우리는 세라의 책을 절판하고 회수했습니다. 물론 전량을 회수할 수는 없었습니다.
> 우리가 확인한 바로는 세라는 로키산맥 키홀 트레일을 직접 가 보지 않고, 오래전 영국에서 출판된『로키산맥 트레일』에 나온 지도를 넣었습니다. 세라는 가이드북뿐만 아니라 여러 잡지에 기고하고 있었는데 원고 마감에 쫓겨 이런 일이 일어났다며 잘못을 인정했습니다.
> 세라는 책임을 지겠다며『미국 트레일 30』에 실린 코스를 모두 다시 점검하고 수정판을 내겠다고 했습니다. 그 후론 소식이 끊겼습니다.
> 세라의 연락처는 저희도 모릅니다. 이메일은 답이 없었고 몇 차례 보낸 편지는 모두 반송됐습니다.

편집장은 우진이 몰랐던 새로운 사실을 하나 알려 줬다. 모압 부부 사망사건 이후 세라가 가이드북에 실렸던 모든 트레일 코스를 다시 밟겠다며 나섰다. 세라가 로키산맥을 찾은 것이 바로 이 때문이었다. 뒤늦게라도 자기 잘못을 만회하고 싶었을 세라의 절박함이 느껴졌다.

우진은 메일을 다시 한번 읽었다. 마지막 문장을 찬찬히 곱씹었다.

'편지는 모두 반송됐습니다.'

팡고는 어느새 오로라시로 들어가고 있었다. 룸미러에 매달려 있는 달마시안 피겨 펜던트가 규칙적으로 흔들렸다.

"울룰루, 미국 우체국은 주소가 틀리면 다 반송해 줘?"

"맞아. 배달원이 우편물에 '반송' 스티커를 붙여서 보낸 사람에게 돌려보내지."

"반송 말고 이사 간 새 주소로 전달해 줄 수도 있잖아. 우리나라에도 그런 서비스가 있는데."

우진은 새 아파트로 이사했을 때 이전 주소가 적힌 고지서들이 새 주소로 배달됐던 일을 기억해 냈다.

"리모, 미국에서도 주소 이전 서비스를 신청하면 가능해."

우진의 머릿속에 전구 하나가 반짝 켜졌다.

"이모할머니도 덴버로 옮겨 오면서 주소 이전 서비스를 신청하지 않았을까? 우체국은 이모할머니의 새 주소를 알고 있다는 말이지."

"미국의 주소 이전 서비스는 이사 후 1년 동안만 가능해. 피코맘은 훨씬 오래전에 LA를 떠났어. 그리고 USPS 미국 우정 공사는 개인정보를 제삼자에겐 알려 주지 않아. 결론적으로 우린 아무 것도 알아낼 수 없어."

우진의 머릿속 전구가 퍽하고 꺼져 버렸다. 코너를 도니 멀찍이 꽃게 된장찌개 집이 있는 상가가 보였다.

"USPS 내부자라면 모를까……."

울룰루가 중얼대는 소리를 우진이 놓치지 않았다. 반짝, 전구에 불이 다시 들어왔다.

"울룰루, 우체국 서버에 접속해서 피코맘의 LA 옛 주소를 입력하면 콜로라도 새 주소를 알아낼 수 있을 거야."

"그건 안돼. 해킹은 중대한 불법행위야."

"나쁜 짓을 하자는 게 아니잖아. 피코맘 주소만 빼내면 돼. 아무에게도 피해 주지 않는다고."

새엄마로 통하는 문의 열쇠를 피코맘이 갖고 있다. 수단과 방법을 가리지 않고 피코맘을 찾고 싶었다. 아무 대책 없이 마냥 모텔방에서 시간만 죽일 수는 없었다.

"리모, 그래도 범죄자가 될 수도 있고 잘못하면 미국 경찰에……."

"울룰루! 할 수 있어, 없어?"

우진의 목소리가 격앙됐다. 미국법까지 들먹이며 안 된다고만 하는 울룰루가 원망스러웠다. 울룰루는 놀란 ○ 표정이었다.

"그건 해 봐야 알아. 네가 시키면 해 볼게."

"그럼 잔말 말고 해!"

우진은 길옆에 팡고를 거칠게 세웠다. 울룰루가 난감해서 ∞ 물었다.

"지금 당장?"

"지금 당장!"

우진이 잘라 말했다. 울룰루는 더 이상 대꾸하지 않았.

교육용 AI 로봇 울룰루는 사이버 보안에 관련된 화이트 해킹 능력이 탁월하다. 우진은 이 능력을 거꾸로 이용하면 USPS 전산망을 해킹할 수 있다고 계산했다.

울룰루의 몸에 열이 올랐다. 조수석에 조용히 앉아 있지만 내부 회로는 나노(nano) 초의 속도로 수천만 번의 연산을 하고 있었다.

"울룰루, 진행 상황을 말해 줘."

"추적을 피하려고 다크웹에 접속해서 USPS 서버에 대한 정보를 수집하는 중이야."

심장이 너무 빨리 뛰어 우진은 가슴을 손바닥으로 지그시 눌러야 했다.

"USPS 직원들에게 피싱 이메일을 보냈어. 누군가 메일을 열 때까지 기다려야 해."

우진은 고개를 주억거렸다. 개념 없는 직원이 메일에 첨부된 링크를 클릭하는 순간 USPS 시스템에 울룰루가 코딩한 해킹툴이 설치될 것이다. 우진은 눈을 감았다. 꽃게 된장찌개 생각은 진작에 사라졌다.

눈을 살짝 떠 보니 울룰루가 슬퍼 ∞ 보였다. 어색한 공기가 팡고 안에 맴돌았다. 울룰루가 우진에게 실망한 게 틀림없었다. 우진 역시 스스로에게 실망했으니까. 평소 고고한 척은 혼자 다 하더니 정작 자기가 필요할 땐 원칙을 헌신짝처럼 내버렸다. 한 번 깨진 원칙은 앞으로 더 쉽게 깨질 것이다. 처음보다 훨씬 자연스럽게, 거리낌도 못 느끼면서. 우진은 울룰루에게 미안하다고 사과하고 그만 멈추자고 말하고 싶었다. 하지만 또 다른 우진은 다른 말을 했다. 지금은 원칙보다는 융통성을 발휘할 때라고. 한 번만 모른 척하면 원하는 것을 얻을 수 있다고.

똑똑똑.

창문을 두드리는 소리에 우진은 눈을 떴다. 하늘색 셔츠를 입은 경찰이 창밖에 서 있었다. 허리춤에 차고 있는 권총이 보였다. 우진의 가슴이 쿵 하고 내려앉았다. 경찰은 한 손을 팡고 위에 올린 채 다른 한 손으로 창문을 내리라고 손짓했다. 룸미러를 보니 경광등을 켠 오로라시 경찰차가 뒤에 있었다. 입이 바짝 말라 왔다. 우진은 창문을 내리고 천연덕스럽게 인사했다.

"안녕하세요? 경관님."

우진은 양손을 핸들 위에 다소곳이 올렸다. 턱 끝에만 수염을 얍삽하게 기른 경찰이 머리를 까딱하더니 허리를 숙여 차 안을 들여다봤다. 짙은 선글라스 렌즈에 우진의 얼굴이 비쳤다. 그가 무엇을 살피는지 알 수 없었다.

"여기에 주차하면 안 됩니다. 면허증 좀 봅시다."

우진은 어금니를 깨물었다. 면허증이 있을 리 없었다. 침착, 침착, 우진은 마음속으로 반복하며 한국말로 나지막이 뇌까렸다.

"울룰루, 어떻게 좀 해 봐."

울룰루가 벌떡 일어났다.

"안녕하세요? 스미스 경관님."

경찰이 흠칫 놀랐다. 울룰루가 어떻게 그의 이름을 알아냈는지 알 수는 없지만 일단 주의를 분산시키는 데는 성공했다. 우진은 백팩을 뒤지는 척하면서 미소를 급히 장착하고 말했다.

"스미스 경관님, AI 로봇이에요. 울룰루."

경찰이 선글라스를 벗고 울룰루를 살폈다.

"말하고 움직이는 AI 로봇은 처음이야."

그의 밝은 회색 눈동자에 호기심이 가득 차 있었다.

"그런데 내 이름을 어떻게?"

"오로라시에서 스미스 경관님을 모르면 간첩이죠. 작년에 용감한 경관상도 받으셨잖아요. 월마트 총격 사건은 끔찍했어요."

울룰루는 번개의 속도로 오로라시 경찰서 인터넷망에 접속하고 안면인식 프로그램을 작동시킨 듯했다. 우진은 이게 통할까 싶었다. 아니나 다를까 스미스의 표정이 굳어졌다. 그는 선글라스를 다시 썼다.

자신의 신상을 꿰고 있다는 사실을 수상쩍게 여기는 눈치였다.
"칭찬은 고마워. 근데 자네들은 캘리포니아에서 온 것 같은데."
스미스는 광고에 붙은 캘리포니아 번호판을 본 것이다. 우진은 표정 관리가 안 됐지만 울룰루는 가능했다. 울룰루는 여전히 미소 짓고 말했다.
"사실은 한국에서 왔어요. BTS의 나라요."
울룰루가 BTS의 최신곡을 재생했다. 리듬에 맞춰 몸도 꿈틀댔다. 울룰루가 또 잘못 짚은 게 아닌가, 우진은 스미스의 눈치를 살폈다. 잠시 노래에 집중하던 스미스의 얼굴이 거짓말처럼 환해졌다. 이번엔 제대로 통했다.
"이 노래 나도 알지. 내 딸은 BTS에 빠져 있어."
스미스가 노래에 맞춰 머리를 끄덕였다. 울룰루가 손뼉 치듯이 짧은 두 팔을 마주쳤다.
"와우, 멋지네요. 혹시 따님 사진 있으세요?"
스미스는 냉큼 지갑에서 사진 한 장을 꺼냈다. 아내와 딸과 함께 찍은 사진이었다.
"오! 따님이 아내분을 닮아 너무 예쁘네요. 스미스, 부러워요."
딸은 우스꽝스러운 표정을 짓고 있었는데 울룰루는 무조건 예쁘다고 칭찬했다. 스미스가 사진을 도로 집어넣더니 우진의 어깨를 톡톡 쳤다.
"저 AI 로봇, 똑똑하기만 한 줄 알았는데 안목도 최고야. 자네, 좋은 친구를 뒀어."
스미스는 양해를 구하더니 우진, 울룰루와 함께 셀카까지 찍었다.

딸에게 자랑하고 싶다고 했다. 스미스가 경찰차에서 먹던 도넛을 갖다주겠다고 했지만 우진이 극구 사양했다.

"여기 주차 금지 구역이야. 차를 빼는 게 좋겠어. 안전 운전 하게나."

스미스는 경례하고 드디어 돌아섰다. 우진은 꾸벅 고개 숙여 인사하고 광고를 출발시켰다. 우진은 BTS에게 감사했고 울룰루의 순발력에 진심으로 탄복했다.

꽂게 된장찌개 집이 있는 상가에 주차했다. 저녁 해는 이미 기울었다. 흥분이 가라앉자 우진과 울룰루는 다시 입을 다물었다. 주차장 안 작은 화단에는 여러 빛깔의 장미가 활짝 피어 있었다. 우진은 핸들에 두 손을 얹은 채 한인 식당을 바라봤다. 저녁 시간이라 손님들로 북적였고 백인들도 꽤 많았다. 울룰루가 보고하듯이 말했다.

"소프트웨어 설치 완료. 내부 네트워크에 접근할 수 있는 백도어를 확보했어."

퇴근하기 전 USPS 직원 중 하나가 이메일을 확인하면서 링크를 눌렀고 해킹 프로그램이 깔렸다. 우진은 울룰루를 칭찬하려다 그만뒀다.

밤하늘 위에 달이 나왔다. 그리피스 천문대에서 봤던 보름달이 그새 반달로 바뀌었다. 몇 시간째 울룰루가 매달렸지만 방화벽을 뚫지 못했다. 처음부터 미국 정부 기관을 만만하게 보고 달려든 게 실수였다. 테일러에게 문자가 왔다. 우진은 급한 볼일이 생겨 늦는다고, 오늘 못 들어갈 수도 있다고 답했다. 한인 식당 주인이 셔터를 내리고 퇴근한 지도 한참이 지났다.

광고 안은 후텁지근했다. 창문을 열자 화단에서 장미 향기가 들어왔다. 우진은 눈을 감았다.

시야가 깜깜해진다. 암흑 속에 희끄무레한 무언가가 보인다. 우진은 눈가 주름이 잡히도록 눈을 꼭 감는다. 깜깜해질수록 윤곽이 또렷해진다. 두 사람이 보인다. 마치 연극 무대에 서 있는 배우들 같다. 우진은 객석에 앉아 무대를 내려다본다. 장소가 친근하다. 옛날 집 어린 우진의 방이다. 낯익은 피아노가 가운데 놓여 있다. 두 배우는 어린 우진과 새엄마다.

"생일 선물이야."

새엄마는 넉넉지 않은 살림에도 우진을 위해 피아노를 샀다. 나를 위해 이렇게 많은 돈을 써도 되는 걸까. 아버지가 알면 화낼 텐데. 어린 우진은 불안하면서도 기쁘다. 우진은 한 번도 생일 파티를 한 적이 없다. 아버지에게 조르지도 않았다. 우진의 생일은 친엄마의 기일이었으니까. 친엄마가 죽고 우진이 태어났으니까. 그래서 생일엔 더 숨죽이며 지냈다.

어린 우진은 악보를 보면서 건반을 더듬더듬 누른다. 모차르트의 〈작은 별 변주곡〉. 박자도 제멋대로고 음정도 연거푸 틀린다. 엉망으로 쳐서 창피한데 새엄마는 칭찬한다.

"우진이 연주는 재미있어. 어떨 때는 사자같이 힘세고 어떨 때는 생쥐같이 재빨라."

어린 우진은 새엄마를 꼭 안는다. 장미꽃 냄새가 난다. 둘을 바라보는 우진의 가슴이 뭉클하다. 우진은 무대 위에 있는 새엄마에게 말을 건넨다.

"당신을 만나려고 애쓰고 있어요. 그런데 이렇게까지 해야 하는지 모르겠어요. 이젠 어떡해야 할지 모르겠어요."

새엄마가 우진을 올려다보며 미소 짓는다.

"넌 이미 알고 있어. 선택은 언제나 네가 하는 거야."

우진이 무대를 바라본다. 조명이 꺼지고 다시 암흑이다. 우진은 눈을 떴다.

우진은 룸미러에 자기 얼굴을 비춰 봤다. 피곤해 보였지만 생각만큼 엉망은 아니었다. 뜻밖이었다.

울룰루가 들뜬 어조로 말했다.

"리모, 됐어! 방화벽을 뚫었어. 이제 쿼리를 만들어서 피코맘의 주소를 검색할게."

우진이 손을 뻗어 울룰루를 만져 봤다. 몸이 뜨끈뜨끈했다. 배터리는 방전 직전이었다. 울룰루는 있는 힘껏 우진의 명령을 수행하고 있었다.

"리모, 주소 변경 서비스의 데이터베이스를 뒤지는 중이야. 이제 거의 다 왔어."

"울룰루, 그만하자."

울룰루가 ○ 표정을 지었다.

"리모, 금방 끝나. 로그 기록을 삭제하면 우리가 접속했다는 것도 모를 거야."

우진이 고개를 저었다.

"울룰루, 그만해."

"……"

울룰루가 USPS 전산망과의 접속을 끊었다.

가지 않은 길

피코맘을 만나러 가는 팡고 안, 세 사람은 흥분을 쉽게 가라앉히지 못했다. 피코맘은 에스티스 파크라는 작은 도시에 살고 있었다. 에스티스 파크는 로키마운틴 국립공원 입구에 있는 조그마한 도시로 덴버에서 한 시간 반 거리다. 피코맘을 지척에 두고 열흘을 헤맸다. 해킹이란 지름길을 놔두고 먼 길을 돌아오느라 시간과 돈이 더 들었지만 낭비했다는 생각은 들지 않았다.

"내가 말했지. 간절히 기도하면 기적은 언제든지 일어난다고."

기도 덕분인지는 모르겠지만 피코맘에 대한 제보는 기적처럼 갑자기 왔다.

지난밤, 피코맘 써니를 안다는 제보가 들어왔다. 제보자는 《덴버 포커스》를 봤다고 했다. 그는 덴버에 있는 한국 식당 화장실에서 볼일을 보면서 심심풀이로 신문을 읽고 있었다. 화장실 벽에는 콜로라도 한인 커뮤니티에서 주최하는 다양한 이벤트 포스터들이 덕지덕지 붙어 있었다. 피코맘 '써니'를 찾는다는《덴버 포커스》광고를 읽고 고개를 들었을 때 벽에 붙어 있는 포스터 하나가 제보자의 눈에 들어왔다. 로키산맥에서 실종된 여자를 찾는다는 포스터였고 연락처에 적힌 이름이 '써니'였다. 그는 써니가 만든 포스터를 사진 찍어서 우진에게 보냈다.

> **Missing**
>
> **세라 강**
>
> **나이 45**
>
> **갈색 눈 / 검정 머리**
>
> **상금 $3,000**
>
> **연락처 (970) xxx-xxxx 써니**

포스터에는 세라를 찾겠다는 간절함이 가득했다. 피코맘 써니는 홀몸으로 로키산맥의 길목을 지키며 사라진 조카가 돌아오길 기다리고 있었다.

전화 너머 들리는 피코맘의 한국말은 따뜻했다.

"네가 우진이구나."

피코맘은 우진의 이름을 알고 있었다. 한 번 본 적도 없었지만 오래 전부터 알고 지낸 사이처럼 살갑게 대했다.

새엄마는 피코맘에 대해 자주 얘기했다. 새엄마에게 엄마와도 같은 분. 자신의 결혼까지 포기하면서 새엄마를 맡아 키운 분. 피코맘을 미국에 남겨 두고 혼자 한국으로 넘어온 일을 새엄마는 늘 죄스럽게 생각했다. 피코맘이 병에 걸렸을 때 그녀가 망설임 없이 미국으로 돌아간 것도 그런 부채감 때문이리라.

'에스티스 파크'라고 새겨진 커다란 표지석을 지났다. 로키산맥을 오르는 등산로는 대부분 에스티스 파크에서 시작된다. 관광도시답게 기념품점과 호텔이 흔했고 캠핑용품점도 많았다. 가벼운 옷차림의 관광객들과 등산복을 갖춰 입은 산악인들로 거리는 붐볐다.

'세라 하이킹'

피코맘이 운영하는 등산용품점이었다. 앞에는 넓은 호수가, 뒤에는 검은 전나무 숲이 새엄마 이름을 딴 자그마한 가게를 둘러싸고 있었다. 통나무로 만든 가게는 로키산맥 풍광과 잘 어울렸다. 가게 안은 등산용품과 캠핑 장비로 가득했고 손님 몇이 카운터 앞 소파에 앉아 있었다.

베티와 피코맘은 만나자마자 매장에 흐르는 음악에 맞춰 등을 맞대더니 두 팔을 위로 올리고 그루브를 타면서 엉덩이를 비볐다. 둘만의 인사법이었다. 가게 안에 있던 손님들이 이쪽을 쳐다보며 웃었다. 이어서 둘은 요란스럽게 포옹했다. 피코맘은 베티의 등을 쓰다듬으면서 미안하단 말을 반복했다.

"살다 보니 연락도 못 했네. 미안해."

"건강은 어때? 너는 왜 이렇게 늙었어?"

피코맘은 베티의 거친 입담이 반가운 듯 미소 지으며 건강이 많이 나아졌다고 말했다.

"나는 네가 한국 음식점을 하고 있을 거라 생각했지."

"그렇게 됐어. 그럭저럭 장사는 돼."

피코맘 목소리는 겉모습과 달리 카랑카랑했다.

"베티, 재즈 무대에 서는 건 그만뒀어?"

"곧 여든이야. 하고 싶은 것만 하고 살아도 시간이 부족하지~."

"엄살떨긴. 항상 너 하고 싶은 것만 하고 살았잖아."

"그랬었나? 한때 노래를 부르며 전국을 누볐지. 그때가 정말 그립구먼."

"그때 만난 남자들이 그리운 거겠지."

둘은 소녀들처럼 깔깔대며 웃었다. 우진은 베티가 재즈 가수였다는 사실에 놀랐다. 생각해 보면 베티의 나른한 목소리와 거침없는 성격, 풍부한 표정과 튀는 패션 감각은 재즈와 잘 어울린다.

피코맘이 우진의 손을 덥석 잡았다. 그녀는 한국어로 말했다.

"우리 아기, 아주 잘 자랐구나. 내가 챙겼어야 했는데. 미안해."

피코맘은 우진을 아기라고 했다. 열일곱에 아기 소리를 듣다니. 그런데 싫지 않았다. 피코맘의 한국어 발음이 어눌했다.

"생각보다 얼굴이 조숙하구나."

피코맘은 한국어 어휘 선택도 서툴렀다. 젊었을 때 아메리칸드림을 꿈꾸며 이민 온 교포 1세대이니 그럴 만도 했다. 베티는 한국어를 다 알아듣는다는 듯 고개를 주억거렸다. 피코맘의 눈에 눈물이 그렁그렁 맺혔다.

"우리 아기 고생 많이 했다."

우진도 코끝이 찡해져서 피코맘의 손을 꼭 쥐었다.

가게 여기저기에 세라를 찾는 포스터가 붙어 있었다. 포스터 사진 속에서 단발머리 여자가 웃고 있었다. 익숙하면서도 낯설었다. 새엄마가 이렇게 생겼었구나. 우진은 그녀의 얼굴을 한참 바라봤다.

"세라가 네 얘기를 많이 했다."

피코맘이 담담히 말했다.

"이매지네이션이 풍년이라고 그랬다."

피코맘이 무슨 말을 하려는지 이해했다. 새엄마는 우진의 피아노 연주가 상상력이 넘친다며 칭찬했다.

"우진이 연주는 항상 내 예상을 깨서 깜짝깜짝 놀라. 네 상상력이 듣는 이를 행복하게 만든단다."

잘 알려진 곡도 우진이 연주하면 처음 듣는 것처럼 새롭다고 했다. 우진은 한 번도 자신이 이매지네이션이 풍년이라고 생각해 본 적이 없었다.

테일러가 울룰루를 소개했다. 해킹 사건 이후 우진은 울룰루와 서먹해졌다. 우진의 뜻만 내세워 울룰루를 일방적으로 몰아붙인 걸 사과하고 싶었지만 우물쭈물하다가 타이밍을 놓쳤다. 늦게라도 미안하다 말하려 했지만 AI 로봇에게 사과하는 게 무슨 의미가 있을까 싶어 그만두었다. 다행히 울룰루는 모두 잊은 것 같았다.

"전 귀여움이 풍년이에요. 이모할머니, 안녕하세요?"

울룰루가 귀여운 척 혀 짧은 소리를 내며 머리를 까딱했다.

"어머나! 인형이 한국말을 하네. 움직이기까지."

놀란 피코맘은 가슴에 손을 얹었다. 베티가 오랜 친구를 안심시켰다.

"쫑고 까부는 거, 그게 전부야. 알고 보면 별거 아냐."

"칫!"

울룰루 표정이 ∪에서 ∩로 뒤집히자 피코맘은 또 한 번 놀랐다.

우진 일행은 가게 한쪽에 마련된 소파에 둘러앉았다. 피코맘이 얼음을 넣은 허브차를 가져왔다. 직접 뜨개질해서 만든 컵 받침대를 유리잔 아래에 깔았다.

"아, 시원함."

테일러가 한 모금 맛본 후 초록빛 눈동자를 반짝였다. 피코맘이 설명했다.

"로키마운틴에서 직접 따온 허브예요."

우진의 입맛에도 딱 맞았다. 이름 모를 허브에 자몽과 꿀을 넣어 새콤하고 달달한 맛이 났다.

베티가 숄더백에서 하얀 봉투를 꺼내 테이블 위에 놓았다. 살짝 벌어진 입구를 통해 100달러짜리 지폐 뭉치가 보였다. 베티는 덴버를 떠날 때 잠시 은행에 들른다며 광고에서 내렸었다. 베티가 봉투를 피코맘 앞으로 밀었다.

"피코맘, 정말 미안해. 너무 늦었어."

피코맘은 전혀 예상하지 못한 눈치였다. 베티는 담담하게 말했다.

"진작에 갚았어야 했는데. 살다 보니 이렇게 됐네."

"아, 난 다 잊었는데……. 베티, 여전히 어려울 텐데."

"그동안 늘 마음의 짐이었어. 솔직히 그냥 모른 척할까도 생각했어. 미안해."

피코맘이 베티의 손을 꼭 잡고 고개를 끄덕였다. 베티가 계속 말했다.

"언젠가부터 내 정신이 오락가락해. 이러다 정말 잊겠다 싶더라고. 그래서 리모와 나선 거야. 잊어버리기 전에 이걸 갚고 싶었어."

피코맘이 봉투 안을 확인하고 놀라서 물었다.

"왜 이렇게 많아?"

"벌써 40년도 넘었잖아. 주스값은 제대로 계산해야지."

베티가 피코맘과 눈을 맞추며 말했다. 주스값은 이자를 뜻한다.

"지금껏 고맙다는 말도 제대로 못 했지. 그때 정말 고마웠어."

궁금해하는 표정의 우진과 테일러에게 베티가 설명했다.

"그때 이 친구가 돈을 빌려주지 않았더라면 우리 애는 병원도 못 가 보고 죽었을 거야."

피코맘을 포옹하는 베티의 눈가가 젖어 있었다.

"피코맘은 돈 갚으란 얘기를 한 번도 꺼낸 적이 없어. 어렵긴 마찬가지였는데……. 난 그게 정말 고마웠어."

우진은 부끄러웠다. 베티의 선의를 그대로 받아들이지 못했다. 그녀가 꿍꿍이 속셈을 갖고 자신을 이용하려 한다고 의심했다. 베티는 친구가 어렵게 빌려준 돈을 죽기 전에 갚고 싶었고, 피코맘에게 받았던 친절을 손자뻘인 우진에게 돌려주고 싶었을 뿐이었다.

감동의 여운이 가라앉자 테일러가 큰 눈을 깜박이며 물었다.

"세라는 어떤 분이었죠?"

"자연을 사랑하는 아이였어요. 특히 산을 좋아했죠. 몇 달씩 혼자 여행을 떠났다가 갑자기 돌아오곤 했죠."

서울에서도 새엄마는 우진을 데리고 집에서 가까운 북한산을 자주 오르곤 했다. 마른풀같이 시들하던 새엄마는 산에만 가면 들꽃처럼 활짝 피어났다. 숲에서 만나는 꽃, 나무의 이름을 모두 알고 있었다. 우진은 새엄마가 준비한 김밥 도시락 먹을 기대에 열심히 산을 올랐다. 새엄마와 함께 나뭇잎 모양을 그리고 나무 열매나 돌을 수집하기도 했다.

"세라 부모는 리커스토어를 하고 있었는데 LA 사태 때 죽었어요. 고아가 된 세라를 내가 거둬서 키웠지요."

우진은 새엄마가 고아였다는 사실을 처음 알게 됐다. 생판 모르는 사람 이야기를 듣는 것 같았다. LA 사태에 대해선 들은 기억이 있다. 흑백 갈등이 엉뚱하게 흑인과 한인들의 총격전으로까지 번진 사건. 새엄마에게 들은 건지 유튜브에서 본 건지도 확실치 않았다. 8년이란 시간은 사실을 왜곡하고 나쁜 기억을 잊는 데 충분했다. 새엄마에 대한 우진의 기억은 어디까지 사실일까. 우진도 자신의 기억을 믿지 못했다. 새엄마에 대해 확신에 차서 말할 수 있는 것이 없었다.

"나는 큰 수술을 받았어요. 폐암 말기였는데 의사들도 가망이 없다고 했죠. 그런데 세라의 헌신적인 간병 덕분에 기적처럼 일어날 수 있었어요."

베티가 피코맘의 손을 잡고 다독였다. 테일러가 가방에서 종이쪽지를 꺼내 피코맘에게 건넸다.

"알아요? 이 사건?"

롱스피크에서 조난당해 죽은 부부에 관한 기사 스크랩이었다. 우진은 테일러의 돌발행동에 당황하면서 피코맘의 반응을 살폈다.

"서울에서 LA로 돌아왔을 때 세라는 많이 변해 있었어요. 참 밝던 아이였는데……. 나를 간병만 할 뿐 바깥에 나가지 않았어요. 여행도, 글쓰기도 모두 멈췄죠."

피코맘은 잠시 숨을 골랐다.

"완쾌하고 나서 식당을 다시 시작했는데…… 어느 날 세라가 그 사건에 관해 얘기했죠. 그리고 로키산맥으로 떠났어요. 할 일이 남아 있다고 했어요."

"무슨 할 일?"

피코맘은 유리컵 바깥에 맺힌 물방울을 손가락으로 문질렀다.

"세라는 죄를 지었다며 용서를 빌고 싶다고 했어요."

"죄요? 용서요?"

낯선 단어가 튀어나와 우진이 되물었다. 피코맘은 고개를 끄덕였다. 테일러는 특유의 시크한 말투로 중얼거렸다.

"그렇다고 죄를 용서받지는 못함. 있지도 않은 대피소를 지도에 넣었고 그 때문에……."

"여기서 세라의 잘잘못을 따질 필요는 없어."

우진이 쏘아붙였다. 테일러는 오묘한 표정을 짓고 입을 다물었다. 우진이 말했다.

"세라는 직업도 잃었고 사람들의 비난과 죄책감으로 힘든 시간을 보냈어."

"세라를 믿다가 얼어 죽은 부부는 그렇게 생각 안 할걸."

테일러는 사납고 매몰찼다.

"네 엄마라고 그렇게 감쌀 필요는 없음."

"워워. 둘 다 진정해. 같은 편끼리 이러지 말자고."

베티가 끼어들어 둘을 말렸다. 우진이 테일러의 눈을 꿰뚫을 듯 노려봤다. 피코맘이 유리컵을 소리 나게 내려놓으며 말했다.

"모든 걸 떠나서 나는 세라를 찾고 싶어요."

"그동안 연락 온 데는 없고?"

"처음에는 세라를 봤다는 제보가 많았지만 막상 가 보면 그냥 아시안 여자일 뿐 전혀 닮지도 않았었지. 이들에게 아시안은 다 비슷비슷하게 보이나 봐."

베티는 팔짱을 끼며 긍정의 뜻으로 고개를 끄덕였다.

"장난 전화도 많이 받았어."

"남의 불행을 즐기는 쓰레기 같은 놈들은 어디에나 있지."

피코맘은 허브차를 마저 마시고 허리를 곧추세웠다.

"그러다가 3년 전에 한 남자의 전화를 받았어."

모두 동시에 피코맘을 바라봤다. 마침 하이킹 복장의 남자가 가게로 들어와 대화가 끊겼다. 피코맘이 남자와 가볍게 눈인사했다. 피코맘이 말을 이었다.

"그는 세라를 봤다고 했어."

우진의 팔에 소름이 돋았다. 베티가 "할렐루야!" 하면서 두 손을 맞잡았다.

"그런데 남자가 이상한 얘기를 했어. 사진 속 사람은 맞는데 세라가 아니라고 했어."

"세라가 맞는데 세라가 아니라니. 그게 무슨 말이야?"

베티가 다그쳤다.

"에마. 그녀 이름은 에마래. 하지만 얼굴은 세라가 맞대."

에마. 처음 듣는 이름이었다. 예상하지 못한 전개에 우진은 잠시 멍했다. 카페 벽에 붙어 있는 포스터 속 새엄마 사진을 돌아봤다. 새엄마의 눈빛이 흔들리는 것 같았다. 자신은 세라가 맞다고 항변하다가, 에마일 수도 있다고 머리를 갸웃거리는 것처럼 보였다. 우진이 되물었다.

"그래서요? 세라든 에마든 어디서 봤대요?"

"네브래스카주 그린우드. 거기 아마존 물류창고에서."

이야기가 점점 미궁으로 빠져들었다.

"에마란 여자는 노마드로 살고 있대."

"노마드? 울룰루, 그게 뭐지?"

우진이 묻자 모두 울룰루를 바라봤다.

"말 그대로 유목민이란 뜻이야. 집 대신 자동차에서 생활하며 일자리를 찾아 돌아다닌다고 해서 붙여진 이름이지."

피코맘이 고개를 끄덕이며 설명을 덧붙였다. 남자는 3년 전 그린우드에 있는 아마존 물류창고에서 에마와 같이 일했다고 밝혔다. 아마존은 연말 성수기에 폭증하는 주문을 감당하기 위해 노마드들을 한시적으로 고용하곤 했는데 남자 역시 노마드였고 아마존을 떠나면서 에마와 헤어졌다.

"그 남자와 연락할 수 있나요?"

우진의 질문에 피코맘은 고개를 저었다. 무슨 사정이 생겨 전화번호를 바꿨는지 결번으로 나온다고 했다. 피코맘은 남자에게서 받은 사진이라며 스마트폰을 내밀었다. 커다란 창고 안에서 형광 작업복을 입은 예닐곱 명이 웃고 있었다. 축하 파티라도 연 모양이었다. 가운데에 산타 모자를 쓰고 활짝 웃고 있는 동양 여자가 보였다. 새엄마였다. 짧았던 머리카락이 어깨까지 길게 내려온 것 말고는 예전 모습 그대로였다. 주위에 있는 동료들은 모두 백인이었는데 피코맘 연배쯤 돼 보였다. 새엄마 옆에 야구 모자를 쓴 남자가 있었다. 그가 제보자였.

소파 깊숙이 몸을 파묻고 이야기를 듣고 있던 테일러가 물었다.

"세라든 에마든 한국으로 돌아가지 않았음. 왜?"

우진도 궁금했다. 고독한 하이커 편집장에게 약속한 수정판을 만들지도 않았고, 서울 집으로 돌아오지도 않았다. 무엇 때문에 새엄마는 노마드로 사는 걸까?

"그 남자 말로는……"

피코맘이 미간을 찌푸렸다. 정확한 단어가 떠오르지 않는 모양이었다.

"맞아, 해리성 장애. 세라는 해리성 장애를 앓고 있대요. 과거를 기억하지 못하는 병."

모두 당혹스러워하자 피코맘이 풀어서 설명했다. 해리성 장애는 극도의 스트레스 상황에서 자신을 보호하려는 심리적 반응이다. 견디기 힘든 경험이 머릿속에서 지워지면서 과거에 대한 기억도 더불어 사라지곤 한다.

"아마도 로키산맥에서 실종됐을 때 큰 사고를 당했고 그 충격으로 해리성 장애가 발병된 것 같아."

영화에서나 나올 법한 이야기였다. 해리성 장애가 생기면서 새엄마는 과거를 모두 잊어버렸다. 롱스피크 사건도, 서울 집도, 우진에 대한 기억도. 그리고 에마란 이름의 다른 사람으로 살고 있다.

달그락 소리와 함께 유리컵 속 얼음이 녹아내렸다.

"과거의 끔찍한 기억을 잊은 에마는 세라보다 더 행복할 수도 있음."

테일러가 들릴락 말락 한 목소리로 말했다. 창밖으로 정원이 보였다. 털실을 뜨개질해서 만든 여러 색깔의 코르사주 꽃들이 나무에 걸려 있었다. 한여름에 크리스마스트리를 보는 기분이었다.

피코맘은 가게 문을 일찍 닫고 2층으로 올라가 저녁을 준비했다. 메뉴는 갈비찜. 베티가 피코맘을 만나기 전부터 노래를 불렀기에 선택의 여지는 없었다.

꽃무늬 법랑 냄비를 열자마자 침울했던 분위기가 창밖으로 날아갔다. 매콤하고 달콤한 냄새가 여행에 지친 방랑자들을 위로했다. 코뿐만 아니라 눈도 힐링 됐다. 모서리를 둥글려서 깎은 당근과 무, 로키산맥의 정기를 받은 표고버섯, 그리고 윤기가 잘잘 흐르는 갈비가 자기들을 어서 먹어 달라고 아우성치고 있었다.

갈비찜을 한 입씩 넣자마자 행복한 미소가 절로 떠올랐다. 테일러는 고기를 뜯어 먹는 건 처음이라며 갈비를 뼈째 들고 먹었다. 땅콩버터 젤리샌드위치에 질려 고사 직전이던 우진의 미각세포들이 다시 살아났다. 베티는 생일상을 받은 어린아이의 표정으로 감탄사를 연발했다.

"갈비찜이 입에서 살살 녹네."

울룰루에게도 잔칫날이었다. 테일러가 가게에서 승압기를 발견했다. 전압을 올려 주는 장치인데 220V를 쓰는 유럽 캠핑족들이 종종 찾는다고 피코맘이 알려 줬다. 테일러는 120V 미국 전기를 220V로 부스터시켜서 울룰루의 엉덩이에 꽂았다.

"이게 바로 고향의 맛이야, 허어!"

울룰루는 목욕탕에서 할아버지들이 내는 소리를 내며 몸을 부르르 떨었다.

피코맘의 갈비찜에서 새엄마의 손맛을 느꼈다. 우진은 오랜만에 새엄마의 요리를 가족들과 둘러앉아 나누는 기분이었다.

우진은 잠시 바람을 쐬러 가게를 나왔다. 로키산맥의 새까만 윤곽 위로 별 무리가 가득했다. 별 하나가 긴 빛의 꼬리를 남기며 섬광같이 떨어졌다. 1초 정도였을까. 순식간에 제 몸을 불사르고 대기 속으로 사라졌다. 우진이 별똥별을 본 건 처음이었다. 별똥별을 보며 소원을 빌면 이뤄진다는데……. 우진은 고개를 뒤로 젖히고 밤하늘을 올려다봤다.

"아가, 무슨 소원을 빌고 있니?"

어느새 피코맘이 우진 뒤에 다가와 있었다.

"그건 비밀이에요. 이모할머니."

우진은 웃음으로 얼버무렸다.

"우리 아기한테 이모할머니란 소리를 들으니 너무 행복하다."

피코맘이 어깨에 두른 갈색 숄의 앞섶을 여미었다. 피코맘의 한국말은 어색했지만 충분히 알아들을 수 있었다.

"아버지는 무사히 지내니? 네 아버지도 여기에 왔었다. 세라를 찾으러."

아버지가 로키마운틴에? 우진은 전혀 몰랐다. 아버지는 가족을 버리고 미국으로 떠난 새엄마를 원망만 한다고 생각했다.

"레스큐 팀과 함께 한 달 동안 로키산맥을 열심히 수색했지."

아버지가 한 달 동안이나 집을 비운 적이 있었던가. 우진은 기억나지 않았지만 그랬을 수도 있다. 아버지의 장기 출장으로 우진은 종종 할아버지 집에서 지내곤 했다.

"세라를 찾아 눈보라 속을 미친 사람처럼 헤맸단다. 레스큐 팀이 말려도 소용없었다. 나중엔 세라보다 네 아버지가 더 걱정됐지."

초등학생 때였다. 미국으로 간 새엄마는 해가 바뀌어도 돌아오지 않았다. 어느 날 아버지는 우진의 어깨를 잡고 말했다.

"엄마는 죽었다. 더 이상 기다리지 마라."

아버지의 우악스러운 손에 잡힌 어깨가 아파서 우진은 울음을 터뜨렸다. 아버지의 덥수룩한 수염, 깊이 팬 주름, 분노에 찬 눈빛. 그때 봤던 아버지의 험악한 표정이 공포 영화 한 장면처럼 우진의 뇌리에 박혔다.

다음 날 느지막하게 브런치를 먹은 다음 우진은 테일러를 에스티스 파크 도서관까지 데려다줬다. 테일러는 울룰루를 자기 무릎 위에 앉혔다. 우진은 괜히 헛기침하며 울룰루의 표정을 살폈다. 우진은 여전히 울룰루가 어색했다. 묻지도 않았는데 테일러가 도서관을 찾는 이유를 밝혔다.

"세라 실종 당시 수색 과정에 대한 지역 신문 기사를 뒤서 보려고. 인터넷에 없는 정보가 분명히 있을 것임."

"……."

팡고 안은 조용했다. 이번엔 테일러가 주머니에서 무언가를 꺼냈다. 고무밴드에 묶인 20달러짜리 뭉치였다.

"네 덕분에 덴버에서 돈 좀 벌었음. 나중에 한턱 쏠게."

시(詩) 알바가 제법 쏠쏠했던 모양이었다. 우진은 고개를 까딱했다.

"베티에겐 비밀로 해 줘. 이건 내 돈임. 1달러도 줄 수 없음."

"……."

팡고 안이 다시 고요해졌다. 테일러가 우진과 울룰루의 얼굴을 번갈아 돌아봤다.

"분위기가 왜 이래? 너희 둘 싸웠음?"

"아냐, 싸우긴."

우진이 황급히 손을 휘저었다. 테일러가 눈을 가늘게 떴다.

"울룰루, 리모하고 괜찮은 거지?"

"난 항상 리모 편이야."

울룰루가 명랑하게 대답했다.

"리모, 난 네가 부러워. 항상 네 편인 친구가 있잖아."

우진은 울룰루가 고맙기도 하고 미안하기도 해서 입을 꾹 다물었다. 도서관에 도착했다. 로키산맥에서 채취한 넓적한 돌판들을 바깥벽에 붙인 자연 친화적 건물이었다. 사슴 몇 마리가 도서관 앞에서 나뭇잎을 뜯고 있었다. 한국에서는 동물원에서나 볼 수 있는 광경을 로키산맥에서는 일상으로 마주쳤다.

테일러가 스마트폰을 우진에게 들이밀었다.

"인스타에 올릴 거야. 새엄마를 찾고 있다고, 도와달라고 얘기해. 도움이 될 듯."

준비도 안 됐는데 테일러가 녹화 버튼을 눌렀다. 우진은 손을 내저으며 "어, 잠깐, 잠깐" 했지만 테일러는 이런 상황이 더 리얼하다고 생각하는지 계속 찍었다. 테일러가 손가락을 까딱하며 어서 시작하라고 사인을 보냈다. 우진은 운전석에 앉은 채 카메라를 봤지만 입이 떨어지지 않았다. 시간이 흘렀다. 1초, 2초, 3초……. 도움의 눈길을 보내도 테일러는 스마트폰 화면만 바라볼 뿐이었다. 쭈뼛쭈뼛 우진이 입을 열었다.

"안녕하세요? 오랜만입니다."

마치 새엄마가 앞에 있는 것처럼 꾸벅 머리를 숙였다. 테일러가 손가락을 허공에 빙빙 돌렸다. 무슨 뜻인지 알 수 없었다. 우진은 어색하게 더듬더듬 말을 이어 갔다.

"그러니까, 벌써…… 8년, 8년 만이네요. 저는 고등학교 2학년이 됐습니다."

원래 의도와는 달리 새엄마에게 보내는 영상 편지가 돼 버렸다. 긴장되어 군인 같은 말투가 나왔다.

"여기 로키산맥까지 왔습니다. 한국에서 나 혼자 왔습니다. 놀랐죠? 나도 믿기지 않습니다. 하하. 지금은 친구들, 베티와 테일러, 울룰루, 여럿이 같이 지내고 있습니다."

한번 시작하자 주절주절 말이 나왔다. 쓸데없이 말이 길어지는 건 아닌지 걱정되기 시작할 즈음 테일러가 물었다.

"왜 새엄마를 찾으려고 함?"

영상 편지가 이번엔 인터뷰로 바뀌었다.

"아, 그건……."

우진은 머릿속이 하얘졌다. 할 얘기는 많은데 어디서부터 풀어 나갈지 막막했다. 잠시 눈을 끔벅이다가 입을 뗐다.

"왜냐면 하고 싶은 말이 있기 때문입니다."

말이 다시 끊겼다. 테일러가 스마트폰에서 눈을 떼더니 손가락을 다시 돌렸다. 우진은 그냥 떠오르는 대로 말하기로 했다.

"……그동안 내가 어떻게 지냈는지 알려 주고 싶습니다. 학교생활은 어땠는지, 내 친구들 얘기도 해 주고 싶고, 무얼 배웠는지, 어떤 말썽을 피웠는지, 하하. 다 말해 주고 싶습니다. 전 예술고등학교에 갔습니다. 피아노가 얼마나 늘었는지 들려주고 싶습니다."

말하다 보니 마음이 진정되면서 편안해졌다. 우진은 스마트폰 렌즈를 바라봤다.

"기억나세요? 미국으로 갈 때 내게 같이 가자고 했던 거? 난 따라가지 않았어요. 사실은 정말 따라가고 싶었지만 어린 마음에 혼자 남겨질 아버지가 불쌍했어요. 가끔 생각해요. 그때 다른 길을 선택했으면 어땠을까, 가지 않은 길, 그 길은 어디로 이어졌을까."

스마트폰이 흔들렸다. 테일러가 울고 있었다. 당황한 건 우진이었다. 한줄기 눈물이 테일러의 뺨을 타고 흘러내렸다. 테일러는 눈물을 감출 생각도 없는 모양이었다. 덩달아 코끝이 시큰해진 우진이 다시 말을 이었다.

"마지막으로 이 말을 꼭 하고 싶습니다."

테일러가 촉촉해진 눈으로 우진을 바라봤다. 우진은 어렵사리 말을 꺼냈다.

"난 이렇게 잘 자랐으니 미안해하지 않아도 된다고, 말해 주고 싶습니다."

테일러가 스마트폰을 내렸다. 촬영은 이렇게 끝났다. 테일러는 인사도 없이 광고에서 폴짝 뛰어내렸다. 울룰루를 품에 앉고 빨간 머리를 찰랑대며 도서관으로 들어갔다. 우진은 한참 동안 주차장에 머물렀다가 핸들을 돌려 피코맘 가게로 향했다.

쉬라고 했지만 베티는 자기 혼자 가만히 있을 수 없다며 고집을 부렸다. 결국 우진은 베티와 함께 로키마운틴 국립공원 주변 RV 캠프장을 돌며 포스터를 붙이기로 했다.

평소에 속마음을 보이지 않는 테일러의 눈물은 뜻밖이었다. 그녀도 엄마가 없어서 우진의 슬픔을 이해한 걸까. 위탁 가정에서 왜 계속 도망치는 걸까. 무엇 때문에 이번 여정에 동행한 걸까. 생각이 생각의 꼬리를 물었다. 테일러에 대해서도 우진은 아는 게 거의 없었다.

베티와 함께 방문한 RV 캠프장은 여름 성수기를 맞아 차량으로 가득 차 있었다. 야영객들은 바비큐를 해 먹거나 카드놀이를 하면서 한가롭게 휴가를 즐겼다. 우진은 캠프장 게시판에 포스터를 붙였다. 전날 밤, 피코맘이 발 빠르게 에마를 찾는다는 포스터를 새로 만들어 인쇄했다. 레터 사이즈 용지에 사진과 이름 그리고 연락처를 적은 간단한 내용이었다. 지나가던 야영객들이 호기심을 갖고 쳐다봤다.

오후에는 국립공원 안으로 들어갔다. 고도에 따라 주위 풍경이 달라졌다. 진초록 나무들로 빽빽한 숲이 점점 사라지더니 메마른 툰드라 지대가 펼쳐졌다. 산 정상에 새로운 세상이 펼쳐진 느낌이었다.

전망대에서 잠시 쉬어가기로 했다. 협곡과 평원이 두 눈 가득 들어왔다. 파란 하늘과 흰 구름은 바다 위로 몰려오는 파도 같았다. 엘크 서너 마리가 척박한 땅에 듬성듬성 돋아난 풀을 뜯어 먹고 있었다. 엘크의 뿔은 황제의 왕관같이 크고 우아했다. 우진이 다가가도 엘크는 꿈적 안 했다.

베티가 갑자기 무릎 높이의 전망대 담장에 바싹 다가섰다. 우진은 얼른 베티의 팔을 잡았다.

"괜찮아~."

베티가 불쑥 말을 꺼냈다.

"뭐가요?"

"에마를 혹시 못 찾더라도 말야."

새엄마 얘기였다. 멀리 롱스피크가 보였다.

"애리조나주에 사는 동생 집에 머물 때였어. 크리스마스 시즌이 끝나고 일거리가 떨어지면 노마드들이 동생이 사는 시골 마을로 모여들었지."

베티가 만난 노마드들은 평생 열심히 일했지만 뛰는 집값과 생활비를 감당할 수 없어 집을 포기하고 길 위로 나선 사람들이었다.

"그들은 가난하지만 자유로웠어. 재즈처럼 말야. 뭐랄까, 남이 짜 놓은 틀 안에서 엑스트라로 사는 게 아니라, 힘들지만 자기가 선택한 세상에서 주연으로 사는 것 같았어."

우진은 마음이 조금 편해졌다. 새엄마도 그렇게 살고 있겠지. 이웃과 음식도 같이 나누고 어려운 일은 서로 도와주고. 같이 기뻐해 주고 같이 슬퍼해 주면서. 자기 인생의 주연으로.

베티가 우진을 다독이며 말했다.

"그러니까 괜찮아. 에마는 잘 살고 있을 거야."

우진은 어렸을 때 맞닥뜨렸던 두 갈래 길을 다시 찾아온 느낌이었다. 그때는 두 길을 다 가지 못해 안타까웠다. 결국 아빠와 남는 길을 골랐고 그 선택으로 모든 것이 달라졌다. 우진은 그때 가지 않았던 다른 길을 이제 가 보려고 한다. 그 길이 어떻게 이어져 있을지, 끝에 무엇이 있을지 두려우면서도 기대가 됐다.

베티와 우진은 국립공원에 있는 캠프장을 돌며 포스터를 붙이고 밤이 돼서야 돌아왔다.

속죄

한여름이지만 새벽 공기는 차가웠다. 우진과 테일러는 살금살금 가게를 빠져나왔다. 에스티스 파크의 새벽 풍경은 깜짝 놀랄 만큼 아름다웠다. 달이 호수를 파랗게 비췄고 하늘엔 다이아몬드 조각들을 흩뿌린 것처럼 별들이 초롱초롱 빛났다. 우진과 테일러는 비밀 작전을 벌이는 특수부대원처럼 팡고를 몰고 세라 하이킹을 빠져나왔다.

전날 해 질 녘, 도서관에서 돌아온 테일러가 우진이 들으라는 듯 말을 툭 던졌다.

"난 롱스피크 갈 계획."

우진이 '진심이야?'라는 표정으로 바라보자 테일러는 어깨를 으쓱했다.

"그냥."

하지만 롱스피크는 그냥 갈 수 있는 곳이 아니었다. 해발 4,346m. 전문 산악인에게도 쉽지 않은 코스다. 그런 사실을 아는지 모르는지 테일러는 천진난만한 얼굴로 다음 날 새벽에 혼자 출발해서 저녁에 돌아오겠다고 했다.

"롱스피크엔 왜?"

위험하기도 하거니와 이해도 안 돼 우진이 물었다. 테일러는 샐쭉한 표정을 지었다.

"궁금하면 너도 따라오든가."

결국 테일러를 따라가게 됐다.

둘은 등산로 시작점에 도착했다. 올려다보니 어둠 속에 우뚝 솟아 있는 롱스피크의 윤곽선이 보였다. 배짱이 있으면 한번 올라오라고 우진과 테일러를 도발하고 있었다. 둘은 헤드랜턴을 켜고 어두운 숲속으로 나갔다.

바람에 흔들리는 나무 소리를 들으며 지그재그 경사 길을 오르기 시작했다. 앞서 출발한 등산객들의 불빛이 멀리서 깜박였다. 둘은 대화도 없이 묵묵히 나무다리를 건넜다. 롱스피크 정상까지 왕복 24km로 자그마치 열네 시간이 걸린다. 어렵고 위험한 루트이니 준비되지 않았으면 오르지 말라는 경고문이 등산로 입구에 붙어 있었다. 모든 사달의 발단이 된 롱스피크. 세라가 로키산맥을 찾은 이유는 롱스피크 때문이리라. 그리고 키홀 트레일을 따라 롱스피크를 올랐을 것이다.

"여름이라 해는 길지만 산에서는 돌발상황이 언제든지 발생할 수 있어. 방어적으로 생각하고 위험을 미리 피해 가야 해. 알지?"

따라온 울룰루가 여러 차례 경고했다.

테일러와 우진은 이번 등반을 위해 단단히 준비했다. 피코맘의 도움으로 등산화, 배낭, 바람막이 잠바 같은 기본적인 등산 장비를 갖췄다. 테일러는 『미국 트레일 30』을 챙겨 배낭 옆 주머니에 꽂았다. 책에는 롱스피크에 오르는 길이 구간별로 자세히 나와 있다.

한 시간 넘게 걷다가 잠시 휴식을 취했다. 파란 어스름 속에 주변 풍경이 조금씩 드러났다. 숲은 사라졌고 키 작은 관목과 누렇게 마른 풀이 돌밭 사이사이 자라고 있었다. 커다란 다람쥐처럼 생긴 마모트들이 눈에 띄었다. 몸집은 고양이만 하고 연한 초콜릿 색깔 털을 가진 마모트들은 먹을거리를 찾아 뒤뚱거리며 돌아다녔다. 겁도 없어서 우진이 가까이 다가가도 달아나지 않았다.

갈림길에서 오른쪽으로 꺾으니 부서진 바윗돌이 깔린 들판이 나왔다. 롱스피크로 오르는 길은 높이에 따라 지형이 달랐고 구간마다 이름이 붙어 있다. 시작은 바위 벌판 구간이다. 무수히 많은 깨진 바위들이 넓게 펼쳐져서 벌판을 이뤘다. 조막 돌을 쌓아 올려 경계를 만든 캠프장 안에는 텐트 몇 동이 세워져 있었다. 멀리 보이는 열쇠 구멍 모양 바위를 이정표 삼아 경사 길을 하염없이 걸었다. 해가 높아지면서 기온이 올라갔다. 스마트폰을 꺼내 보니 네트워크 연결이 끊겨 있었다. 베티에게 롱스피크에 간다는 메모를 남겼으니 연락이 안 돼도 별걱정 하지 않을 것이다.

키홀(Keyhole)은 거대한 바위가 풍화작용으로 얇은 병풍처럼 깎였고 가운데가 열쇠 구멍같이 날카롭게 깨져 있었다. 바위에서 떨어져 나온 커다랗고 뾰족한 돌들이 바닥에 수북했다. 우진과 테일러는 엉금엉금 기다시피 해서 키홀을 올랐다. 아침 바람이 차가웠다. 둘은 구멍 사이 보이는 하늘을 바라보며 키홀 바위를 넘었다.

오르막이 가팔라졌다. 협곡 안쪽으로 도랑같이 우묵하게 파인 곳에 바위 무더기가 아무렇게나 쌓여 있었다. 하늘에서 집채만 한 바위들을 한꺼번에 쏟아부은 것 같았다. 롱스피크 등산로 중 가장 어렵다는 골짜기 구간이었다. 길이 어디인지 구분도 안 됐다. 가끔 보이는 빨간색 바탕에 노란색 동그라미 표시만 따라서 걸었다. '황소눈'이라고 불리는 이 표시가 키홀 트레일의 이정표 역할을 했다. 잘못 디디면 돌이 아래로 굴러떨어져 뒤에 올라오는 사람들이 다칠 수도 있었다. 우진은 한 발 한 발 조심스럽게 바닥을 확인하고 디뎠다. 담장을 넘듯이 온몸을 써서 올라서야 하는 바위도 많았다. 테일러는 몸이 가벼워 보였다. 벌써 저만치 앞서갔다. 땀이 비 오듯이 흘렀다. 다리는 점점 무거워지고 숨은 넘어갈 듯 깔딱였다. 귀가 먹먹하고 어지럼증이 올라왔다.

"잠깐만, 잠깐 쉬었다 가."

테일러를 불러 세웠다. 우진은 등산로에서 벗어나 편평한 돌을 찾아 그대로 털썩 주저앉았다. 테일러가 물을 꺼내 우진에게 건넸다. 테일러의 빨간 귀밑머리가 빨개진 볼에 찰싹 붙어 있었다. 우진은 벌컥벌컥 물을 마시고 바닥에 드러누웠다. 벌써 9시를 지나고 있었다. 우진의 안색을 살피더니 테일러가 말했다.

"조금 쉬었다 가는 게 좋을 듯."

코발트블루 색깔 하늘에 눈이 시렸다.

"연료를 채워야 함."

테일러가 육포를 건넸다. 버펄로 육포였다. 우진은 께름칙했지만 막상 씹어 보니 부드럽고 짭조름해서 입맛에 맞았다. 한두 개밖에 못 먹을 것 같던 육포에 계속 손이 갔다. 테일러 말대로 연료가 채워지는 느낌이었다. 우진은 등산화 끈을 다시 묶었다. 바위의 미끄러움을 잡아

주는 등산화가 없었다면 이번 등반은 불가능했을 것이다.

"수색 팀이 로키산맥을 샅샅이 뒤져도 아무것도 못 찾았음."

테일러가 이틀간 도서관에서 읽은 지역 신문을 브리핑하듯 말했다.

"경찰은 세라가 죽었다고 생각하고 수색을 멈췄음."

우진이 테일러의 말에 덧붙였다.

"하지만 세라는 살아 있었어. 에마란 이름으로."

"에마는 사고를 당한 것 같음. 추락하거나 산짐승을 만나거나. 기적처럼 죽음에서 돌아온 거지."

오렌지색 옷을 맞춰 입은 젊은이들이 줄을 지어 지나가자 둘의 대화가 끊겼다.

"혹시 사고를 당한 게 아니라……."

우진은 그동안 생각은 하고 있었지만 말하지 않았던 경우의 수를 꺼냈다.

"일부러 사라진 건 아닐까?"

"자발적 실종? 왜?"

"그러니까…… 가령 현실에서 달아나고 싶어서라든가."

테일러가 일리가 있다는 듯 고개를 끄덕였다.

"에마의 기억이 멀쩡한데 해리성 장애를 앓는 척 쇼하고 있는 건지도 모름."

인정하고 싶지 않지만 무엇이든 가능한 시나리오였다. 테일러가 엉덩이를 털고 일어나면서 시인처럼 말했다.

"진실은 로키산맥이 알고 있겠지."

우진은 테일러의 진실도 알고 싶었다. 이렇게 고생하면서까지 굳이 롱스피크를 오르려 하는 이유를.

아래부터 바람이 불어왔다. 땀이 식으면서 등골이 서늘했다. 우진의 속은 많이 진정됐다. 어지럼증도 사라졌다.

좁은 길 구간을 지나 정상까지 마지막 관문이 남았다. 최후의 직선 코스 구간은 거대한 화강암 덩어리를 올라야 했다. 표면이 미끄러워서 바위 사이 갈라진 틈을 양손으로 잡고 엉금엉금 기었다. 경사가 심해서 속도를 내기 힘들었다. 산을 오르면서 흘린 땀과 식은땀이 뒤섞였다. 프랑스 말을 하는 한 무리의 젊은이들이 내려오면서 하늘을 가리키더니 우진 일행에게 손짓으로 돌아가라고 말했다. 하늘엔 구름이 군데군데 모여 있을 뿐 여전히 청명했다. 암벽에 몸을 기댄 테일러가 걱정스러운 표정으로 말했다.

"리모. 그만 내려가는 게 좋겠음. 우리가 맨 마지막인 듯."

11시가 조금 지난 시각이었다. 시간은 여유가 있었다. 세라의 책에 따르면 정상에서 12시 전에 하산을 시작하면 된다고 했다. 정상이 눈앞에 보이는데 멈출 수는 없었다.

"난 괜찮아. 이제 다시 오르자."

테일러는 잠시 망설이다가 마음을 정했는지 다시 앞장섰다. 그녀는 몸을 앞으로 수그려 무게중심을 낮추고 우진을 위해 속도를 늦췄다. 나무는 물론 풀 한 포기 없는 황량한 바위 위를 스파이더맨처럼 찰싹 붙어서 올랐다. 갑자기 허기가 졌다. 꼭두새벽에 나오느라 아침은 건너뛰었고 먹은 거라곤 버펄로 육포가 전부였다.

"리모. 재밌는 얘기 좀 해 줘."

몸이 힘드니 우진은 짜증이 돋았다.

"숨이 가빠 죽겠는데 무슨······."

"말을 계속해야 함. 그래야 정신을 잃지 않을 수 있음."

우진은 대꾸할 힘도 없었지만 테일러의 말을 따르기로 했다.

"한국에 있을 때 연습실에서 컵라면을 먹곤 했어."

우진은 며칠 전부터 머릿속을 떠나지 않던 컵라면 이야기를 꺼냈다. 테일러가 숨찬 목소리로 물었다.

"한 번도 안 먹어 봤는데. 울룰루, 컵라면 맛있음?"

"소름 끼칠 만큼 맛있지."

울룰루가 마치 먹어 본 것처럼 말했다. 테일러는 속도를 줄여 우진과의 간격을 좁혔다. 우진은 컵라면 먹는 장면을 머릿속에 떠올리며 주절주절 풀어 갔다.

"우선 포장을 뜯고 수프를 탈탈 털어 넣어. 물을 많이 잡을 거니까 수프를 남기면 안 돼. 나는 달걀 하나를 깨서 넣지."

"영양을 생각해야지. 우리 몸은 소중하니까."

울룰루가 장단을 맞췄다. 우진은 계속했다.

"팔팔 끓는 물을 넣고 기다려야 해. 뚜껑을 꼭 닫아야 하는데 나는 그러니까, 나무젓가락을 벌려서 컵라면 그거······ 그래, 뚜껑에 꽉 물리지. 하하."

영어로 표현하기 어려워 우진이 버벅였지만 테일러는 다 이해한다는 듯 "예스, 예스" 추임새를 넣었다. 울룰루도 빠지지 않았다.

"라면을 가장 맛있게 조리하는 법은 포장지에 쓰여 있는 대로 하는 거야."

"그렇지. 더도 덜도 말고 하라는 대로 3분을 기다려. 그리고 뚜껑을 열면······.”

우진은 군침이 돌아 잠깐 말을 멈추어야 했다.

"뜨거운 김과 함께 매운 냄새가 얼굴로 확 달려들어.”

"우와~ 상상됨. 상상됨.”

테일러는 이미 머릿속에서 컵라면 뚜껑을 열었다. 우진이 이어 갔다.

"먼저 국물을 한 숟갈 맛봐야 해.”

"뜨거운 국물에 입천장이 벗겨질 수 있으니 조심! 하지만 그 정도 고통은 달게 참아야지. 우히히히.”

울룰루가 신나서 떠벌리자 테일러가 크게 웃었다.

"아하하, 그 정도야? 뻥 아냐?”

울룰루가 정색 - 하며 물었다.

"너 컵라면 먹어 봤어?”

"아니.”

"먹어 보지 않았으면 말을 하지 마.”

울룰루가 또 오버하기 시작했다. 우진은 입맛을 다셨다. 상상 속 맵고 뜨거운 국물이 우진의 속을 달래 줬다. 아무리 말로 설명해도 테일러는 컵라면의 진정한 맛을 모를 것 같아 안타까웠다.

"다음은 면을 먹을 차례야. 면치기라는 게 있어.”

"그렇지. 라면은 면치기지, 면치기.”

"울룰루, 너 좀 조용히 하면 안 됨?”

테일러가 자꾸 끼어드는 울룰루에게 핀잔을 놓았다. 칫, 하고 울룰루가 입을 × 다물었다. 우진이 울룰루를 한 번 쓰다듬고 이어 말했다.

"면발을 한 번에 빨아들이면서 후루룩 살아 있는 소리와 함께 끊지 않고 먹어야 해. 후루룩후루룩."

우진은 공항에서 외국인들이 컵라면을 먹는 모습을 본 적이 있다. 그들은 소리를 내지 않으려고 애쓰면서 중간중간 면을 끊으며 조심스레 먹었다. 예의를 지키려는 모양이었는데 그건 컵라면에 대한 예의가 아니다.

"수퍼 두퍼! 후르르후르르."

테일러가 새 울음 비슷한 소리를 냈다.

"그래, 라면은 그렇게 먹어야 해. 후루룩! 후루룩!"

어느새 우진의 콧등에 땀이 송송 맺혔다. 컵라면 한 그릇을 뚝딱 비운 것처럼.

"비바! 우리가 해냈음!"

테일러가 외쳤다. 어느새 정상이었다. 상상의 컵라면 덕분에 간신히 도착할 수 있었다. 테일러는 우진과 팔을 높이 뻗어 하이 파이브를 하고 울룰루 뺨에 키스했다. 어렵게 올라와서인지 테일러는 평소보다 들떠 있었다. 로키산맥의 최고봉, 롱스피크. 천신만고 끝에 올라온 만큼 감동이 컸다.

꼭대기는 넓고 평평한 돌밭이었다. 녹지 않은 눈이 군데군데 쌓여 있었다. 아래를 내려다보니 여러 봉우리가 입체 카드처럼 겹겹이 펼쳐져 있었다. 먼저 도착한 다른 등산객들이 보였다. 환호를 지르거나 단체 사진을 찍고 있었다. 테일러가 배낭에서 콜라 두 캔을 꺼내 하나를 우진에게 줬다. 둘은 서로 마주 보고 콜라를 마구 흔들었다. 뚜껑을 따자 콜라가 솟구쳤다. 둘은 소리를 지르며 건배했다. 우진은 입도 떼지 않고 콜라를 원샷했다. 톡 쏘는 콜라가 몸 안에 들어오자 메슥거렸던 속이 진정됐다. 우진은 울룰루를 어깨에 올린 채 테일러와 어깨동무를 하고 셀카를 찍었다.

"표정이 너무 심각함."

사진을 확인하더니 테일러가 고개를 가로저었다. 두 번째 셀카를 찍었다. 테일러는 머리카락을 코와 입 사이에 끼워 콧수염이 수북한 남자 흉내를 냈고 우진은 오만상을 찡그리고 혀를 길게 내밀었다. 찍힌 사진을 확인하고 마주 보고 웃었다. 이어서 둘은 알고 있는 포즈를 총동원했다. 서로 등을 맞대고 거만한 모델 흉내를 내는가 하면 양손으로 꽃받침을 하고 화들짝 놀란 표정을 지었다. 스마트폰을 바닥에 놓고 위에서 내려다보면서도 찍었고 반대로 둘이 바닥에 누워 찍기도 했다. 테일러는 자기 인스타그램에 올릴 거라며 과감한 포즈를 시도했다. 우진과 이마를 맞대고 찍더니 이어서 뒤에서 끌어안았다. 우진은 "어, 어……" 하면서도 테일러가 하는 대로 가만히 있었다. 소셜 미디어에서 본다면 영락없는 연인 사이처럼 보일 것이다.

번쩍! 번개가 쳤다. 셀카 놀이에 빠져 있던 둘은 하늘을 올려다봤다. 하늘이 짙은 잿빛으로 바뀌어 있었다. 우진은 울룰루에게 일기예보를 물었다. 울룰루는 인터넷이 끊겨도 스타링크를 통해 데이터를 주고받을 수 있다.

"롱스피크에 오후부터 천둥과 번개를 동반한 돌발성 폭풍우가 몰아친대."

"어젯밤에는 하루 종일 맑다고 했잖아."

"미안, 말을 바꿔서. 로키산맥 날씨는 변화무쌍해. 하루에도 몇 번씩 달라진다고."

바람이 한 줄기 불어왔다. 몸이 식어서인지 우진은 으슬으슬 추위를 느꼈다. 시계를 보니 1시가 넘었다. 서둘러 내려가면 해 지기 전에 주차장에 도착할 수 있다. 주위엔 아무도 없었다. 떠들썩하던 등산객들이 어느새 모두 사라졌다.

내려가는 길은 올라오는 길보다 더 조심스러웠다. 등반 사고의 대부분은 하산하면서 발생한다. 이번엔 우진이 앞장섰다. 주저앉다시피 몸을 낮추고 화강암 벽을 탔다. 하늘을 가득 덮은 먹구름이 성난 파도처럼 몰려들었다. 돌아보니 테일러가 멀찍이 떨어져 내려오고 있었다. 표정은 잘 보이지 않았다. 번개가 또 한 번 쳤다. 우진은 번개 친 쪽 하늘을 올려다봤다. 먹구름이 아래쪽으로 풀어지고 있었다. 건너편 봉우리 위로 하늘에 구멍이 뚫린 것처럼 비가 쏟아졌다. 우진은 마음이 급해졌다. 뒤를 돌아보니 구름인지 안개인지 모를 뿌연 연기 같은 게 올라오고 있었다. 테일러가 사라졌다. 우진이 당황해서 소리쳤다.

"테일러, 괜찮아?"

아무 소리가 없었다. 다시 테일러를 부르려는 순간 "아앗!" 비명이 들리더니 이어서 쿠르릉! 하는 굉음이 뒤따랐다.

"리모, 조심햇!"

테일러 목소리였다. 굴러떨어지는 돌덩이는 다행히 음속보다 느렸다. 우진은 반사적으로 몸을 옆으로 피했다. 돌무더기가 스치듯이 지나갔다. 우진은 놀란 가슴을 누르며 테일러를 불렀다.

"테일러! 괜찮아?"

한참 동안 기다렸지만 아무 소리도 없었다. 안개가 올라와 시야가 흐려졌다. 바람에 안개가 움직일 때마다 바윗길이 조금씩 모습을 드러냈다. 우진은 밭은 숨을 몰아쉬고 뒤돌아서 암벽을 오르기 시작했다.

쏴아! 소리가 가까워지더니 굵은 빗방울이 파스타면같이 쏟아졌다. 우진은 방향감각을 잃지 않으려고 바위 위에 갈라진 크랙을 따라 올랐다. 비가 거세 1m 앞도 보이지 않았다. 여러 번 테일러를 불러도 대답이 없었다. 길이 엇갈렸다.

자책감이 밀려들었다. 롱스피크에 오르려는 테일러를 말렸어야 했다. 어지럼증이 왔을 때 괜한 자존심 세우지 말고 내려갔어야 했다. 일기예보에 주의를 기울였어야 했고 내려가라는 등산객들의 충고를 따랐어야 했다. 여러 번의 기회가 있었는데 모두 놓치고 말았다. 한 번이라도 다른 선택을 했더라면 이렇게까지 엉망이 되진 않았을 텐데.

우진은 백팩에 있는 울룰루를 꺼냈다. 울룰루의 몸에서 김이 났다. 전기 합선을 막기 위해 워터락 기능과 발열 모드가 자동으로 활성화돼 있었다.

"울룰루, 너는 괜찮아?"

"안 괜찮아. 나, 물을 너무 많이 먹었어······."

우진은 서둘러 울룰루를 백팩 가장 안쪽으로 밀어 넣었다. 폭우 속에서 울룰루의 방수 기능은 제 역할을 못 했다. 울룰루는 물에 취약했다. 물 때문에 쇼트라도 나면 로직 보드가 모두 타 버릴 수도 있다.

쏴아아!

화장실 물 내리는 소리가 들렸다. 울룰루의 부팅음이 화장실 물 내리는 소리인데 전원이 꺼질 때도 같은 소리를 낸다.

울룰루마저 곁을 떠난 것 같아 우진은 겁이 덜컥 났다. 불길한 생각을 떨쳐 버리려고 목청껏 외쳤다.

"테일러! 테일러!"

적막 속에 빗소리만 들릴 뿐이었다. 베티의 말이 떠올랐다.

'간절히 기도하면 기적은 언제든지 일어난다.'

우진은 두 손을 마주 잡았다. 저절로 눈이 감겼다.

"테일러를 구해 주세요. 제가 잘못했어요. 용서해 주세요."

갑자기 용서를 비는 기도가 나왔다. 무엇을 잘못했다는 건지 무엇을 용서해 달라는 건지 우진도 몰랐다. 하지만 곧이어 생각지도 못했던 말들이 터져 나왔다.

"새엄마를 제가 괴롭혔어요. 항상 엄마라고 부르지 않고 새엄마라고 불렀어요. 새엄마가 힘들어하는 것을 알고도 계속 그랬어요."

아버지와 새엄마가 '엄마'라고 부르라고 했지만 어린 우진은 꼬박꼬박 '새엄마'라고 불렀다. 그렇게 해도 친엄마에게 용서받을 수 없겠지만 최소한의 도리라고 생각했다. 친엄마는 우진을 낳다가 죽었다. 양수가 친엄마의 혈관으로 들어가서 죽었다고 했다. 자기 때문에 친엄마가 죽었기에 어린 우진은 새엄마를 좋아하면 안 된다고 자신을 채근했다.

"새엄마에게 우리 가족이 아니라고 했어요. 집에서 나가라고 했어요. 한국을 떠나 미국으로 돌아가라고 했어요."

까맣게 잊고 있었던 기억들이 그동안 어디에 숨어 있었는지 갑자기 튀어나와 우진도 놀랐다.

"그런데 그건 진심이 아니었어요. 그렇게 생각한 적은 한 번도 없었는데 나도 모르게 그 말이 나왔어요. 잘못했어요. 용서해 주세요."

소리 지르는 우진의 입으로 빗방울이 세차게 들어왔다. 비릿한 맛이 났다.

"리모. 나 여기."

가느다란 소리가 들렸다. 우진이 눈을 뜨고 허둥지둥 주위를 둘러봤다. 오른쪽 앞에서 희미하게 불빛이 반짝였다. 헤드랜턴이었다. 우진은 서둘러 암벽을 가로질러 올랐다. 테일러가 바위에 기댄 채 앉아 있었다. 안도와 반가움에 우진은 테일러의 손을 덥석 잡았다. 테일러는 비와 땀으로 뒤범벅이 된 얼굴을 찡그렸다.

"발목을 삐었음."

돌덩이가 굴러떨어질 때 한쪽 발로 급히 지탱하려다 발목을 접질렀다고 했다. 우진이 부풀어 오른 부위를 만지자 테일러가 비명을 질렀다. 발목이 부러지지 않은 게 그나마 다행이었다. 이 상태로 걷기는 불가능했다. 우진은 스마트폰을 꺼냈다. 신호는 여전히 잡히지 않았다. 비상 통화도 먹통이었다.

내려올 때 정상에는 아무도 없었다. 이 시간에 이곳까지 올라올 사람도 없을 것이다. 결국 테일러와 우진만 남았다. 두려움이 밀려왔다. 오래전 롱스피크에서 일어났던 모압 부부의 비극이 그대로 재연될 수도 있었다.

테일러와 우진은 바위벽에 최대한 몸을 붙이고 점퍼에 달린 모자를 뒤집어썼다. 내리는 비를 그대로 옴팡 맞았다. 위를 올려다보니 하늘과 땅이 비 기둥으로 연결된 것처럼 보였다. 테일러의 이가 딱딱 맞부딪쳤다. 테일러에게 저체온증이 올 수도 있었다. 우진이 왔던 길을 돌아보며 말했다.

"다시 올라가서 신호가 잡히는지 보고 올게."

모압 부부도 조난을 당하자 높은 곳에 가서 통신 신호를 잡고 신고 했다. 다시 돌아서 올라가다 보면 신호가 잡힐 수도 있다. 테일러가 우진의 팔을 잡아끌었다.

"가지 마. 그냥 내 곁에 있어."

말할 때마다 테일러 입에서 김이 나왔다. 초록 눈동자가 불안하게 흔들렸다. 항상 당당하고 씩씩하던 테일러가 추위와 공포에 압도돼 떨고 있었다. 우진은 테일러의 머리를 안았다.

"금방 갔다 올게. 여기 그냥 있으면 위험해."

하지만 테일러는 자물쇠처럼 우진을 두 팔로 꽉 안고 풀어 주지 않았다. 패닉에 빠진 테일러를 떼어 놓고 갈 상황이 아니었다. 우진은 테일러의 머리를 쓰다듬었다.

따닥따닥.

가까운 데서 천둥이 잇달아 울렸다. 비를 피할 수 있는 곳을 찾는 게 제일 급했다. 테일러가 말했다.

"아래쪽에 세라가 만든 쉘터가 있을 거야. 가이드북 지도에 나온 대피소 위치에."

우진은 처음 듣는 이야기였다. 세라의 가이드북에 나온 대피소는 폐쇄된 걸로 이미 밝혀졌다. 그 때문에 모압 부부는 사망했다.

"도서관에서 세라 실종 기사를 찾다가 새로운 사실을 발견했음. 사망 사고 후에 세라가 혼자서 간이 쉘터를 만들었대. 예전 대피소 위치에."

테일러는 에스티스 파크 도서관에 찾아낸 사실을 그제야 말했다.

"너의 엄마 대단. 아하하하."

테일러가 빗속에서 스마트폰을 꺼내더니 사진 한 장을 띄웠다. 백패킹 전문잡지를 찍은 사진이었다. 우진은 바닥에 아무렇게나 퍼져 앉아 사진을 확대했다. 내용은 테일러가 말한 대로였다. 프리랜서 여행작가가 혼자 힘으로 간이 쉘터를 세웠다. 공사를 위해 작가는 롱스피크를 서른 번 넘게 오르내렸다. 모압 부부 사고에 관한 이야기는 없었다. 세라의 사진 한 장, 인터뷰 한 마디 없는 가십성 기사였다. 이게 가능한 일인가. 세라는 자기 잘못을 늦게나마 만회하고 싶었던 거다. 가이드북을 믿고 대피소를 찾을 미래의 피해자를 막기 위해서.

테일러가 『미국 트레일 30』을 꺼내 롱스피크 페이지를 펼쳤다. 우진은 배낭을 들어 가이드북 위를 우산처럼 씌웠다. 테일러가 지도에서 대피소 표시를 가리켰다.

"좁은 길 구간과 골짜기 구간이 만나는 곳에서 오른쪽으로 가면 됨."

간이 쉘터는 등산로에서 100여 m 벗어나 있었다. 올라오면서 미처 발견하지 못한 이유였다. 지금 둘이 있는 위치에서 멀지 않았다. 좁은 길 구간을 조금만 더 내려가면 됐다.

테일러의 배낭까지 우진이 짊어졌다. 거의 업다시피 테일러를 부축하고 간신히 일어섰다. 테일러가 신음을 내뱉었다. 발목은 더 부어올랐고 통증이 가라앉지 않았다. 좁은 길 구간은 이름 그대로 두 명이 간신히 지날 수 있는 폭 좁은 암벽길이었다. 비에 젖은 바닥이 얼음판처럼 미끄러웠다. 여기서 넘어지면 그대로 주차장까지 굴러떨어질 것 같았다. 테일러를 바위 쪽에 두고 우진은 낭떠러지 쪽에 서서 스키를 타듯이 발을 밀면서 내려갔다.

"등산하다가 사고를 당했을 때는……."

테일러가 말할 때마다 숨이 우진의 귀에 와닿았다.

"세라 글에서 읽은 것임."

우진도 몰랐던 새엄마의 글을 테일러는 찾아서 읽은 모양이었다. 테일러가 계속 말했다.

"사고를 당해 정말 힘들 때는 한 사람을 떠올리래."

"누굴?"

"자기를 믿고 사랑해 주는 사람, 어떤 상황에서도 자기 편이 돼 주는 사람."

좁은 길 구간이 끝나 가고 있었다. 골짜기 구간이 시작되는 지점이 보였다. 우진은 흘러내리는 테일러 어깨를 추어올렸다.

"그 사람을 떠올리고 도와달라고 말을 걸래. 그럼 새로운 힘이 난대."

빗소리 속에서도 테일러의 말이 선명하게 귀에 꽂혔다. 우진이 못 믿겠다는 표정을 짓자 테일러가 자신 있게 말했다.

"해 보면 앎."

우진은 한 사람을 생각했다. 그 사람은 항상 우진을 믿어 주고 아껴 줬다. 우진이 굳이 새엄마라고 불러도, 우리 가족이 아니니까 나가라고 말해도, 계속 우진 편이 돼 주었다. 테일러가 우진의 귀에 대고 알려 줬다.

"입으로 말해야 효과가 있음."

우진은 숨을 한 번 들이마시고 어둑한 하늘을 올려봤다.

"내게 힘을 줘요. 이거 낼 수 있도록, 테일러를 잘 지킬 수 있도록, 도와주세요."

테일러가 우진의 머리에 자기 머리를 기댔다. 달라진 것은 아무것도 없었다. 번개는 여전히 머리 위 가까이서 번쩍였다.

"테일러, 넌 누구를 생각했어?"

테일러가 피식 웃었다. 그녀의 눈가가 젖어 있었다. 빗물인지 눈물인지 분명치 않았다.

"나는 그런 거 없음. 그런 거 필요 없음."

테일러의 목소리가 빗속에서 먹먹하게 들렸다. 순간, 우진의 발이 허방을 짚었다. 헛! 둘의 발이 바닥에서 떨어지며 허공으로 떠올랐다. 우진이 테일러의 머리를 감쌌다. 등부터 돌무더기 위로 떨어졌다. 우진 등에 멘 배낭이 완충 역할을 해 줬다. 울룰루는 괜찮을까, 짧은 순간 걱정했다. 우진과 테일러는 꼭 껴안은 채 돌바닥 위에 누워 있었다. 비는 여전히 내렸다. 우진은 팔다리를 움직여 봤다. 테일러가 상체를 일으키며 물었다.

"리모, 괜찮아?"

척추를 타고 올라오는 통증을 느꼈지만 큰 부상은 아니었다.

"테일러, 앞으론 나를 떠올려. 난 항상 네 편이야."

우진의 목소리가 잠겼다. 테일러가 손을 뻗어 우진의 뺨을 어루만졌다.

백패커 잡지의 기사대로 옛 대피소 자리에 간이 쉘터가 실제로 있었다. 골짜기 구간이 시작되는 곳에서 오른쪽으로 방향을 틀어 10분쯤 올라서자 웅대한 바위벽이 나왔다. 바위벽 아랫부분은 동굴처럼 깊숙이 패여 있었고 입구 쪽에 쌓아 올린 돌담이 보였다. 예전엔 바위벽 앞에 대피소가 있었다. 이제는 전부 무너져 내려 과거의 흔적만 남았다. 세라가 대피소 건물 잔재를 모아 동굴 앞에 돌담을 쌓고 모르타르를 발랐다. 그녀의 가이드북 지도에 나온 그 장소에 새로운 쉘터가 만들어졌다.

우진은 테일러를 업고 쉘터 안으로 들어왔다. 반원형 모양의 내부는 여러 사람이 동시에 앉을 수 있을 정도로 널찍했다. 비바람을 피할 수 있어 마음이 놓였다. 우진이 조심스럽게 테일러를 내려놓았다. 바닥에는 너부데데한 돌들이 타일처럼 깔려 있었다. 테일러는 여전히 오들오들 떨었다. 세 시간 넘게 비를 맞다 보니 방수복 안 속옷까지 완전히 젖었다. 감기에 걸리지 않을까 걱정이 됐다. 아니나 다를까 테일러의 이마를 짚어 보니 핫팩처럼 뜨거웠다. 배낭을 풀고 테일러를 동굴 안쪽에 앉혔다.

우진은 울룰루의 다리를 잡고 빨래 털 듯 물기를 짜낸 후 돌 위에 올려놨다. 섣불리 전원을 켰다가는 회로가 다 타 버릴 수 있었다. 완전히 마를 때까지 기다려야 했다. 물에 젖은 울룰루는 더욱 빨갛고 말라 보였다.

"불쌍한 울룰루. 죽은 건 아님?"

"괜찮을 거야. 전에도 이런 적 있어. 놀이공원에서 울룰루가 고집을 부려서 아마존 익스프레스를 탔는데 함빡 젖었었지. 응달에서 바싹 말리고 전원을 켜면 다시 살아날 거야."

테일러가 후후, 웃으며 고개를 끄덕였다.

우진은 스마트폰을 높이 들고 신호를 찾았다. 여전히 × 표시만 보였다. 긴급전화도 불통이었다. 테일러의 스마트폰은 물을 먹어 아예 전원이 꺼졌다. 바깥은 벌써 어둠이 내려앉기 시작했다. 산속이라 일몰 시간도 빨랐다. 먹구름이 낮게 깔렸고 빗줄기는 여전히 사나웠다. 밤이 되면 영하까지 기온이 떨어질 것이다. 우진이 할 수 있는 일이 아무것도 없었다.

"리모, 저기……."

달뜬 얼굴의 테일러가 우진을 불렀다. 돌아보니 테일러가 손가락으로 동굴 안쪽을 가리키고 있었다. 천장이 낮아 어두워서 잘 보이지 않았지만 큼지막한 물체가 납작 누워 있었다. 우진이 놀라움 반 두려움 반으로 허리를 잔뜩 굽히고 다가갔다. 나무 상자였다. 커다란 여행용 가방 크기의 나무 상자 두 개가 나란히 놓여 있었다. 쉘터에 설치된 후 한 번도 열지 않은 것처럼 보였다. 우진은 상자 뚜껑에 쌓인 먼지를 손으로 쓱쓱 걷어 냈다.

끼이익.

녹슨 경첩 소리와 함께 첫 번째 상자가 열렸다.

"아!"

우진이 짧은 신음을 냈다. 테일러가 다가왔다. 믿을 수 없다는 표정이었다. 상자 가운데 칸막이가 있고 오른쪽에는 구급약품, 전투식량, 플래시가, 왼쪽에는 두터운 수건, 패딩점퍼와 방한 바지가 두 벌씩 들어 있었다.

우진은 떨리는 마음으로 두 번째 상자를 열었다.

"어, 엄마."

우진은 왈칵 울음을 터뜨렸다. 주르륵 흐른 눈물이 뺨을 타고 턱을 거쳐 상자 안으로 뚝 떨어졌다. 테일러가 우진의 어깨를 안았다. 상자 안에 장작더미와 숯 그리고 토치 라이터가 있었다. 새엄마는 마치 우진과 테일러가 이런 사고를 당할 줄 미리 알고 필요한 모든 물품을 넣어 둔 것 같았다.

"네 엄마의 죄는 용서받았을 거야."

테일러가 우진의 등을 토닥였다.

세상에 하나밖에 없는

　우진과 울룰루는 산악구조대와 함께 롱스피크에 다시 올랐다. 한낮에 들른 쉘터는 조용하고 평화로웠다. 성글게 쌓은 돌담 틈새로 햇빛이 투명하게 들이쳤고 맑고 서늘한 공기에서는 로키산맥의 숲 향기가 났다.
　우진과 산악구조대는 배낭에서 깨끗이 세탁한 옷가지 그리고 비상식량과 장작 묶음을 꺼냈다. 빈 나무상자 안을 다시 채웠다. 새엄마의 가이드북을 보고 대피소를 찾을 미래의 조난객을 위해서 원상 복구했다.
　해 질 무렵이 돼서야 세라 하이킹 가게로 돌아왔다. 베티가 기다렸다는 듯이 우진의 손을 낚아채더니 테일러가 누워 있는 2층 방으로 이끌었다. 테일러는 발목에 깁스를 한 채 며칠 동안 침대에 누워 지냈다. 아직 회복이 덜 되어 두 눈은 퀭했고 발에는 스키화처럼 생긴 신발을 신고 있었다.

테일러는 부스스한 머리를 대충 뒤로 묶더니 베개 옆에 있던 스마트폰을 우진에게 건넸다. 인스타 계정에 에스티스 파크 도서관 앞에서 찍은 우진의 동영상이 올라와 있었다. 그런데 계정의 주인이 테일러가 아닌 에마였다. 프로필 사진도 아마존 유니폼을 입고 산타 모자를 쓰고 있는 에마였다.

"내가 만들었음. 멀티 프로필."

테일러는 에마란 이름으로 계정을 하나 더 만들었다. 우진의 영상 편지를 포스팅한 뒤에도 피드를 몇 개 더 올렸다.

"에마를 아는 사람들이 혹시 볼 수 있을까 해서. 아니면……."

베티가 끼어들었다.

"에마가 볼 수도 있겠네~."

테일러의 전략은 통했다. 불과 며칠 사이에 '좋아요' 표시가 100개를 넘었고 댓글도 꽤 달렸다. 테일러는 영상 편지에 해시태그로 '노마드'를 달았는데 그게 주효했다. 지금 노마드 생활을 한다면서 혹은 과거에 노마드였다면서 에마를 찾기를 바란다는 응원의 댓글이 이어졌다. 화면을 올리면서 차근차근 읽는데 댓글 하나가 눈에 들어왔다. 우진이 소리 내어 읽었다.

"……에마를 알고 있습니다. DM 주세요."

"할렐루야!"

이미 알고 있으면서도 베티는 짧은 두 팔을 번쩍 들어 올렸다. 테일러가 우쭐한 표정으로 우진을 쳐다봤다. 댓글을 쓴 사람의 닉네임은 '온더로드(on_the_road)'. 캠핑카 안에서 강아지와 함께 찍은 사진이 프로필에 걸려 있었다. 에마보다는 나이가 더 들어 보이는 금발의 여자였다. 테일러가 스마트폰을 가져가며 말했다.

"내가 이미 통화했음. 너를 만나고 싶어 함."

"에마랑 같이 있대?"

테일러가 머리를 저었다.

"그럼 에마가 있는 곳을 안대?"

테일러가 고개를 끄덕였다. 전율이 저릿저릿 등줄기를 타고 내려왔다. 테일러가 온더로드와 통화한 내용을 알려 줬다.

"에마는 자기의 가장 친한 친구래. 온더로드는 마운트 러쉬모어 근처 캠프장에서 관리인으로 일하고 있음."

마운트 러쉬모어? 테일러가 『미국 트레일 30』을 펼쳤다. 비에 불었다가 마른 탓에 쭈글쭈글해진 종이는 쉽사리 넘어가지 않았다. 미국 여행 광고에서 많이 봤던 사진이 나왔다. 거대한 돌산에 네 명의 남자 얼굴이 조각되어 있었다. 미국은 역시 스케일이 달랐다. 바위산을 통째로 깎아 조각상을 만들다니.

"온더로드가 널 만나고 싶어 함. 전화로 할 얘기가 아니래."

베티가 끙 소리와 함께 일어섰다.

"어여들 채비해. 다시 떠나야지."

"베티도 함께요?"

우진은 베티가 피코맘을 만났고 빚도 갚았으니 LA로 돌아갈 줄 알았다.

"미국엔 'In for a penny, in for a pound'란 속담이 있어. 시작했으니 끝장을 봐야지."

테일러도 스키화를 신은 채 뒤뚱거리며 일어섰다. 이어서 묶었던 머리를 풀어 빙빙 돌리더니 커다란 집게로 고정했다.

"난 일을 시작할 때 설레는지, 안 설레는지에 따라 결정함. 온더로드와 통화하는 순간 마음이 설렜음. 나도 끝장을 볼 예정."

피코맘은 에스티스 파크에 남았다. 장거리 자동차 여행은 건강상 무리였다. 새로운 소식이 생기면 서로 연락하기로 했다. 피코맘은 떠나는 우진의 손을 잡았다.

"네 엄마는 분명히 어딘가에 살아 있을 거야. 난 그걸 느낄 수 있단다."

피코맘은 마치 앞으로 다시 못 볼 것처럼 이별을 아쉬워했다. 우진은 피코맘을 안았다. 미국에 오기 전만 해도 피코맘은 우진과 아무 상관 없는 남이었다. 만남은 짧았고 이야기도 많이 나누지 못했지만 피코맘이 진심으로 우진을 위한다는 것을 느꼈다. 우진은 피코맘과의 인연을 소중히 지켜 나가고 싶었다.

"울룰루. 너도 인사해."

"피코 할머니. 걱정 마세요. 내가 책임지고 리모를 지키겠습니다."

피코맘이 자그마한 선물을 울룰루에게 건넸다. 선물을 보자마자 울룰루가 기쁨의 탄성을 질렀다. 뜨개질로 만든 반바지였다. 울룰루는 항상 자기만 혼자 벌거벗고 지내는 게 부끄럽다며 옷을 만들어 달라고 졸랐었다. AI 로봇의 사람 코스프레 놀이라고 우진은 무시했는데 피코맘은 마음에 두고 있었나 보다. 피코맘이 울룰루에게 반바지를 입혔다. 연두색 반바지의 엉덩이에는 호주의 울룰루 바위가 수놓아져 있었다. 울룰루는 피코맘 앞에서 실룩실룩 엉덩이춤을 췄고 테일러가 오랜만에 우하하하 크게 웃었다. 우진은 충전할 때마다 반바지를 벗겨야

하는 번거로움을 지레 걱정했다. 베티가 한마디 했다.

"곰돌이 푸는 하의 실종인데 울랄라 애는 상의 실종이네."

베티와 피코맘은 처음 만났을 때처럼 음악에 맞춰 몸을 흔들고 춤을 추면서 엉덩이와 등을 서로 비볐다.

지루한 자동차 여행이 다시 시작됐다. 콜로라도주를 떠나 북쪽으로 네브래스카주를 거쳐 사우스다코타주까지 가야 했다. 에스티스 파크에서 북쪽으로 600km쯤 떨어진 곳이다. 팡고로 가면 아홉 시간이 넘는 거리. 큰마음 먹고 달리면 하루에 갈 수 있다.

도로 바닥 여기저기가 패어 있었다. 포장만 온전했다면 자면서 운전해도 될 만큼 반듯한 직선 도로였다. 길을 따라 나무 전봇대와 전깃줄이 나란히 달렸고 가끔 농가와 곡물 창고가 나타났다. 컴퍼스를 닮은 농기계가 기다란 파이프를 회전시키며 초원에 물을 뿌리고 있었다. 검은 소들이 점점이 흩어져 풀을 뜯었고 구름은 천천히 흘렀다. 아무리 가도 비슷비슷하고 심심한 장면만 펼쳐졌다. 우진이 움푹 팬 팟홀을 미처 피하지 못했다. 팡고가 크게 요동쳤다.

"도널드 덕! 운전 똑바로 해!"

우진이 룸미러로 테일러를 쳐다보자 그녀는 입 모양으로 '왜?' 했다. 테일러는 욕쟁이다. 조금이라도 마음에 안 들면 욕부터 내뱉는다. 욕의 취향도 독특했는데 '도널드 덕'이 테일러의 최애 욕이다. 그런 욕을 하면 귀여워 보인다고 생각하는 건지, 아니면 그 정도는 욕도 아니라고 생각하는 건지 속내는 알 수 없다. 테일러의 말에 따르면 달걀 대가리에게 배웠다고 한다. 테일러는 원래 입이 걸어서 드센 욕을 곧잘 했는데 달걀 대가리가 그런 거친 욕을 하면 위탁 가정에서 쫓겨나기 십상이라며 순한 욕을 전수해 줬다. 우진이 지금까지 들었던 순한 욕의 레퍼토리는 다양했다. '오, 쉽!(Oh, ship!)'이라든가 '타타르쏘스!(Tartar Sauce!)'. 조금 더 긴 것으로는 '치즈앤크래커스!(Cheese and crackers!)', '식스앤투이스에잍!(Six and two is eight!)'이 있다. 처음 들었을 때는 창의력 넘치고 유머러스하다고 생각했는데 자주 반복되자 그냥 욕으로 들렸다.

이어서 옥수수밭이 나왔다. 바다처럼 펼쳐져 있는 옥수수밭이 바람에 흔들리며 초록색으로 너울졌다. 테일러는 답답하다며 깁스 신발을 벗어 던졌다. 그러곤 다리를 시트 위로 올려 가슴 앞으로 끌어당기고 창밖을 하염없이 내다봤다. 우진은 부지런히 북쪽으로 올라갔다. 해가 떨어지기 전에 마운트 러쉬모어 캠프장에 도착하고 싶었다. 점심을 먹기 위해 잠깐 차에서 내린 것 외에는 온종일 운전만 했다.

"……먹고 싶어."

침묵을 지키던 베티가 중얼거렸다.

"뭐라고요?"

"검보가 먹고 싶어."

"그게 뭐예요?"

베티의 표정은 짙은 선글라스에 가려져 보이지 않았다.

"……"

베티가 대답을 안 하자 우진이 울룰루에게 물었다.

"검보는 미국 남부 루이지애나의 전통 음식인데 고기, 해산물 그리고 샐러리, 양파 같은 채소를 넣어 끓인 진한 색의 스튜 요리야. 한마디로 이것저것 마구 넣어 끓인 잡탕찌개 같은 거야."

"털수세미 녀석, 잡탕찌개는 아니고 우리 고향의 소울푸드야."

베티가 울룰루의 설명을 정정했다. 베티가 루이지애나의 뉴올리언스 출신이란 사실이 떠올랐다.

"검보가 먹고 싶어. 하루 종일 우리 아무것도 안 먹었잖아."

우진과 테일러가 마주 봤다. 피코맘이 살뜰히 챙겨 준 햄버거를 함께 먹은 게 몇 시간 전이었다. 베티의 상태는 그때그때 달랐다. 컨디션이 좋을 때는 민첩하고 영민했다. 전국을 돌며 재즈 공연 하던 공룡 시대 이야기를 어제 일인 양 생생하게 늘어놨다. 하지만 상태가 나쁠 때는 말수가 줄어들며 기억력이 흐려졌다. 했던 말을 무한 반복 하거나 우진을 테일러의 남자 친구로 착각하기도 했다.

우진은 하이웨이를 빠져나왔다. 베티가 배가 고픈 것 같아 이른 저녁을 먹기로 했다. 우진도 휴식이 필요했다. 혼자 운전을 도맡아 한 탓에 다리는 저리고 어깻죽지는 뻐근했다. 마을 입구 주유소에 딸린 작은 식당이 있었다. 샌드위치와 스테이크를 파는 레스토랑이었다. 우진은 차를 세우고 여기가 괜찮겠냐고 베티에게 물었다.

"검보가 먹고 싶어."

"감보를 파는 식당은 근처에 없어요. 오늘은 여기에서 먹고 감보는 나중에 먹어요."

"감보가 아니라 검보야."

베티는 머리를 뒤로 젖힌 채 고집스레 앉아 있었다. 우진은 난감했다. 지도를 검색해 보니 근처에 레스토랑은 이곳뿐이었다. 여기가 싫으면 편의점에서 과자나 피자 조각으로 때워야 한다. 테일러는 베티가 들으라는 듯이 크게 한숨을 내쉬었다. 세 사람의 마음은 불편해졌고 광고 안은 답답하기만 했다.

우진은 시동을 걸었다. 좀 더 안쪽으로 들어가 검보를 파는 식당을 찾기로 했다. 레스토랑 앞에서 담배를 피던 남자 둘이 떠나가는 낯선 방문객들을 지켜봤다.

옥수수밭을 옆에 끼고 한참 달리자 구글 맵에 주 경계선이 나타났다. 사우스다코타주에 접어들었다. 베티가 앞에 보이는 이정표를 손가락으로 가리켰다.

"핫 스프링스……."

핫 스프링스까지 35마일 남았다는 안내판이었다.

"핫 스프링스로 들어가~."

이 도시를 잘 알고 있다는 어투였다. 우진은 시간을 확인했다. 저녁을 먹기 전에 최대한 북쪽으로 달릴 계획이었지만 하늘은 이미 검붉은색으로 물들었다. 검보를 파는 식당을 어렵사리 찾는다고 해도 주문하고, 기다리고, 먹고 나면 밤이 되고 만다. 결국 밤길 운전을 해서 마운트 러쉬모어에 들어가야 했다. 계획은 어그러지고 혼자 애면글면 검보를 찾아 애쓰는 상황에 우진은 부아가 돋았다.

"울룰루, 핫 스프링스에 있는 레스토랑 메뉴 데이터를 모두 뒤져봐."

우진은 베티가 들으라고 큰 소리로 묻자 울룰루도 장단 맞춰 목소리를 높였다.

"안타깝게도 검보를 파는 곳은 하나도 없어."

"뭐? 아무 데서도 검보를 팔지 않는다고?"

"단 한 군데도 없어. 슬프지만 오늘은 검보를 못 먹을 거 같아."
"베티, 들었죠? 핫 스프링스에는 검보가 없어요."
우진은 베티 눈치를 봤지만 그녀는 포기를 몰랐다.
"검보가 먹고 싶어~."

없으면 만들어 내라는 말투였다. 우진과 울룰루는 큰 소리로 한숨을 내쉬었다. 도대체 검보가 뭐기에 사람과 로봇을 이렇게 괴롭히나 싶었다. 나중에는 검보가 태어난 루이지애나까지 원망스러웠다.

핫 스프링스는 이름 그대로 온천 도시였다. 도심에 들어서자 온천수에서 나는 유황 냄새가 났다. 가뜩이나 더위에 시달리는데 온천에서 올라오는 더운 김 때문에 습하고 꿉꿉한 사우나에 들어온 느낌이었다. 빙하기 동물 화석을 모아 놓은 박물관 옆에 긴 코를 치켜든 매머드 동상이 보였다.

박물관 뒷골목에 차를 세웠다. 초록색 단층 건물이 납작 엎드려 있었다. 둔중한 출입문 위에 '얼룩 고양이 카페'란 조그만 간판이 보였다. '미국 가정식 요리'란 검색어로 테일러가 구글링을 해서 찾아낸 카페였다.

고양이 모양 네온이 걸려 있는 창문을 통해 안을 들여다봤다. 실내는 시원하고 안락해 보였다. 손님들이 듬성듬성 앉아 맥주를 마시고 있었다. 베티가 어느새 차 밖으로 나와 우진의 등 뒤에서 물었다.
"검보가 있을까?"

대답 대신 우진은 두꺼운 문을 밀고 식당으로 들어갔다. 검보를 팔든 안 팔든 일단 부딪혀 보기로 했다. 안은 바깥에서 볼 때보다 어두웠고 음악은 요란했다. 한여름에도 벽에는 크리스마스 리스가 걸려 있고 천장에는 눈송이 모양 전등이 반짝였다. 걸음을 옮길 때마다 마룻바닥이 고양이처럼 울었다. 식당 안쪽 주방에서 빨간 두건을 쓴 셰프가 분주히 움직였다. 벽에는 차와 커피를 마시는 고양이 그림이 걸려 있었다. 호숫가에서 고양이들이 피크닉 담요를 깔고 건방진 자세로 누워 여유를 즐기는 그림도 있었다. 카페 주인장이 대단한 고양이 애호가인 모양이다.

입구에서 조금 기다리니 숯덩이를 올려 놓은 것 같은 눈꺼풀을 한 웨이트리스가 다가왔다. 그녀를 따라 들어가는 우진 일행을 카페 안 손님들이 힐끔거렸다. 동네 사람이 아닌 외지인을 오랜만에 보는 모양이었다. 분위기가 호의적이지 않았다. 웨이트리스는 비어 있는 테이블들을 지나서 구석진 자리로 안내했다. 그녀는 피곤한 표정을 감추지 않고 메뉴판을 테이블에 소리 나게 올려놨다.

"검보가 먹고 싶어."

베티가 메뉴판을 보지도 않고 대뜸 주문했다.

"뭐라고요?"

웨이트리스의 하이톤 목소리에 짜증이 묻어났다. 우진이 무안해서 나섰다.

"검보라고 루이지애나의 스튜 요리 말이에요."

우진은 스마트폰에서 검보 이미지를 찾아서 보여 줬다. 웨이트리스는 가만히 스마트폰을 쳐다보고 나서 고개를 저었다.

"루이지애나 스튜를 왜 사우스다코타에서 찾아요?"

우진이 하고 싶은 말이 바로 그거였다. 우진은 들었냐는 표정으로 베티를 쳐다봤다. 베티가 실망하자 웨이트리스가 덧붙였다.

"검보를 파는 식당은 사우스다코타에서는 절대 못 찾을걸요."

베티는 잠시 웨이트리스를 쳐다보다가 고개를 떨구고 메뉴를 뒤적였다. 이제야 검보를 단념한 모양이었다. 테일러는 뉴욕 스테이크를 주문했다. 자그마치 35달러. 우진이 놀라서 눈치를 줬지만 테일러는 아랑곳하지 않고 커피까지 시켰다.

우진은 고심 끝에 가장 저렴한 샌드위치와 감자튀김을 시켰다.

"당신은?"

웨이트리스가 베티에게 물었다. 베티는 메뉴를 돌려주며 입맛이 없으니 맥주만 마시겠다고 했다. 베티는 침울해 보였다. 검보를 못 먹게 되어 낙담한 표정이었다.

얼룩 고양이 카페는 동네 맛집인 모양이었다. 손님들이 하나둘 모여들더니 어느새 바(bar) 쪽 좌석과 홀에 있는 테이블이 거의 들어찼다. 그들은 오래전부터 잘 아는 사이인 듯 서로 알은체하며 왁자지껄 떠들었다.

웨이트리스가 음식을 날라 왔다. 테일러의 뉴욕 스테이크는 두툼하고 기름기가 좔좔 흘렀다. 스테이크 위에 새긴 다이아몬드 체크형 그릴 자국이 근사했다. 우진의 샌드위치도 괜찮아 보였다. 빵이라면 이제 징글징글하지만 움직이려면 배를 채워야 했다. 우진이 옷소매를 걷어붙이고 본격적으로 먹으려는데 멍하니 앉아 있는 베티가 눈에 띄었다.

우진이 샌드위치를 반 잘라 베티 쪽으로 밀어 줬다. 베티는 한 입 맛보더니 그대로 내려놨다. 감자튀김을 권해도 그녀는 고개를 가로저었다. 테일러는 빈말이라도 먹어 보라고 권하지도 않고 머리카락을 한 손으로 모아 잡고 두꺼운 뉴욕 스테이크를 입이 터져라 혼자 먹었다.

카페 출입구 쪽에 자그마한 무대가 있는데 옥수수 농사꾼처럼 생긴 남자 넷이 그 위로 올라섰다. 하나같이 체크무늬 플란넬 셔츠에 청바지를 입고 있었다. 그들은 미리 놓여 있던 악기 앞에 자리를 잡았다. 피아노, 드럼, 더블베이스 그리고 트럼펫. 잠시 악기를 매만지고 조율했다. 악기를 다루는 품이 제법 능숙해 보였다. 옥수수 농사꾼 넷은 서로 눈짓으로 사인을 주고받더니 어느 순간 쩌렁하고 연주가 시작됐다. "아!" 우진은 자기도 모르게 짧은 감탄사를 내뱉었다. 첫 소절이 만들어 낸 화음만으로도 그들의 내공을 알 수 있었다. 시골뜨기 아저씨들이라고 우습게 봤던 스스로가 계면쩍어 우진은 쓴웃음을 지었다.

음악은 부드럽고 몽환적이었다. 베이시스트는 묵직한 저음으로 곡의 기초를 잡아 주고 피아니스트는 화려한 손놀림으로 즉흥 멜로디를 연주했다. 드러머가 리듬을 끊임없이 이어 가며 곡의 흐름을 이끌자 트럼펫 주자는 기교 넘치는 솔로 연주로 음악에 활력을 불어넣었다. 그들은 공놀이하는 것처럼 멜로디를 서로 주고받으며 음악을 갖고 놀았다.

"오늘 저녁 검보를 꼭 먹고 싶었어."

재즈에 취했는지, 맥주에 취했는지 베티가 검보 타령을 다시 시작했다.

"오늘이 내 생일이야."

우진의 기억이 맞다면 여든 번째 생일이었다.

"베티, 생일 축하해요."

우진이 베티의 손에 자기 손을 포갰다.

"내가 어렸을 때 생일마다 마타가 해 준 검보를 먹었어."

'마타'는 '마더(mother)'를 말하는 뉴올리언스 사투리 같았다. 베티가 어린 시절을 이야기하는 것은 처음이었다.

"마타는 평생 사탕수수밭에서 일했어. 혼자 사탕수수밭에서 일해서 열 명의 아이를 키웠지. 그때 난 어리고 순진했지."

베티는 어린 시절의 그녀로 돌아간 듯 해맑은 미소를 지었다. 테일러도 스테이크를 잘라 먹으며 귀를 기울였다.

어린 베티는 아버지를 증오했다. 그는 마약과 도박에 빠져 가족을 돌보지 않았다. 어머니가 사탕수수밭에서 일하는 동안 베티는 집안일을 도맡아 하고 동생들을 돌봤다.

베티가 맥주의 마지막 모금을 넘긴 후 말했다. 기억을 더 잃기 전에 자기 과거를 우진과 테일러에게 모두 전해 주려는 걸까.

"그러다가…… 어느 날 일 나간 어머니가 돌아오지 않았어. 몇 날 며칠을 기다려도 아무 소식이 없었지. 얼마 후 알게 됐어. 마타가 프렌치 쿼터에서 만난 남자를 따라 집을 나갔다는 사실을."

베티는 회한에 잠겨 한숨을 내쉬었다.

베티 어머니는 금요일 밤마다 뉴올리언스의 프렌치 쿼터에서 노래를 부르다가 밴드 마스터의 눈에 띄었다. 그는 자기 밴드에서 노래를 부르게 해 주겠다는 말로 베티의 어머니를 꾀었고 그녀는 자식들을 모두 버리고 사라졌다. 그리고 다신 돌아오지 않았다. 난봉꾼 아버지와 어린 동생들을 돌보는 일은 고스란히 베티의 몫이 되었다.

카페에 있던 손님 몇몇이 나와 플로어에서 춤을 추었다. 그냥 음악에 맞춰 아무렇게나 몸을 흔드는 마구잡이 춤이었다. 남녀가 마주 보고 추기도 했고 혼자서 눈을 감고 흐느적거리는 사람도 있었다. 요란한 음악 소리 속에도 베티의 중저음 목소리는 잘 들렸다.

"난 열다섯이 되자마자 집에서 도망쳐 나왔어. 아버지의 폭력과 집안일을 견딜 수 없었지."

베티의 목소리가 촉촉해졌다. 우진이 자리를 옮겨 베티의 어깨를 토닥거렸다.

"노래를 부르면서 전국을 떠돌아다녔어. 마타를 미워하면서도 마타와 같은 길을 걸었지."

베티는 자신을 버리고 떠난 마타를 용서할 수 없었다고 했다. 빈 맥주잔을 두 손으로 감싸더니 베티가 덧붙였다.

"나이가 들면서 마타를 이해할 수 있었지. 하지만 마타를 용서한 건 아니야."

베티의 과거가 우진에게 위로가 됐다. 아픈 사람에겐 아픈 사람의 위로가 가장 진심으로 다가온다. 베티는 여전히 어머니를 미워하면서 또 그리워하고 있다. 새엄마를 찾는 우진을 선뜻 돕겠다고 나선 것도 베티의 어머니에 대한 슬픈 기억 때문이 아니었을까.

"내 생일 때마다 마타는 검보를 만들었어. 평생 마타를 미워했지만 생일만 되면 검보가 생각나. 왜 그런지 나도 몰라."

테일러가 불쑥 손을 들어 웨이트리스를 불렀다. 웨이트리스는 아예 눈길도 주지 않았다. 미국에서 불가능한 것 중 하나가 불친절한 웨이트리스와 시선을 마주치는 일이다. 테일러의 끈질긴 시도 끝에 결국 웨이트리스가 마지못해 다가왔다. 테일러는 대뜸 주머니에서 20달러 지폐를 한 장 꺼내 그녀에게 건넸다. 시 알바로 번 돈이다. 냉랭하던 웨이트리스의 표정이 조금 풀렸다.

"셰프 좀 불러줄 수 있음?"

웨이트리스가 의아한 표정을 짓자 테일러는 부탁할 게 있다고 했다. 우진은 테일러가 이번엔 또 무슨 애먼 짓을 벌이려는지 걱정됐다.

"미안하지만 지금은 주문이 밀려 힘들어."

웨이트리스의 말에 테일러는 20달러 지폐를 한 장 더 꺼내 그녀의 숏 팬츠 주머니에 찔러 넣었다. 웨이트리스는 가슴을 절반 정도 드러낸 헐렁한 티셔츠의 옆을 묶으며 한결 누그러진 목소리로 말했다.

"일단 탐에게 얘기는 해 볼게. 루씨 때문에 요즘 완전 저기압이야."

탐은 셰프의 이름인 모양이다. 테일러가 물었다.

"루씨는 누구?"

"탐이 기르던 페르시안 고양이. 지난주 무지개다리를 건넜어."

웨이트리스가 뒷주머니에서 스마트폰을 꺼내더니 동영상을 보여 줬다. 카페에서 찍은 루씨 영상이었다. 하얀색 고양이가 카페 안을 어슬렁거리며 돌아다니고 있다. 냥냥거리는 울음소리가 귀여웠다. 이마부터 등까지 얼룩 띠가 길게 나있고 끝을 솜사탕처럼 둥글게 다듬은 꼬리는 요염해 보였다.

"울룰루, 너도 한번 봐."

우진은 백팩에서 울룰루를 꺼냈다. 웨이트리스가 깜짝 놀라며 말했다.

"와우, 테디베어가 움직이네. 귀여워."

우진은 울룰루를 소개하려다가 설명이 길어질 것 같아 그냥 넘어갔다. 울룰루도 괜한 관심을 끌기 귀찮은 듯 입을 다물고 스마트폰 영상에 집중했다.

동영상 속에서 네모난 얼굴의 남자가 불쑥 나타난다. 흰색 주방복을 입은 셰프 탐이다. 루씨가 테이블 위로 폴짝 뛰어오르자 탐이 다가가 목을 간지럽힌다. 루씨는 눈을 가늘게 뜨더니 목에서 그르릉그르릉 소리를 내며 탐의 손에 머리를 비빈다. 곧이어 루씨가 바닥으로 내려가더니 벽에 몸을 기대고 비스듬히 앉는다. 꼬리를 살랑살랑 흔들면서 냐옹냐옹 교태를 부린다. 이어서 앞발로 마른세수를 하자 탐이 루씨의 탐스러운 꼬리를 매만진다.

"루씨는 우리 카페의 마스코트였는데……."

동영상이 끝나자 웨이트리스가 슬픈 표정을 짓고 주방 쪽으로 사라졌다. 그녀도 탐 못지않게 루씨를 아낀 모양이다.

셰프는 쉬 오지 않았다. 바깥은 이미 깜깜해졌다. 테일러는 스테이크에 곁들여 나온 구운 감자를 마지막 조각까지 먹고 커피를 마셨다. 우진은 베티가 남긴 샌드위치 반쪽을 마저 먹었다. 배가 불러 오니 다시 핸들을 잡기도 귀찮았다. 오늘은 가까운 모텔에 들어가서 쉬고 내일 아침 일찍 떠나자고 베티를 꾈 생각이었다.

마침내 웨이트리스와 함께 탐이 나타났다. 가까이서 보니 탐은 커다란 몸피에 눈썹은 두껍고 광대는 돌출되어 바위처럼 강인해 보였다. 다만 루씨에 대한 사연을 알고 봐서 그런지 그의 깊고 파란 눈동자는 슬픔에 잠겨 있었다.

밴드의 연주가 멈췄다. 홀에서 춤을 추던 손님들이 자리로 돌아가면서 카페 분위기가 어수선해졌다. 탐은 수건에 손을 닦으면서 무슨 일이냐고 물었다. 테일러는 커피 한 모금으로 입술을 축인 다음 베티를 가리키면서 말했다.

"오늘은 여기 베티 할머니의 여든 번째 생일."

"오, 축하해요."

웨이트리스가 탐의 눈치를 살피며 호들갑스럽게 말했다. 탐은 '그게 뭐?'란 표정이었다.

"내 친구 베티를 위해 뉴올리언스의 검보를 만들어 줄 수 있음?"

우진은 테일러의 말투가 거슬렸다. 공손하게 말해도 될까 말까인데 나이도 어린 애가 시건방을 떤다고 탐은 생각할 것이다. 역시나 탐의 얼굴이 일그러졌다. 우진이 서둘러 진화에 나섰다.

"베티는 어렸을 때 헤어진 어머니를 평생 못 만났어요. 생일을 맞아 어머니를 기리고 싶은 거예요."

"저런!"

웨이트리스는 슬픈 표정을 지으며 호응했지만 탐은 계속 뚱한 표정이었다. 테일러가 손가방을 뒤졌다. 20달러 지폐를 몇 장을 아낌없이 빼내더니 테이블 위에 올려놨다.

"내 친구를 위해 검보를 만들어 줘요. 사례는 충분히 하겠음."

돈으로 승부를 보겠다는 전략이었다. 깔끔하고 효과적인 작전일 수도 있지만 이번에는 왠지 상대를 잘못 고른 것 같았다. 탐은 말할 필요도 없는데 억지로 알려 준다는 투로 입을 열었다.

"난 지금 아주 바빠. 음식을 기다리고 있는 사람들 안 보여? 난 메뉴에 있는 음식만 만들어."

탐이 돌아서려 할 때 누군가 "베티!" 하고 외쳤다. 커다란 덩치에 큰 머리, 그리고 붉은 수염으로 뒤덮인 남자가 이쪽으로 다가왔다. 살아 있는 울룰루를 보는 듯했다. 조금 전까지 무대에서 트럼펫을 연주하던 남자였다. 웨이트리스가 사장이라고 우진에게 귀띔했다. 카페를 운영하면서 라이브 음악도 연주하는 모양이다. 우진의 할아버지 나이쯤으로 보이는 사장은 베티를 이미 잘 알고 있는 표정이었다. 베티는 고개를 갸웃하며 남자를 바라봤다.

"이럴 수가……, 베티! 당신 베티 맞죠?"

사장은 말릴 새도 없이 맞은편에 앉더니 감격에 겨워 베티의 손을 맞잡았다. 플란넬 남방 안으로 고양이 그림이 새겨진 허름한 면티가 보였다. 베티는 남자를 알아보지 못해 미안한 표정을 지었다.

"조금 전 댁의 연주는 정말 멋졌어. 하지만 미안해. 누구지? 나를 아나?"

"알다마다요. 베티, 당신은 나의 우상이에요. 1974년 핫 스프링스 재즈 축제 때 당신의 공연을 맨 앞줄에서 봤어요."

"아……!"

베티는 감탄사를 길게 늘어뜨렸다.

"당신의 음반을 보물로 간직하고 있어요."

사장은 베티의 손을 잡은 채 눈짓으로 무대 맞은편 벽을 가리켰다. LP판과 앨범 재킷이 빼곡히 붙어 있는 벽 한가운데 젊은 날의 베티로 보이는 사진이 있었다. 눈을 감은 채 열창하는 베티의 클로즈업된 얼굴 아래 '핫 스프링스의 디바'라는 타이틀이 보였다. 흑백 사진이지만 도톰한 입술에만 빨간 색깔을 입혀 젊고 육감적으로 비쳤다.

베티의 앨범 위쪽에는 강가 공원에서 벌어진 야외 공연 사진이 걸려 있었다. 핫 스프링스 재즈 축제 장면이었다. 어스름 저녁녘에 부감으로 내려 찍은 사진인데 무대는 단출하지만 공원 잔디밭은 관객으로 빼곡히 들어차 있었다. 미처 자리를 못 잡은 사람들은 강변 모래밭과

뒤쪽 언덕배기를 가득 메웠다. 사장이 신이 나서 우진과 테일러에게 설명했다.

"여름마다 미국 전역에서 재즈 팬들은 핫 스프링스로 몰려들었어. 이 작은 마을에서 매년 재즈 축제가 열렸거든. 1974년, 그해의 주인공은 바로 여기 있는 베티였어. 내가 그 자리에 있었다고. 맨 앞줄에."

사장은 사진 속 그때를 회상하며 혼자 울컥해서 가슴을 팡팡 두드렸다. 우진은 처음 듣는 이야기에 사장과 베티를 번갈아 봤다. 피코맘으로부터 베티가 가수였다는 말은 들었지만 이름 없는 떠돌이 유랑단 가수쯤으로 생각했다. 테일러도 믿을 수 없다는 표정이었다. 사장의 호들갑에 카페에 있던 손님 몇이 우진 일행을 돌아봤다. 밴드 멤버들도 테이블로 다가왔다. 사장은 흥분을 가라앉히려 애쓰면서 말을 이었다.

"베티가 노래하면 객석에서 난리가 났어. 음악에 취해 다 같이 일어나서 손뼉을 치고 춤을 췄어. 베티, 기억나요? 앙코르 요청이 끝이 없었잖아요. 아예 무대를 내려가지 못했어요. 내 인생 최고의 공연이었어요."

모여든 밴드 멤버들이 감탄사를 연발하며 베티에게 악수를 청했다. 베티는 그 정도는 아니라는 듯 고개를 절레절레 흔들었지만 한번 올라간 입꼬리는 내려오지 않았다. 웨이트리스는 메뉴판을 감싸안고 존경의 눈길로 베티를 바라봤다. 탐만 여전히 뚱한 표정이었다. 기회다 싶었는지 테일러가 끼어들었다.

"탐, 핫 스프링스의 전설 베티를 위해 검보 한 그릇 만들어 줄 수 있음?"

탐의 머리는 애초부터 위아래로 움직이지 못하는 것 같았다. 여전히 완강하게 머리를 가로저었다. 탐에게는 팁도, 전설의 재즈 가수도 다 필요 없고 오직 밀린 주문만 중요했다. 사장이 웨이트리스에게 대강의 이야기를 전해 듣고 탐을 구석으로 끌고 가 뭔가 말을 건넸지만 그는 꿈적도 안 했다. 사장이 잠시 언성을 높이기도 했지만 소용없었다.

우진은 초조한 마음에 테일러의 커피를 마셨다. 담뱃재를 섞은 듯한 고약한 냄새가 올라왔다. 식도를 따라 내려가는 미지근한 이물감이 느껴졌다. 원래 우진은 커피를 마시지 않는다. 카페인에 예민한 우진은 커피를 마시면 심장이 벌렁거리며 각성 상태가 된다. 물론 밤잠도 포기해야 한다.

탐이 화난 표정으로 메뉴에 없는 음식은 만들 수 없다며 항변하는 소리가 얼핏얼핏 들렸다. 다시 베티에게 돌아온 사장은 자기도 어쩔 수 없다는 듯 미안한 표정을 지으며 귀엣말로 건넸다.

"이해해 줘요. 저 친구 요즘 제정신이 아니에요. 같이 살던 고양이가 지난주에 죽었다고."

우진은 남은 커피를 한 번에 꿀꺽 들이켰다. 사약처럼 쓴맛에 얼굴이 찌푸려지면서 묘한 흥분감이 올라왔다. 금단의 열매를 먹자마자 전두엽이 깨어나며 눈이 맑아지는 느낌이었다.

"탐, 내가 다시 만나게 해 주면 어때요? 죽은 루씨 말이에요."

우진이 밑도 끝도 없이 말했다. 다들 뜨악한 표정이었다. 탐이 성난 표정으로 우진에게 다가오더니 말했다.

"헤이, 아시안 꼬마. 루씨가 죽었다는 말을 함부로 지껄이지 마."

평소 같았으면 탐의 눈빛에 주눅이 들 우진이었지만 이번엔 달랐다. 커피 한 잔에 배짱이 아랫배에서부터 솟아올랐다. 우진은 천천히 일어나 탐에게 한 발 다가가며 물었다.

"내가 루씨를 만나게 해 주면 어쩔 건데요?"

영화 한 장면처럼 두 남자의 코가 맞닿을 정도로 가까워졌다. 우진의 도발에 가장 놀란 사람은 우진 자신이었다. 펄떡이는 심장 소리가 탐에게 들릴까 염려됐다. 우진은 아랫배에 힘을 줬다. 카페 손님들이 주위로 모여들었다. 고양이 한 마리가 가출해도 지역 신문에 대서특필될 정도로 따분한 마을이었다. 그런 곳에 오랜만에 공짜 구경거리가 생겼으니 절대 놓칠 수 없다는 표정들이었다. 조금 전까지만 해도 상한 생선 눈으로 맥주만 들이켜던 옥수수 농사꾼들이 초롱초롱한 사슴 눈을 하고 탐과 우진을 둘러쌌다. 탐이 좌우로 목을 돌리자 우두둑 관절 꺾이는 소리가 났다.

"무슨 꿍꿍이인지 알 수 없지만 루씨를 만나게 해 준다면…… 내가 검보를 만들어 줄게."

"그렇지! 좋아! 맞아!" 구경꾼들은 앞뒤 상황도 모르면서 맞장구쳤다. 그들은 자기들끼리 속닥이고 키득거리더니 맥주를 연신 흘리면서 마셨다. 테일러가 우진을 끌어당기며 말렸다.

"무리, 무리. 말도 안 됨. 루씨는 죽었음."

"죽었다는 말을 함부로 하지 마!"

탐이 버럭 소리를 지르자 테일러가 화들짝 놀라 물러섰다. 우진은 테일러를 등 뒤로 보낸 다음 말했다.

"한번 해 볼게. 루씨를 만나게 해 줄게."

"와아!" 여기저기서 박수가 터져 나왔다. 베티는 우진을 보며 고개를 저었다. 어쩌려고 이렇게 질주하냐는 뜻이었다. 탐은 네모난 턱을 매만지며 말했다.

"주문이 밀려 있으니 서두르는 게 좋겠어."

갑자기 벌어진 이벤트에 점점 많은 손님이 모여들었다. 아시아에서 온 해리포터가 흑마술이라도 부려 재미난 볼거리를 만들어 주길 기대하는 분위기였다. 누군가 음악 소리를 줄였다.

우진이 긴장한 표정으로 백팩에서 울룰루를 꺼내 테이블에 내려놓았다. 모두 호기심에 가득 찬 표정으로 울룰루를 내려다봤다. 우진은 울룰루에게 나지막이 말했다.

"울룰루 준비됐지? 부탁해."

울룰루가 머리를 까딱했다. 조그마한 곰 인형쯤으로 생각했던 울룰루가 갑자기 움직이자 시골 아저씨들이 깜짝 놀라 웅성거리며 뒤로 물러섰다. 하지만 그것도 잠시뿐, 울룰루는 잠자코 서 있었다. 옥수수 농사꾼들이 다시 앞으로 다가섰다. 시간은 흘렀다. 몇 초의 시간이 한없이 지루하게 느껴졌다.

"털보 꼬맹이를 깨우면 어때? 아직 침대에 들 시간이 아니라면."

누군가 소리쳤다. 조금 전까지 겁먹고 우왕좌왕했던 게 쑥스러웠던 시골 아저씨들은 기다렸다는 듯이 와하하 웃었다. 이어서 자기들끼리 시시덕거리더니 맥주 거품을 수염에 잔뜩 묻히며 마셨다. 탐은 여전히 냉정한 표정으로 서 있었다.

단추처럼 생긴 울룰루 눈이 빠끔히 열렸다. "와우." 손님들이 탄성을 질렀다. 울룰루의 두 눈에서 불빛이 반짝이더니 카페 바닥에 광선을 쐈다. 시골 아저씨들이 다시 기겁하며 뒷걸음질 쳤다. 사슴 로고가 새겨진 초록 모자를 쓴 남자가 엉덩방아를 찧으며 넘어졌다.
 울룰루가 빔프로젝터처럼 광선을 투사했다. 카페 바닥에 반구(半球) 모양의 홀로그램 영상이 불쑥 떠올랐다. 그리고 영상 안에 고양이 한 마리가 요염하게 앉아 있었다. 3D 홀로그램 영상은 선명하고 생동감 넘쳤다.
 "루씨야. 루씨."
 시골 아저씨들이 홀로그램에 홀린 듯 소리쳤다. 온몸을 덮고 있는 하얀색 털과 연한 갈색 줄무늬. 그리고 비스듬히 앉아서 앞발을 혀로 핥고 마른세수를 하는 모습. 웨이트리스의 스마트폰에서 본 동영상 속의 루씨 그대로였다.
 "미야옹, 미야옹."
 고양이가 가냘프게 울었다. 웨이트리스가 믿을 수 없다는 듯이 탐을 보며 소리쳤다.
 "루씨야. 루씨가 왔어."
 베티와 테일러도 놀라기는 마찬가지였다. 탐이 당황하며 홀로그램 반구로 바짝 다가왔다. 루씨가 날렵하게 일어나더니 탐에게 다가왔다. "뮤우뮤우" 마치 오랜만에 만난 연인에게 인사하듯 탐을 보고 울었다. 탐의 눈동자가 흔들렸다.
 "루씨 너 맞니? 루씨 너야?"
 "그르릉, 그르릉."
 루씨의 목에서 베어링 돌아가는 소리가 났다. 스마트폰 동영상에서 들었던 소리가 똑같이 재연됐다. 탐 셰프가 무릎을 꿇었다.
 "루씨 너구나. 루씨 보고 싶어. 얼마나 내가 외로운 줄 아니?"

탐이 무릎을 꿇고 손을 뻗었다. 탐의 손이 홀로그램 영상을 그대로 통과했다. 옥수수 농부들의 안타까운 탄성이 여기저기에서 터져 나왔다. 루씨는 주인이 자신을 만질 수 없는 게 슬프다는 듯 앞발을 들어 탐 쪽으로 뻗으며 울었다.

"미야옹 끄르륵 끅끅."

"루씨, 울지 마. 괜찮아, 괜찮아. 너를 다시 볼 수 있는 것으로 충분해."

탐의 눈에 어느새 눈물이 가득 고였다. 탐의 굵은 손가락이 루씨의 앞발과 마주 닿았다. 차원이 다른 두 개의 세계가 이어지는 느낌이었다.

탐이 루씨가 맞다는 것을 인정하자 의심의 눈초리로 바라보던 시골 아저씨들이 왁자지껄 떠들어 댔다. 초록 모자 남자가 감격에 젖어 큰 소리로 말했다.

"내가 뭐랬어? 난 처음부터 베티와 이 친구들을 믿었다구."

카페 안의 소란 속에서도 루씨는 계속 울었고 탐은 귀를 기울였다. 탐은 루씨의 말을 알아듣는 듯 고개를 끄덕였다.

"루씨가 뭐라는 거야?"

웨이트리스가 탐 곁에 쪼그려 앉으며 물었다. 탐이 울먹이며 말했다.

"루씨는 무지개다리를 건너 천국에 있대. 그러니까…… 슬퍼하지 말래."

옥수수밭 농사꾼들이 웅성거렸다. 초록 모자의 남자는 고개를 젖히고 눈물을 참았다.

"뮤우뮤우, 끄르륵 끅끅."

루씨가 몸을 아치 모양으로 만들고 걱정스러운 눈초리로 주인을 바라보며 울었다. 결국 탐의 작고 깊은 눈에서 눈물이 뚝뚝 떨어졌다.

"그래, 루씨 울지 않을게. 천국에서 다시 만나. 무지개다리 앞에서 기다리고 있어."

탐의 흥분이 가라앉자 루씨는 한 손을 흔들며 사라졌고 가장자리부터 옅어지면서 홀로그램이 꺼졌다.

카이스트 삼촌은 거의 써먹을 일 없는 쓸데없는 기능이 울룰루에게 하나 있다고 알려 줬었다. 동영상 파일을 퀵 쉐어 해서 증강현실을 만들고 홀로그램으로 출력하는 기능. 울룰루는 웨이트리스의 스마트폰에 있던 루씨의 동영상 파일을 짧은 시간에 다운로드해서 증강현실을 만들었고 미션을 완벽하게 클리어했다. 우진은 울룰루를 다시 백팩에 넣었다. 울룰루 몸이 따끈했다.

한 시간 후 탐 셰프는 김이 모락모락 오르는 검보 요리를 직접 가져왔다. 어디에서 구했는지 큼지막한 새우, 조개가 양파, 샐러리와 한데 어우러져 있었다. 윤기 흐르는 흰 쌀밥 한 덩이도 걸쭉한 국물 속에 담겨 있었다. "땡큐!" 베티는 탐에게 감사 인사를 하고 한 숟가락을 크게 떠서 입에 넣었다. 세상에 두려울 게 없을 것 같던 탐은 긴장해서 꼼짝도 못 하고 베티의 표정을 살폈다. 베티는 눈을 감은 채 검보 첫술을 오물오물 오래 씹더니 한참 만에 꿀꺽 삼켰다. 번쩍 눈을 뜨고 커다란 미소를 지었다.

"마타의 맛이야."

안도의 한숨을 내쉬는 탐 뒤에서 웨이트리스가 엄지를 들어 올렸다. 우진도 검보를 처음으로 맛봤다. 국물을 한 숟가락 떠먹자 매콤한 맛이 입안으로 퍼졌다. 얼큰한 해장국처럼 시원하고 감칠맛이 났다.

다음으로 건더기를 가득 떠서 먹었다. 오래 끓여서 부드러워진 해산물과 채소가 조화를 이루며 입안에서 저절로 녹았다. 새엄마가 해 줬던 꽃게 된장찌개가 떠올랐다. 재료와 모양은 전혀 다르지만 핫 스프링스 검보에서 꽃게 된장찌개 맛이 났다.

"나도 검보 만들어 줘."

"우리도 검보를 원해."

베티를 지켜보던 옥수수 농사꾼들이 검보를 찾는 소리가 이어졌다. 웨이트리스가 사장에게 다가가 어깨에 손을 올렸다.

"메뉴에 검보를 추가해야겠어요."

베티는 검보에 대한 감사의 표시로 자청해서 노래를 부르겠다고 했다. 사장과 밴드 연주자들이 다시 모였다. 베티가 천천히 무대에 올랐다. 민소매 티 위에 밝은색 멜빵 청바지 차림이었는데 젊은 시절의 베티로 되돌아간 것 같았다. 카페에 있던 농사꾼들이 호기심에 찬 눈으로 전설의 여가수를 바라봤다.

피아노 전주가 부드럽게 흘러나왔다. 카페 사장이 색소폰 반주를 더하자 베티가 노래를 부르기 시작했다.

베티는 하나의 악기가 되어 밴드의 연주 속에 녹아들었다. 허스키한 목소리는 모차렐라 치즈처럼 끈적거리면서도 마시멜로처럼 말랑말랑했다. 베티는 진심으로 노래했다. 자신의 인생 이야기를 읊조리듯 떨리는 목소리로 풀어냈다. 카페의 손님들이 조금씩 베티의 노래에 빠져들었다. 음악을 통해 베티와 관객이 영혼의 교감을 나누는 순간이었다. 우진의 팔에 닭살이 돋으면서 솜털이 살아 일어났다.

노래가 끝나자 관객들은 마취에서 깨어난 듯 환호하며 앙코르를 연호했다. 베티도 오랜만의 공연에 감격한 것 같았다. 여유 있는 매너로 한 팔을 높이 들었다가 아래로 내리며 감사를 표했다. 이어서 베티가 사장에게 양해를 구하더니 마이크를 잡았다.

"멀리 사우스 코리아에서 온 젊은 피아니스트를 소개할게. 이름이 재밌어. 리무진!"

누군가 손가락을 입에 넣어 휘파람을 불었다. 여기저기서 박수가 터져 나왔다. 우진은 깜짝 놀라 손사래를 쳤지만 시골 아저씨들은 '리무진'을 연호했다. 테일러는 공연히 신나서 우진을 억지로 떠밀었다.

우진이 얼굴이 새하얘져서 무대에 오르자 피아노 연주자가 자리를 양보하며 다음 연주곡 악보를 건넸다. 악보를 보고 우진은 기겁했다. 멜로디와 코드만 손으로 대충 그린 악보였다. 이걸로 연주하라고? 우진이 교실에서 배운 클래식 음악과 재즈는 전혀 다른 장르다. 클래식이 탄탄하게 잘 짜진 시스템의 음악이라면 재즈는 얼마든지 변주가 가능한 자유로운 음악이다. 같은 악보를 보고 연주해도 아티스트마다 전혀 다른 음악이 나온다. 그나마 다행인 것은 우진이 아는 곡이었다. 글로리아 게이너가 부른 〈I Will Survive〉. 학교 축제에서 친구들이 이 곡에 맞춰 춤을 췄던 기억이 났다. 하지만 그때는 간단한 디스코 리듬이었다. 악보도 완벽했고 댄스팀과 여러 번 맞춰 보고 난 뒤 연주했었다.

우진의 입술이 바짝 말라왔다. 관객들이 손뼉을 치며 어서 시작하라고 재촉했다. 걱정이 밀물처럼 달려들었다. 콩쿠르에서 연주할 때처럼 두려웠다. 지긋지긋한 두려움. 아무리 반복해도 익숙해지지 않았다. 머리가 어질어질하고 손가락이 저렸다. 객석을 돌아보니 모두의 시선이 우진에게 쏠려 있었다. 테일러와 울룰루의 응원하는 눈빛도 부담스러웠다. 베티가 우진에게 다가와서 활짝 웃으면서 윙크했다.

"리모, 너를 믿고 연주해 봐. 중요한 건 삘이야."

베티의 말은 귀에 들어오지도 않았다. 우진이 건반 위에 손을 올리자 온몸이 흔들릴 정도로 떨렸다. 거의 한 달 만에 피아노 앞에 앉았다. 연주곡의 시작은 피아노였다. 베티가 눈짓했다. 악보에 비어 있는 첫 마디를 피아노로 연주해 달라는 뜻이었다. 우진은 심호흡하고 건반을 눌렀다. 아르페지오 기법으로 화음을 펼쳐서 한 칸씩 올라갔다가 다시 내려왔다. 손가락이 뻣뻣해서 처음부터 리듬이 엉켰다. 망했다는 생각에 덜컥 겁이 났다. 하지만 이미 연주한 소절을 무르고 다시 시작할 수도 없었다. 일단 시작했으니 계속 가야 했다. 인트로 반주를 끝내자 베티가 잠시 호흡을 준 뒤 들어왔다. 조금 전 노래와는 다르게 힘이 넘치고 강단이 있었다.

드럼의 비트가 시작됐다. 이어서 트럼펫과 더블베이스도 합세했다. 반주가 풍성해지면서 리듬이 살아났다. 관객들이 소리를 지르며 통로로 나와 몸을 흔들기 시작했다. 우진은 쉽사리 긴장을 풀 수 없었다. 박자를 틀리고 중간중간 음 이탈을 하자 진땀이 나기 시작했다. 하지만 다른 연주자들은 우진을 향해 잘하고 있다고 걱정하지 말라고, 눈빛으로 격려했다. 베티의 감춰 뒀던 실력이 드러났다. 리듬을 밀고 당기고 강약을 쥐락펴락하며 기교를 부리더니 하이라이트 부분에서는 화산이 폭발하듯이 믿기지 않는 성량을 뿜어냈다. 그리고 여든 살 된 노구를 사리지 않고 스텝을 밟으며 몸을 흔들었다.

평소에 알고 지내던 베티가 아니었다. 50년 전 핫 스프링스 재즈 페스티벌의 디바로 되돌아가 있었다. 얼굴에서 광채가 일었고 리듬에 맞춰 흔드는 몸은, 조금 과장하자면 테일러 스위프트 못지않았다. 그녀가 무대를 완전히 장악하고 카페의 열기가 뜨거워지자 우진의 몸도 달아오르기 시작했다. 우진은 연거푸 실수했지만 아무도 눈치채지 못한 것 같았다. 사분음표, 팔분음표도 구분 못 할 시골 아저씨들은 그냥 이 순간을 즐기고 있었다. 제멋대로 연주해도 아무도 모를 것 같았다. 우진은 베티의 말대로 자신을 믿어 보기로 했다. 그리고 속으로 되새겼다.

그래, 중요한 건 뻘이야.

마음의 여유가 생기자 맨 먼저 귀가 열렸다. 자기 연주에만 집중하던 우진의 귀에 밴드 멤버들의 연주와 베티의 목소리가 들리기 시작했다. 그리고 기회를 엿보다가 피아노 차례가 왔을 때 우진은 머뭇거리지 않고 달려 나갔다. 틀리지 않는 게 가장 중요하다고 생각했는데 그것보다 중요한 것이 있었다. 우진의 마음 가는 대로 건반 위에서 손가락이 현란하게 춤을 추었다. 굳어 있던 우진의 어깨도 들썩이기 시작했다. 객석을 돌아보니 테일러가 바 앞에서 매혹적으로 몸을 흔들고 있었다. 체크무늬 남방의 옥수수 농부들은 테일러에게서 눈을 떼지 못했다. 울룰루도 테이블 위에서 후추통을 마주 보며 팝핀댄스를 추고 있었다. 무대와 객석이 음악으로 하나가 됐다. 우진은 자신의 서툰 연주가 농사꾼 아저씨들에게 이렇게 큰 즐거움을 줄 수 있다는 사실에 놀랐다. 우진의 뻘과 관객의 뻘이 같은 주파수대에 접속되는 순간, 우진은 하나의 깨달음을 얻었다.

학교에서 피아노를 치면서 늘 궁금했다. 자신이 작곡한 곡도 아니고 남이 만든 곡을, 그것도 서양의 작곡자가 수백 년 전에 만든 곡을 연주하는 게 무슨 의미가 있을까. 이미 수천만 명의 사람들이 같은 곡을 연주했다. 현재에도 수만 명의 피아니스트들이 똑같은 곡을 치고 있다. 더구나 첨단 오디오 기기나 인터넷을 통해 세계 정상급 피아니스트들의 연주를 언제 어디서든 완벽한 음향으로 들을 수 있다. 이런 상황에서 우진까지 같은 곡을 연주하겠다고 나서는 건 쓰레기를 하나 더 만드는 게 아닐까?

유레카! 오랜 의문에 대한 답을 우진은 핫 스프링스의 고양이 카페에서 찾았다.

이 세상에 나는 하나고 아무도 이 곡을 나와 똑같이 연주할 수는 없다. 마찬가지로 내가 연주하기 전까지는 이 세상에서 아무도 이 곡을 내가 해석한 방식대로 들은 사람이 없다. 지금 베티와 카페 밴드와 함께하는 〈I will survive〉 연주는 이 세상에 하나밖에 없다. 과거, 현재, 미래를 통틀어 이 연주는 이 순간에만 존재한다. 세상에서 유일한 연주. 그게 내가 이 곡을 연주하는 의미다.

사는 것도 피아노 연주와 마찬가지 아닐까. 지구에 81억 명이 살아도 단 한 명의 내가 존재한다. 가장 '나'다워지는 게 내가 사는 의미가 아닐까. 틀려도 돼. 아니, 어쩌면 맞고 틀린 건 처음부터 없을지도 몰라. 중요한 건 다른 사람이 강요한 '가짜 나'가 아니라 '진짜 나'의 스토리를 만들어 가는 것. 내 이야기로 한 페이지 한 페이지 채워 나가 마지막 날에 한 권의 책을 완성하는 것. 살아온 과정이 내 인생의 결과가 되는 것. 과정이 결과인 삶. 그게 내가 사는 의미가 아닐까.

베티는 비브라토를 길게 끌더니 여운을 길게 남기며 노래를 맺었다.

관객들은 못내 아쉬운 듯 탄식하며 베티의 이름을 연호했다. 밴드 연주자들도 베티를 향해 손뼉을 쳤다. 우진은 건반 앞에 앉아 심장 뛰는 소리를 들었다. 작지만 위로가 되는 소중한 선물을 시골 아저씨들에게 줬다고 심장이 말했다. 우진은 스스로를 토닥였다.

"잘했어, 리모."

친구를 위해 목숨을 버리면

　카세트 플레이어에서는 시끄러운 노래가 계속 흘러나왔다. 얼룩무늬 고양이 카페에서 베티가 골라 온 카세트테이프였다. 표지에 있는 가수 사진이 인상적이었다. 구레나룻을 덥수룩하게 기른 남자가 몸에 꽉 끼는 흰색 재킷과 나팔바지를 입고 다리를 쩍 벌린 채 열창하고 있다. 베티는 들은 곡을 다시 감기 해서 듣고 또 들었다. 남자 가수의 쇠 긁는 목소리가 되돌이표에 갇혀 무한 반복 됐다. 다른 건 못 알아듣겠고 '하운드 도그'라는 말만 들렸다. 사냥개에 대한 노래 같았는데 같은 내용의 가사와 멜로디를 계속 듣다 보니 머리가 멍해졌다. 뒷좌석에 앉은 테일러가 오디오를 꺼 달라고 부탁했지만 베티는 고집스레 고개를 저었다. 얼마 전에 고친 에어컨은 벌써 맛이 갔는지 더운 바람이 나왔다.
　베티의 찐팬인 카페 사장은 지난밤 가게 안에 잠자리를 마련해 줬다. 덕분에 우진 일행은 2층에 있는 옥탑방에서 편안히 하룻밤을 지냈다. 카페 사장은 며칠 더 머물다 가라고 사정했지만 더 이상 신세를 지기도 미안하고 방학도 며칠 남지 않아 다음을 기약하고 핫 스프링스를 떠났다.

"베티, 어제 무대는 대박이었어요. 깜짝 놀랐어요."

베티가 우진을 바라봤다. 음악 소리 때문에 우진의 말을 못 들은 것 같았다. 우진이 목소리를 높였다.

"사실 난 베티가 가수였다는 얘기, 뻥인 줄 알았거든요."

베티는 고개를 갸웃하고 눈을 끔벅였다.

"어제 무슨 일 있었나? 아무 기억이 안 나."

베티의 얼굴이 많이 부어 보였다. 카페를 열광과 환호의 도가니로 바꿔 버린 디바의 모습은 온데간데없고 하룻밤 새 여든의 베티로 되돌아와 있었다. 테일러가 우진의 어깨를 톡톡 치더니 고개를 가로저었다. 온도 때문인지 기압 때문인지 베티의 알츠하이머 증세는 아침이 되면 심해졌다. 안타까운 마음에 우진은 베티에게 큰 소리로 알려 줬다.

"어젯밤 베티의 노래는 지금껏 내가 들은 음악 중 최고였어요."

베티는 얼떨떨한 표정으로 입가 주름을 깊이 파면서 웃었다.

사우스다코타의 건조한 초원지대를 지나자 숲이 우거진 산악지대가 나왔다. 숲속 군데군데 보이는 비탈진 풀밭에서 검은 소들이 풀을 뜯었고 가끔 말 무리도 보였다. 베티는 그새 꾸벅꾸벅 졸고 있었다. 우진은 카세트테이프 볼륨을 줄였다.

테일러의 스마트폰이 울렸다. 테일러가 액정을 확인할 때 우진도 흘깃 봤다. 달걀 대가리였다. 유타주를 벗어나 콜로라도, 네브래스카도 벗어났는데 여전히 테일러를 찾고 있었다. 테일러는 달걀 대가리가 전생에 노예 사냥꾼이었을 거라고 말한 적이 있다. 한번 목표물을 정하면 자기가 죽거나 타깃이 죽기 전엔 절대 포기를 모르는 노예 사냥꾼. 테일러는 스마트폰을 뒷주머니에 욱여넣었다. 우진은 잠든 베티를 확인하고 테일러에게 물었다.

"달걀 대가리는 네가 아직 유타에 있다고 생각하는 거 아냐?"

지금 유타에서 멀리 떨어져 있으니 달걀 대가리에게 알려 주라는 뜻으로 한 말이다. 테일러는 양팔로 무릎을 감싸며 못 들은 척 딴청을 부렸다. 스마트폰 진동이 잠시 끊겼다가 다시 부르르 엉덩이 쪽에서 울렸다. 테일러는 받을 생각이 없으면서도 통화를 거부하거나 무음 모드로 돌리지 않았다. 포기할 만도 한데 달걀 대가리는 끈질기게 전화를 걸었다. 마치 테일러가 일부러 받지 않는다는 것을 다 알고 있는 것처럼. 스마트폰 진동이 은근히 우진의 신경을 긁었다.

"테일러, 그만 포기하라고 말하지 그래?"

"그럼 네가 말해 보든가."

테일러가 갑자기 통화버튼을 누르더니 우진의 귀에 갖다 댔다. 엉겁결에 달걀 대가리와 대화하게 됐다.

"테일러? 어디니? 별일 없지?"

하이 소프라노 톤의 여자 목소리가 다급히 흘러나왔다. 우진은 어떻게 반응해야 할지 몰라 당황했다. 테일러는 이런 상황이 재밌다는 듯 쿡쿡 웃었다. 달걀 대가리는 이번엔 한 옥타브를 낮추더니, 달래는 목소리로 얘기했다.

"테일러. 괜찮아. 다 괜찮아. 이번은 정말 좋은 집이야. 너도 맘에 들어 할 거야."

차갑고 표독스러우리라 예상했던 달걀 대가리는 상냥하고 온순했다. 테일러를 걱정하는 진심이 느껴졌다.

"테일러, 착하지. 그만 돌아오렴. 넌 따뜻한 집과 음식, 어른들의 보호가 필요해."

마치 어린아이를 달래는 투였다. 달걀 대가리는 테일러가 어렸을 때부터 지금까지 그녀를 담당했다. 아무 반응이 없는데도 이런 상황에 이미 익숙한 것 같았다. 테일러는 대꾸도 안 하면서 스마트폰에 귀를 기울였다.

"테일러, 네가 한 말을 생각해 봤어. 그건 오해야. 난…… 널 돕고 싶단다……."

달걀 대가리가 말끝을 흐리며 울먹였다. 테일러는 손으로 입을 막고 빙글빙글 웃었다.

"테일러, 인제 그만 돌아오렴. 난 너를 딸로 생각하고 있단다."

갑자기 테일러가 스마트폰을 가져가더니 말했다.

"거짓말. 거짓말은 그만."

테일러는 어린아이 장난처럼 말하더니 전화를 끊어 버렸다. 그리고 스마트폰을 손에 든 채 다시 무릎을 감싸고 앉았다. 입꼬리를 한껏 올리고 웃고 있지만 눈은 반대였다. 차 안은 다시 고요해졌다. 하얀 태양이 팡고와 나란히 달렸다.

"내가 필요한 건 집(house)이 아니라 가정(home)임."

테일러가 혼잣말인 양 중얼거렸다. 우진이 물었다.

"부모님은 안 계셔?"

예민한 질문이라 오히려 아무렇지도 않게 툭 던졌다.

"여섯 살 때 부모님이 죽었음."

테일러는 신문 부고 기사를 읽듯이 부모의 죽음을 얘기했다. 우진도 담담하게 물었다.

"부모님은 어떻게 죽었는데?"

테일러가 깊은 초록빛 눈동자로 우진을 바라보더니 선문답했다.

"난 내가 ATM 취급받는 게 싫음."

우진은 테일러에게 친밀함 이상의 감정을 갖다가도 그녀의 초록색 눈동자를 보는 순간 다시 거리감을 느끼곤 했다. 지금도 그랬다. 테일러에게서 퉁! 하고 멀리 튕겨 나갔다. 테일러는 울룰루를 무릎에 앉히더니 뻣뻣해진 털을 쓰다듬었다. 롱스피크 침수 사건 이후 울룰루의 털이 마른미역처럼 딱딱해졌다.

"다들 그랬어. 나를 집으로 배달된 자판기로 여기거나, 연금 계좌로 생각하거나."

위탁 아동을 받아 보살펴 주면 주 정부에서 돈을 받을 수 있다. 테일러는 매번 현금알을 낳는 거위쯤으로 대접받은 모양이다.

"내 집이 아니면 도망치는 게 낫잖아? 날 안 좋아하는 사람들에게 잘 보이려고 노력하는 건 절대 못 함."

"언제까지 도망 다닐 거야?"

"음……, 터널을 다 지날 때까지."

"터널?"

"응, 지독하게 긴 터널. 난 지금 끝이 안 보이는 터널을 지나는 중임."

우진은 고개를 끄덕였다. 우진 역시 지하 100km 대심도 터널을 지나고 있으니까. 테일러의 생각이 궁금했다.

"터널의 끝이 과연 있기는 한 걸까?"

테일러가 피식 웃더니 한 손으로 울룰루의 얼굴을 어루만졌다.

"없어도 됨. 망하면 어때? 인생 별거 아님. 도널드 덕!"

터널 끝이 있으니 참고 견디라는 말보다 테일러의 욕 한마디가 훨씬 위로가 됐다.

돌산을 깎아서 만든 구불구불한 길을 한참 올랐다. 블랙힐스란 이름대로 나무들이 빽빽하게 들어차 산 전체가 검게 보였다. 온더로드가 있는 캠프장까지 한 시간 정도를 남겨 두고 있었다. 우진은 소변이 마려웠다. 덥다고 찬물을 벌컥벌컥 계속 들이켠 탓이다. 산길에 휴게소나 화장실이 있을 턱이 없어 캠프장까지 참아 보려 했지만 요의는 점점 강해졌다. 우진은 할 수 없이 팡고를 갓길에 댔다. 울룰루도 답답할 것 같아 힙색에 챙겨서 같이 나왔다. 지나가는 차량은 없었다.

"미안합니다. 금방 갔다 올게요."

숨을 참고 아랫배에 힘을 주고 차 밖으로 나가자 테일러가 쿡, 하고 웃었다. 우진은 짐짓 단호하게 말했다.

"넘버 원(소변)이야. 넘버 투(대변) 아니라고!"

"누가 뭐라고 했음?"

테일러가 양손을 옆으로 벌리고 어깨를 으쓱했다. 우진은 길옆 숲속으로 들어갔다. 내리막 비탈이어서 엉거주춤한 자세로 조심스럽게 걸었다. 서늘하고 습한 공기에서 흙내음과 이끼향이 짙게 났다. 아름드리 소나무들로 울창한 숲에선 가지와 덩굴들이 서로 얽혀 천장을 만들었다. 나뭇잎 사이로 햇빛이 부드럽게 스며들었다. 울룰루는 짧은 두 팔로 우진의 힙색을 꼭 붙잡았다. 비탈길 아래 평평한 곳에 다다랐다. 작은 시내가 흐르고 있었다. 뒤를 올려다보니 팡고는 보이지 않았다. 우진은 힙색을 뒤로 돌려 메고 서둘러 바지를 내렸다. 한 손으로 나무 몸통을 짚고 아랫배에 힘을 풀었다. 맑은 소변이 쏟아졌다. 불거진 나무뿌리를 덮은 초록 이끼 위로 김이 피어올랐다. 긴장이 한꺼번에 풀리면서 저절로 한숨이 흘러나왔다. 적막한 숲속에 시냇물 소리인지 소변 소리인지 졸졸졸 물 흐르는 소리만 들렸다. 우진이 등 뒤에 매달려 있는 울룰루에게 말했다.

"울룰루, 자연으로 돌려주는 거야. 이게 바로 유기농 거름이라고."

말하고 나니 썰렁한 느낌이 들어 우진은 혼자 키득댔다.

"……"

맞장구를 치거나 빈정거릴 울룰루가 말이 없었다.

"울룰루?"

"……"

불러도 대답이 없었다. 우진은 나무 몸통을 짚은 채 울룰루를 돌아봤다. 소변 줄기가 옆으로 따라 돌았다.

"리모. 저쪽에……"

울룰루가 시냇물 아래쪽을 보고 있었다. 사늘한 바람이 불었다. 숲 안에 뭔가가 있었다. 검은 나무들 사이로 두 개의 동그라미가 보였다. 쌕쌕, 거칠게 내뿜어지는 숨소리가 났다. 고동색 동그라미가 반짝 빛났다. 그리고 우진 쪽으로 다가오기 시작했다. 서걱서걱 수풀들을 스치는 소리가 났다. 우진의 눈이 어둠에 익숙해지자 숲을 헤치고 다가오는 검은 그림자가 보였다. 우진은 바지를 내린 채 그대로 얼어붙었다. 소변이 끊기며 팬티 위로 몇 방울이 후드득 떨어졌다. 뒤돌아 도망갈 수도, 바지를 추스를 수도 없었다. 조금만 움직여도 검은 그림자가 달려들까 두려웠다. 윤기 흐르는 검은 얼굴에 유리구슬처럼 박혀 있는 두 눈에서 파란 안광이 뿜어져 나왔다. 울룰루가 속삭였다.

"곰……."

검은 그림자의 정체는 흑곰이었다. 미국의 숲속에서 곰과 종종 마주친다고 들었다. 배고픈 곰이 산에서 내려와 텐트 안으로 들어오기도 하고 차 문을 열고 내부를 엉망으로 만들기도 한다. 곰의 잦은 출몰로 캠프장에는 음식물을 따로 보관하는 베어 박스(bear box)까지 있다. 말로만 듣던 그 곰을 실제로 맞닥뜨렸다. 우진은 제자리에 얼어붙은 채 목소리를 낮췄다.

"울룰루, 죽은 척할까?"

"죽은 척하면 곰이 먹이인 줄 알고 널 찢어발길 거야."

"그럼 그냥 뒤돌아서 도망칠까?"

"곰은 시속 60km로 달릴 수 있어. 뒤에서 발톱 한 번 휘두르면 네 등은 걸레처럼 너덜너덜해질걸."

용기를 북돋아 줘도 승산이 없을 판에 울룰루는 살 떨리는 팩트로 폭격했다.

"나무 위로 올라가면?"

"곰은 달리기보다 나무를 더 잘 타. 엉덩이부터 물어뜯기고 싶으면 한번 해 보든가."

"그럼 어쩌라고!"

우진이 버럭 소리를 질렀다. 다가오던 흑곰이 멈칫했다. 더 이상 접근하지 않았다. 생각보다 상대가 호락호락하지 않다고 느낀 모양이다. 숨 쉴 때마다 튀어나온 입에서 하얀 김이 뿜어져 나왔다. 우진은 용기를 냈다. 곰에게 얕보이면 그걸로 끝이다. 이런 때일수록 강하게 나가야 한다. 우선 곰을 노려보며 바지를 천천히 추켜올렸다. 지퍼를 올리고 허리띠까지 조이자 자존심이 회복되면서 용기가 났다. 우진은 심호흡을 크게 내쉬었다. 몸을 최대한 크게 만들고 소리를 질러 곰이 겁을 먹고 물러서도록 만들어야 한다. 우진은 몸을 부풀리기 위해 팔을 크게 벌렸다. 호주 럭비 선수들이 기선을 제압하려고 벌이던 전통 의식을 유튜브에서 본 기억이 났다. 우진은 두 다리를 쩍 벌리고 기마 자세를 취했다. 눈을 크게 부라리고 곰을 노려봤다.

"리모, 그거 하지 마! 그거 하지 마!"

울룰루가 다급하게 말렸지만 늦었다. 이미 발동이 걸렸다. 죽기 아니면 까무러치기다. 얌전히 있으면 그대로 곰의 먹이가 되겠지만 발악이라도 하면 살 구멍이 생길 수 있다. 우진은 혀를 길게 내밀고 소리를 질렀다.

"오로로로, 오로로로. 후아, 후아!"

혀가 위아래로 정신 사납게 움직였다. 이어서 눈을 부릅뜨고 오히려 내가 너를 잡아먹겠다는 험악한 표정을 지었다. 발을 쿵쿵 구르고 손바닥으로 허벅지와 가슴을 때렸다. 흑곰은 우진의 기세에 주춤했다. 경계심인지 호기심인지 이쪽을 멀뚱히 쳐다봤다.

우진은 더 힘을 내서 동작을 크게 하고 괴성을 질렀다.

"미 · 련 · 한 · 곰 · 탱 · 아! · 어 · 서 · 꺼 · 져! · 당 · 장!"

손바닥으로 사정없이 때린 허벅지와 가슴이 따갑고 발바닥은 달아

올라 얼얼했다. 흑곰이 앞발을 들고 벌떡 일어섰다. 비수같이 길고 날카로운 발톱이 번뜩였다.

꾸어엉!

흑곰이 포효했다. 블랙힐스 골짜기에 지진이 난 것처럼 땅이 흔들렸다. 흑곰은 여러 날 굶었는지 사나웠다. 우진은 다시 얼어붙고 말았다.

"내가 하지 말랬지. 어서 튀어!"

울룰루가 몸을 마구 흔들었다. 그제야 우진은 돌아서서 달리기 시작했다. 비탈길을 네발로 기다시피 해서 마구 올라갔다. 울룰루의 말대로 흑곰은 빨랐다. 느릿느릿 슬로비디오처럼 움직이는 것 같았는데 금세 우진의 등 뒤까지 따라붙었다. 우진은 당황해서 발을 헛디뎠다. 데굴데굴 비탈길에서 굴러떨어졌다. 정신없이 구르다가 나뭇등걸에 연거푸 걸리면서 멈췄다. 울룰루가 힙색에서 튕겨 나갔다. 팔뚝 여기저기에 피가 맺혔다. 아픔을 느낄 새도 없이 몸을 돌려보니 흑곰이 바로 코앞에 서 있었다. 우진의 눈과 흑곰의 눈이 마주쳤다. 곰의 몸 안에서 괴생명체가 고동색 눈동자를 통해 밖을 내다보는 것 같았다. 흑곰이 뒷발로 우뚝 섰다. 거대한 벽이 땅에서 솟아오른 느낌이었다. 공포심이 우진을 압도했다. 한 번의 발길질로 우진의 몸이 갈가리 찢겨 나갈 것이다. 우진은 두 팔로 얼굴을 감싸고 눈을 질끈 감았다. 모든 세상이 암흑에 잠겼다. 여러 생각이 스쳤다.

이걸로 끝이구나.

아프지 않게 부탁해.

미안해, 테일러, 베티.

순간, 어둠 속에서 음악 소리가 들렸다. 광고 안에서 종일 토 나오도록 들었던 바로 그 노래, 엘비스 프레슬리의 로큰롤이었다. 눈을 떠 보니 울룰루 몸 안에서 〈하운드 도그〉가 흘러나오고 있었다. 울룰루는 음량을 최대한 높이고 음악에 맞춰 둠칫둠칫 춤을 추는 중이었다. 여전히 마구잡이 몸부림이었다. 흑곰의 시선이 우진에게서 울룰루에게 옮겨 갔다. 울룰루는 짧은 팔을 허우적거리며 뒤뚱뒤뚱 앞으로 다가갔다. 흑곰은 난생처음 보는 괴물체의 등장에 멈칫했다. 울룰루가 뒤도 돌아보지 않고 소리쳤다.

"리모, 튀어. 빨리!"

"울룰루. 너는?"

"내 걱정 말고 튀어. 지금! 당장!"

우진이 몸을 일으켰다. 흑곰은 울룰루의 음악과 춤에 정신을 뺏긴 것처럼 보였다.

"리모. 서둘러! 마지막 기회야!"

울룰루는 절박했다. 우진은 돌아서서 팡고가 있는 방향으로 마구 뛰었다. 나뭇잎이 밟히고 가지가 부러지는 소리가 났다.

울룰루는 어떡하지?

〈하운드 도그〉의 클라이맥스 소절이 들렸다.

우진은 비탈을 허겁지겁 올라갔다. 나뭇가지가 연신 우진의 얼굴을 때렸다.

울룰루는 괜찮을까?

꽤 높이 올라온 것 같아 우진은 뒤를 돌아봤다. 순간 우진은 숨을 멈췄다. 흑곰이 춤추는 울룰루에게 달려들더니 한입에 삼켜 버렸다.

와드득.

무언가 부딪히고 부서지는 툭탁한 소리가 났다. 울룰루는 찍소리 하나 못 내고 흑곰의 입안으로 사라졌다.
"울룰루!"
우진이 비명을 질렀다. 우진이 흑곰 쪽으로 다시 내려가려는 순간 누군가 뒤에서 허리를 낚아챘다. 테일러였다.
"리모, 정신 차려. 우선 피해야 함."
어디서 그런 힘이 났는지 테일러는 우진을 끌다시피 비탈길을 올랐다.
"울룰루, 울룰루."
우진은 뒷걸음질 치며 울음을 터뜨렸다.
"미안해, 울룰루!"

블랙힐스 캠프장에 도착했을 때 해는 이미 기울어 있었다. 베티가 운전했고 테일러는 우진을 돌봤다. 우진은 참으려 해도 울컥울컥 울음이 차올랐다. 울룰루의 존재가 세상에서 순삭되는 순간, 한입에 흑곰에게 먹히는 장면은 평생 트라우마로 남을 것이다. 피를 나누지는 않았지만 울룰루와 우진은 형제처럼 늘 붙어 다녔다. 낯선 이국땅에서도 울룰루와 함께였기에 우진은 외롭지 않았다. 우진의 베프로서 고민을 나누고 항상 주위 사람들에게 웃음을 선사한 울룰루. 혼자 살겠다고 친구를 버려두고 도망친 자기 모습이 우진은 부끄러웠다. 우진의 얼굴은 눈물, 콧물 범벅이 됐다.
온더로드는 커다란 체구에 푸른색 눈동자를 가진 초로의 아주머니였다. 긴 은발을 뒤로 묶어 올렸고 연두색 외계인이 그려진 반소매 티셔츠와 헐렁한 조거팬츠를 입고 있었다. '매기'란 이름의 요크셔테리어가 손님들의 방문에 흥분해서 정신없이 돌아다니며 짖었다. 온더로드는 블랙힐스에 온 것을 환영하면서 우진 일행과 일일이 포옹했다.

"네가 리모구나. 인스타에서 볼 땐 어린애 같더니."

온더로드가 우진에게 인사했다. 울다가 지쳐 우진은 딸꾹질을 시작했다.

"울룰루 얘기 들었어. 얼마나 힘드니. 나도 너무 슬프구나."

"처음 만났는데 이런 모습을 보여드려 죄송해요. 끅! 울룰루를 위해 조금만, 끅! 슬퍼할게요. 조금만 애도 시간을 가질…… 끅!"

온더로드는 서글서글한 눈으로 우진을 바라봤다.

"슬플 때는 충분히 슬퍼해야지. 오래오래 슬퍼해도 돼."

온더로드의 따뜻한 말도 우진에겐 위로가 되지 못했다.

온더로드는 여름 성수기 동안 이곳에서 캠프장을 관리하는 일을 맡았다고 했다. 야영객들을 받고, 돈을 계산하고, 불편 사항을 해결하고, 야간 순찰을 하고 손님이 나간 후엔 쓰레기통을 비우고, 샤워실과 화장실을 청소하는 게 주요 일과였다. 노년에 접어든 여자가 혼자서 감당하기엔 벅차 보였지만 온더로드는 새로운 사람들을 만나고 도움을 베푸는 일이 즐겁다고 했다. 그녀는 캠프장 입구에 있는 자그마한 통나무 캐빈 안에서 일했는데 이야기하는 동안에도 차량이 계속 들어왔다. 온더로드와는 밤에 다시 만나기로 하고 우진 일행은 캐빈 밖으로 나왔다.

캠프장 옆으로 시내가 흘렀다. 강이라고 하기엔 작고, 개울이라고 하기엔 컸다. 폭은 좁았지만 유속은 빨랐다. 맑은 물속에서 빠르게 직선으로 움직이는 검은 물고기들이 보였다.

테일러가 캠프장에 쌓여 있는 장작을 가져다가 불을 지폈다. 온더로드가 캠핑에 필요한 장비와 먹을 것을 넉넉히 챙겨줬다. 베티는 베이컨을 굽고 통조림으로 비프스튜와 콩 요리를 만들었다. 분홍색 하늘이 보라색으로, 이어서 청록색으로 바뀌었다. 우진 일행은 모닥불 주위에 둘러앉았다. 베티가 우진의 손에 나이프와 포크를 쥐여 줬다.

"쇼는 계속돼야 해. 인생은 계속돼야 하니까."

우진은 아무 식욕이 없었지만 베티가 강권해서 억지로 베이컨을 몇 개 먹었다. 소금물에 절인 골판지를 씹는 맛이었다. 일교차가 큰 데다가 산바람이 계곡으로 불어와 기온이 떨어졌다. 춥게 입은 테일러가 몸을 한껏 움츠렸다. 버너로 물을 끓여 따끈한 허브차를 나눠 마셨다.

셋은 불멍을 했다. 장작불이 타오르자 어둠에 잠겨 있던 나무들이 윤곽을 드러냈다.

"울랄라 그 녀석……."

베티가 모닥불을 바라보며 말했다.

"친구를 위하여 목숨을 버리면 그것보다 더 큰 사랑은 없다고 했어. 털북숭이 녀석, 대단해."

우진은 울룰루와 함께했던 기억이 떠오르면서 울적한 기분이 올라왔다. 우진이 일어나서 물가로 다시 내려갔다. 검은 장막을 걷은 것처럼 별들이 한꺼번에 나타났다. 우진은 시냇가에 쭈그려 앉아 밤하늘을 올려다봤다.

뒤쪽에서 인기척이 났다. 테일러가 우진에게 나뭇가지를 내밀었다. 끄트머리에 잘 구운 마시멜로가 꽂혀 있었다. 테일러가 먹어 보라고 손짓했다. 노릇노릇 익은 게 보기도 좋고 냄새도 좋았다. 우진은 입을 벌려 마시멜로 하나를 빼 먹었다. "우어어어" 너무 뜨거워서 입안에서 마시멜로를 굴리다가 꿀꺽 삼켰다. 식도를 따라 내려가는 마시멜로의 뜨거운 존재감을 그대로 느꼈다. 입천장이 홀랑 벗겨졌다. 남은 뜨거워 죽겠는데 테일러는 그런 모습이 재밌는지 손가락질하며 깔깔댔다. 말랐던 눈물이 찔끔 다시 나왔다. 우진은 테일러와 나란히 앉아 마시멜로를 꽂았던 나뭇가지로 시냇물을 갈랐다. 검은색 물고기들이 무리 지어 물살을 거슬러 올라갔다.

조용한 불꽃의 환생

"온더로드의 호텔에 온 걸 환영해요."

캠프장 체크인 시간이 끝나자 온더로드는 자그마한 트레일러 안으로 우진 일행을 초대했다. 캠프장에는 관리인 숙소가 따로 없어 자기 차에서 생활한다고 했다.

펼치면 침대가 되는 푸른색 소파 위에 베티와 테일러가 나란히 앉았다. 우진은 나무로 만든 스툴 의자를 가져왔다. 매기는 여전히 흥분해서 꼬리를 흔들며 트레일러 안을 소란스럽게 돌아다녔다. 온더로드가 따끈한 꿀차와 비스킷을 내왔다.

"호텔이 아늑하고 편안해 보이는구먼."

베티가 트레일러 내부를 두리번거리며 말했다. 알루미늄 재질의 트레일러는 군데군데 긁히고 옴폭 패였지만 문을 열고 들어서면 따스하고 안락했다. 작은 창에는 살구색 커튼이, 바닥에는 꽃무늬 카펫이 깔려 있고 조그만 가스스토브가 있었다. 살림살이 곳곳에 온더로드의 손때가 묻어 있어 정겨운 느낌이 들었다.

"난 비로소 내 집을 가졌어요. 은행 것이 아닌 온전한 내 집."

온더로드는 오래전 금융위기 사태 때 빌린 돈을 갚지 못해 집을 은행에 뺏겼다. 온더로드는 충격을 받았다. 평생 사회 모범생으로 살면 노후에는 편안하고 안전하게 살 수 있어야 하는 게 아닌가. 자신이 잘못 살았다면 도대체 어떻게 살았어야 했나. 성실히 일하고 꼬박꼬박 세금을 냈지만 은퇴하고 나니 남은 것은 자동차 한 대뿐이었다.

결국 그녀는 타의 반 자의 반으로 길 위의 삶을 선택했다. 지금은 월세와 공과금을 내지 않아서 빠듯하게나마 빚을 지지 않고 살 수 있다고 했다.

온더로드는 허리를 굽히고 손으로 턱을 괬다. 침대 머리맡에 있는 스탠드 불이 껌벅였다.

"에마는 내 가장 소중한 친구예요. 에마를 처음 본 건 3년 전 미네소타주 덜루스에서였어요. 여름 성수기가 끝나고 일자리가 사라지면 노마드들은 그곳에 모여요. 추수감사절 특수가 오기 전까지 랑데부 캠프가 열리죠. 그곳에서 노마드들은 정보도 교환하고 친구도 사귑니다. 에마는 나보다 많이 어리지만 우리는 금세 친구가 됐어요."

온더로드는 침대 옆 협탁 위에 놓인 오래된 랩탑을 열었다. 전원을 켰지만 부팅하는 데 시간이 걸렸다. 뭔가 돌아가고 갈리는 소리가 나더니 바탕화면에 사진 한 장이 떴다. 모래밭 위에서 피크닉 담요를 깔고 두 여자가 비스듬히 앉아 있었다. 둘은 자매처럼 친밀해 보였다. 하늘색 스트라이프 무늬 남방을 걸친 에마는 즐거워 보였다. 어깨 아래로 내려온 긴 머리는 예전의 단발만큼 잘 어울렸다. 눈가와 목에 옅게

자리 잡은 주름에서 세월의 흔적이 보였다.

"덜루스에 있는 슈피리어 호수예요. 우리는 매년 여름이 끝날 즈음 이곳에서 만나요."

모래밭 뒤로 수평선이 보여 바닷가라고 생각했는데 호수였다. 베티가 입을 열었다.

"에마가 기억을 잃었다는데……."

여름이지만 블랙힐스의 밤은 서늘했다. 온더로드가 전기스토브의 불꽃을 한 단계 높이면서 말했다.

"로키산맥 겨울 눈이 녹아 엄청난 홍수가 났던 해가 있었어요. 그때 국립공원 안쪽에 있는 폭포가에서 발견됐대요. 무슨 일이 있었는지는 에마도 몰라요. 의식을 잃고 있었는데 깨어났을 때는 아무것도 기억하지 못했대요."

모두 할 말을 잃고 스토브 불빛만 바라봤다. 온더로드가 동영상 하나를 재생시켰다. 이번엔 어두운 밤의 숲속이었다. 나무에 둘러싸인 공터에서 파티가 열렸다. 모닥불을 중심으로 사람들이 둘러앉아 음악을 듣고 있었다. 흥에 겨운 몇몇이 가운데로 나가 춤을 췄다. 영화에서 본 집시들의 축제 같았다. 카메라가 음악을 연주하는 밴드를 비췄다. 만다린을 연주하는 노인과 플라스틱 통을 두드리는 장발의 백인 남자가 나왔다. 그리고 한쪽에서 키보드를 치며 노래하는 여자 모습이 나왔다. 하얀 원피스를 입고 머리에 들풀로 만든 꽃관을 쓴 여자. 백인들 사이에 유일한 아시안 여자였다. 그녀는 마이크에 바싹 입을 대고 눈을 감은 채 노래를 불렀다. 서정적인 건반 반주와 깊고 소울 넘치는 여자의 목소리가 어우러졌다. 3분 정도 길이의 동영상이 끝났다. 숲속에 있는 사람들의 환호와 박수가 이어졌다.

"수퍼 두퍼! 완전 멋짐!"

숨죽이며 지켜보던 테일러도 손뼉을 쳤다. 베티는 노래의 여운을 느끼며 두 손을 모은 채 움직이지 않았다. 온더로드가 동영상을 정지시켰다.

"사실, 여러분을 여기까지 오라고 한 것은 에마의 뜻을 전하기 위해서예요."

우진도 궁금했다. 굳이 여기까지 부른 이유가. 처음부터 에마의 연락처를 우진에게 넘기거나, 아니면 우진의 전화번호를 에마에게 전달하면 되는 일이었다. 그런데도 이곳까지 오라고 한 이유가 따로 있을 거라고 짐작했다.

온더로드는 곤혹스러운 표정을 지었다. 앙다문 입술에 주름이 깊게 잡혔다. 그녀는 결심이 선 듯 입맛을 한 번 다시더니 입을 열었다.

"에마는 리모를 만나지 않겠다고 합니다."

우진은 영어를 잘못 알아들은 게 아닌지 의심했다. 새엄마가 떠난 후 8년 동안 하루도 그녀를 생각하지 않은 날이 없었다. 서울에서 LA로 그리고 사우스다코타까지 새엄마를 만나기 위해 달려왔다. 그런데 새엄마는 우진을 만나지 않겠다고 한다. 트레일러 안이 고요해졌다. 매기가 어색한 분위기를 감지하고 낑낑 소리를 냈다.

"이런 도널드 덕 같은 경우가 어딨음? 리모가 얼마나 개고생하며 여기까지 왔는데. 엄마 맞아요?"

테일러가 어이없다는 표정으로 분통을 터뜨렸다. 온더로드가 차분히 말했다.

"나도 에마에게 그렇게 말했어요. 하지만 그게…… 그래서 여러분을 여기까지 부른 거예요. 전화로는 설명할 수가 없을 것 같아서."

"도널드 덕! 무슨 엄마가 이래!"

테일러가 벌떡 일어나자 무릎에 올려놨던 쿠션이 떨어졌다. 매기가 시끄럽게 짖어 댔다. 온더로드는 난감해하면서도 에마의 뜻을 정확하게 전달하겠다는 듯이 또박또박 말했다.

"……인스타에서 리모의 동영상을 발견하고 바로 에마에게 연락했어요. 에마는 충격을 받았어요. 자신에게 가족이 있다는 사실에 놀랐죠. 그것도 한국에……."

온더로드는 한 마디 한 마디 단어를 고르는 데 공을 들였다.

"에마는 한국어를 못 해요. 자신이 한국인이라고 한 번도 생각한 적도 없었고요. 지금도 마찬가지예요."

"한국인, 미국인 그게 중요함? 가족이 왔다는데. 아들을 찾게 됐는데."

테일러는 머리를 절레절레 저으며 좁은 트레일러 안을 왔다 갔다 했다. 매기가 온더로드 다리 뒤에 숨어 시끄럽게 짖었다. 온더로드가 매기를 무릎 위에 올리며 말했다.

"난 지금 에마가 받은 충격이 그만큼 컸다는 것을 알려 주는 거예요. 여러분을 돕고 있는 거예요"

우진은 지갑에서 가족사진을 꺼내 온더로드에게 보여 줬다. 자신이 새엄마의 아들이 확실하다는 증거였다. 온더로드가 사진을 찬찬히 바라봤다.

"에마에게도 이런 때가 있었네요. 젊고 건강해 보여요. 지금은 많이 약해졌어요……."

우진은 그녀의 다음 말을 기다렸다.

"방금도 에마와 통화를 했는데…… 지금도 충분히 힘들다면서 과거의 기억을 굳이 되살리고 싶지 않다고 했어요. 에마는 시간이 필요하다고 했어요. 당분간 캠프에 있고 싶대요."

"세상에서 가족이 가장 중요한 거 아님? 시간은 개뿔!"

테일러가 털썩 소리 나게 침대에 앉았다. 꾹 다문 온더로드의 턱에 복숭아씨 모양의 주름이 잡혔다. 잠자코 앉아 있던 우진이 입을 뗐다.

"에마와 통화할 수 있을까요? 내가 한번 말해 볼게요."

온더로드가 완강하게 말했다.

"에마가 원치 않아요. 전화번호도 가르쳐 줄 수 없어요."

"도널드 덕! 에마 완전 사이코야."

"테일러! 그만해!"

우진이 버럭 소리 질렀다. 원망스럽기는 마찬가지였지만 다른 사람이 새엄마를 욕하는 건 참을 수 없었다. 테일러는 어깨를 한 번 들썩하더니 입을 다물었다. 베티가 온더로드에게 더 말해 보라고 손짓을 했다. 온더로드가 고개를 끄덕였다.

"에마는 여전히 정체성의 혼란을 겪고 있어요. 자기 이름도 확실치 않고, 어떻게 살아왔는지도 모르고, 과거의 가족과 친구에 대한 기억도 모두 지워졌죠. 그런 모습을 리모에게 보이고 싶지 않은 거예요. 무엇보다…… 자신 때문에 리모와 가족들이 불행해질 수도 있다고 두려워하고 있어요."

해리성 장애는 기억이 말끔히 지워지면서 인격도 완전히 변해 다른 사람이 된다. 에마는 우진이 알고 있는 새엄마가 아니었다. 언제나 우진의 편이 돼 주고 끔찍이 챙겨 주던 세라와는 다른 사람이다. 에마는 우진이 제 아들이라고 믿지 못하고 있다. 친아들이라면 유전자 검사라도 할 텐데. 우진은 자신을 증명할 방법이 떠오르지 않았다. 테일러가 따지듯이 물었다.

"알겠고, 에마는 지금 어디 있음?"

온더로드가 고개를 가로저었다. 알려 줄 수 없다는 뜻이었다.

"하, 도저히 이해할 수 없음. 여기까지 불러 놓고 통화도 안 된다, 어디 있는지 가르쳐 줄 수도 없다, 정말 머리에서 김이 남."

테일러가 손부채질했다. 우진은 랩탑에 띄워진 사진 속 새엄마를 바라봤다. 이제 겨우 터널 끝이 보이는 것 같았는데 갑자기 천장이 무너져 내려 꼼짝없이 갇혀 버린 기분이었다. 테일러가 우진에게 말했다.

"너희 엄마, 재수 없음."

우진은 숲속 새들의 지저귀는 소리에 깼다. 불편한 잠자리 탓에 눈은 따갑고 뻑뻑했고 머리는 무거웠다. 우진은 텐트 문을 열고 블랙힐스의 새벽 공기를 마셨다. 차가운 공기가 텁텁한 기운을 밀어내면서 머릿속이 비워지는 기분이 들었다.

"굿모닝"

빨간 머리를 두 갈래로 땋은 테일러가 텐트 안으로 훌쩍 들어왔다. 우진이 화들짝 놀라 담요를 치우고 자리를 만들었다.

"큰 바위 얼굴 보러 가자."

"지금?"

테일러가 고개를 끄덕였다.

"베티는?"

"온더로드와 같이 트레일러에서 자는 중."

우진은 스마트폰으로 마운트 러쉬모어를 검색했다. 하얀 화강암 산에 조각된 미국 대통령 네 명의 얼굴이 화면에 떴다. 얼굴 높이가 빌딩만 한, 말 그대로 큰 바위 얼굴.

"아니, 거기 말고."

테일러가 스마트폰을 뺏더니 다른 단어를 찾아서 우진에게 보여 줬다.

"크레이지 호스?"

캠프장에서 10분 거리였다. 우진은 별로 내키지 않았지만 테일러를 따라 자리에서 일어났다. 짓눌린 뒷머리가 뒤통수에 찰싹 붙어 있었다.

달리는 팡고 안에서 테일러가 구글링한 내용을 요약해서 읽어 줬다.

"크레이지 호스는 블랙힐스 지역에 살던 원주민 수(Sioux) 부족의 추장이었다. 이 지역에서 발견된 금광을 차지하려는 미국 군대에 맞서 전투를 벌였고 미국 제7기병연대를 전멸시켰다."

마운트 러쉬모어 지역은 원래 인디언 수 부족의 땅이었다. 그곳에 네 명의 미국 대통령 조각상을 새긴 것이 부당하다고 생각한 당시 원주민 추장이 있었다. 그는 근처 바위산에 수 부족의 전설적인 추장 크레이지 호스의 조각을 만들어 달라고 지올로브스키라는 이름의 조각가에게 부탁했다. 지올로브스키는 원주민들에게도 위대한 지도자가 있었다는 것을 알리기 위해 그 제안을 받아들인다. 그리고 누구의 도움도 받지 않고 혼자 조각을 시작했다.

이른 시간이라 크레이지 호스 기념관 주차장은 텅 비어 있었다. 투어버스로만 접근할 수 있어서 멀찍이 바라볼 수밖에 없었다. 기대와는 달리 실제 모습은 적잖이 실망스러웠다. 마운트 러쉬모어의 화강암은 희고 매끄러웠지만 크레이지 호스의 돌산은 거무튀튀하고 투박했다. 1948년부터 조각을 시작했는데 여전히 진행 중이었다. 크레이지 호스의 얼굴만 대략 모양을 갖추었을 뿐이다. 나머지 상반신 부분과 그가 타고 있는 말은 아직 형태도 잡히지 못한 채 바위산으로 남아 있었다.

"그래도 난 여기가 더 맘에 듦."

테일러가 크레이지 호스를 바라보며 말했다.

"평화롭게 살던 원주민의 땅을 강탈하고 거기에 침략군의 대통령 얼굴을 새기는 건 부끄러운 짓임."

우진은 아메리카 대륙에 살고 있던 원주민들의 비극을 떠올렸다. 원래 주인들을 학살하고 땅을 빼앗아 세운 미국이란 나라는 여전히 세계 최강국의 번영을 누리고 있다. 미국 대통령들의 조각상과 아메리카 원주민 지도자의 조각상이 같은 블랙힐스 산자락에 공존한다는 사실도 아이러니했다. 우진은 크레이지 호스(Crazy Horse)란 이름을 되새겼다.

"크레이지 호스. 이름도 멋지네."

"리모, 태어난 날이 언제?"

테일러가 뜬금없이 물었다. 우진이 생년월일을 알려 주자 테일러는 『미국 트레일 30』을 가방에서 꺼냈다. 한 페이지를 펼치더니 손가락으로 책을 짚어 가며 말했다.

"용감한 바람은······."

테일러가 혼자 빵 터졌다.

"맨날 잠잔다! 아하하하, 딱 리모임. '용감한 바람은 맨날 잠잔다' 리모, 이제 좀 일어나. 잠 좀 그만 자."

우진이 어리둥절하자 테일러는 '용감한 바람은 맨날 잠잔다'가 리모의 인디언 이름이라고 했다. 태어난 년도 끝자리 숫자와 생월, 그리고 생일에 각각 해당하는 단어들이 있는데 인디언 이름은 이 세 개를 조합해서 만든다.

"리모, 울룰루 생일 알아?"

사람 코스프레를 좋아했던 울룰루는 자기 생일을 꼭 챙겼다. 지난 6월에는 울룰루의 고향인 대전 카이스트에 내려가서 삼촌과 함께 울룰루 세 번째 생일 잔치를 했다. 우진이 울룰루의 생년월일을 알려 주자 테일러가 하나씩 읽어 나갔다.

"조용한, 불꽃의, 환생."

우진은 울룰루의 인디언식 이름을 되새겼다. 테일러가 헛기침을 한 번 했다.

"베티가 그랬잖아. 친구를 위하여 자기 목숨을 버리는 게 가장 큰 사랑이라고. 울룰루가 그 사랑을 실천한 셈."

우진의 눈에 울룰루가 아른거렸다. 우헤헤헤 웃는 장난기 가득한 웃음소리를 듣고 싶었다. 어색하고 뻣뻣한 엉덩이춤도 보고 싶었다. 테일러 앞에서 눈물을 보이기 싫어 우진은 입술을 깨물었다. 테일러가 그런 우진을 바라봤다. 눈동자가 평소보다 더 짙은 초록으로 보였다. 우진은 고개를 툭 떨구며 말했다.

"울룰루의 소원이 뭐였는지 알아? 사람처럼 마음을 갖는 거랬어."

숨이 차서 잠시 말을 끊었다.

"그때 난 속으로 웃었어. 로봇 주제에 무슨 마음? 근데……."

우진이 말을 못 이었다. 사람인 척하던 울룰루가 우진을 위해 목숨을 버리다니. 사람도 감히 못 하는 일을 AI 로봇이 했다.

'난 항상 리모 편이야.'

울룰루가 했던 말이 떠올랐다. 친구를 위해 목숨을 버려 가장 큰 사랑을 실천한 울룰루, 인디언 이름대로라면 조용한 불꽃으로 환생할 텐데……. 한 장면이 우진의 머릿속을 번뜩 스쳐갔다. 카이스트 연구실에서 울룰루 생일 파티를 할 때 삼촌은 이렇게 말했다.

"울룰루의 데이터는 여기 랩에 있는 백업서버에 모두 저장돼."

우진의 온몸에 소름이 쫙 끼쳤다. 울룰루의 뇌는 카이스트 연구실에 고스란히 살아 있다는 뜻이다. 우진과 함께했던 시간, 미국 여행길, 테일러와 베티와의 기억, 모든 데이터가 살아 있다. 울룰루의 시각, 청각, 연산 데이터는 스타링크를 통해 카이스트 연구실 서버와 동기화된다. 한국에 돌아가는 대로 삼촌에게 부탁하면 울룰루를 다시 환생시킬 수 있다. 테일러는 기절할 정도로 놀라면서 웅얼거렸다.

"조용한 불꽃의 환생. 울룰루, 리스펙트!"

우진은 『미국 트레일 30』을 건네받았다. 인디언 이름이 태어난 해, 달, 날짜에 따라 일목요연하게 표로 정리돼 있었다. 장난으로만 생각했던 인디언 이름에 대한 믿음이 쑤욱 커졌다. 영험한 점쟁이가 비밀스럽게 알려 주는 신점 같았다. 우진이 테일러의 생일을 물었다. 테일러는 이미 자기의 인디언 이름을 알고 있었다.

"날카로운 매의 정령. 이게 내 인디언 이름."

테일러는 자신의 인디언 이름이 마음에 드는 눈치였다. 우진이 보기에도 테일러와 잘 어울렸다.

잠시 침묵이 흘렀다. 테일러가 우진을 뚫어져라 쳐다봤다.

"내 인디언 이름을 처음으로 가르쳐 준 사람이 누군지 알아?"

우진이 고개를 젓자 테일러는 속을 알 수 없는 묘한 표정을 지었다.

"날카로운 매의 정령이 무서운 옛날얘기 해 주겠음. 듣고 싶어?"

호기심이 일어 우진은 고개를 끄덕였다. 테일러가 크레이지 호스 조각상 쪽으로 걸음을 옮겼다. 길옆 전나무 위로 작은 새가 날아와 앉았다. 배와 뺨은 흰색이고 가슴에 넥타이 같은 검은 줄무늬가 보였다.

"옛날 옛적 어느 곳에 행복한 가족이 살고 있었음. 산을 아주 좋아하는 엄마 아빠와 예쁜 여자아이, 이렇게 셋."

동쪽 하늘이 부드러운 푸른색으로 물들기 시작했다.

"어느 겨울날 엄마 아빠는 결혼기념일을 맞아 등산을 떠나기로 했어. 예쁜 딸을 할아버지 댁에 맡기고. 아이는 엄마 아빠가 돌아오기만을 기다렸지만 아무리 기다려도 부모님은 돌아오지 않았음."

우진의 가슴에 서늘한 한 줄기 바람이 불었다.

"예쁜 아이는 슬퍼서 매일매일 울며 잠이 들었음. 엄마 아빠가 자기를 버렸다고 생각했거든. 세월이 흘러 흘러 할아버지가 죽게 됐음. 할아버지가 아이를 불렀지. 아가야, 내가 죽기 전에 할 말이 있다."

테일러는 이야기에 몰입해서 성대모사까지 하며 설명했다.

"네 엄마 아빠가 널 버린 게 아냐. 네 부모는 산에서 죽었어."

테일러가 돌아서서 우진과 눈을 맞췄다.

"네 엄마 아빠는 롱스피크에서 동태처럼 꽁꽁 얼어서 죽었지."

테일러를 가리키며 우진이 더듬더듬 말했다.

"그, 그 예쁜 아이가……."

"후우" 하고 대답 대신 테일러는 깊은 숨을 내쉬었다. 테일러가 계속 우진을 빤히 보며 말을 이었다.

"예쁜 아이는 여기저기 떠돌았지만 엄마 아빠와 함께 살던 동네를 떠나지 못했음. 언제라도 부모님이 살아 돌아올 것만 같았거든."

우진은 어지럼증이 나서 근처에 있는 나뭇등걸에 앉았다. 무슨 말이라도 하려 했지만 아무 생각이 나지 않았다. 테일러가 우진 옆에 앉았다.

금빛 광선이 지평선 위로 올라왔다. 크레이지 호스 옆얼굴에 그림자가 드리우면서 윤곽이 뚜렷해졌다. 테일러가 분위기를 바꿔 장난기가 밴 어조로 말했다.

"네 새엄마를 만난 적이 있음."

우진은 또 한 번 충격을 받았다.

"언제?"

"8년 전. 네 새엄마 실종되기 직전."

아침 햇살을 받은 테일러의 눈동자가 바닷속 산호처럼 신비로운 빛을 냈다. 테일러는 잠시 숨을 골랐다.

"두 번째 위탁 가정에 있을 때 나를 찾아왔음. 나한테 자기와 같이 살자고 했지. 한국으로 같이 가자고 했어. 나는 대답을 못 했지만 달걀대가리가 안 된다고 했음. 엄마 아빠를 죽게 만든 사람과 같이 살 순 없다면서."

"어떻게 그런 일이……."

우진은 말을 잇지 못했다. 테일러가 우진의 손을 잡았다.

"그때 리모 네 얘기도 했음. 잘생긴 동갑내기 남자애가 있다고 했지. 그건 거짓말로 확인됐지만. 하하하."

테일러의 웃음소리가 숲속으로 흩어졌다.

"그러면서 내 인디언 이름도 알려 줬음. 날카로운 매의 정령. 네 엄마가 그랬어. 인디언 이름대로 씩씩하게 살라고."

우진이 대꾸를 못 하자 테일러는 짐짓 태연한 표정으로 말을 이었다.

"가끔 생각해. 그때 그 여자를 따라갔으면 어땠을까. 지금보다 훨씬 평안하고 행복했을까. 하지만 그때의 내 선택을 후회하진 않음."

모든 게 혼란스러웠다. 한쪽 머리가 지끈거렸다. 지금이라도 테일러 부모의 죽음에 대해 새엄마 대신 사과해야 할까. 하지만 그게 무슨 소용이 있을까. 지금까지 아무런 내색 없이 여행을 따라온 테일러의 꿍꿍이는 무얼까. 우진은 테일러의 손을 밀쳐냈다.

"테일러, 지금 와서 그 얘기를 꺼내는 이유가 뭐야?"

테일러가 무슨 말을 하려다가 고개를 숙였다. "하아" 하고 숨을 길게 내쉬었다.

"리모, 그냥 나를 꼭 안아 주면 안 됨?"

우진이 머뭇머뭇 테일러를 안았다. 테일러의 어깨가 떨렸다. 우는 것 같지는 않았다. 테일러가 소곤거렸다.

"미안, 끝까지 비밀로 하려고 했음. 네게 괜한 부담 줄까 봐. 하지만 네 엄마에 관한 일이니까 아들은 알아야지."

우진은 테일러의 어깨에 얼굴을 파묻었다. 전나무 위에 앉은 작은 새가 휘파람 소리를 냈다. 퓌루루루. 짝을 유혹하는 울음소리처럼 들렸다.

둘은 아무 말도 않고 나뭇등걸에 오래 앉아 있다가 산을 내려왔다.

"우리는 미네소타주로 갈 거야. 에마는 지금 거기에 있어."

아침 식사를 간단히 마친 후에 베티가 눈빛을 반짝이며 말했다. 여기서 왜 미네소타가 나오지? 우진은 베티의 계산법이 궁금했다. 테일러는 골똘히 생각에 잠겼다. 베티가 설명했다.

"온더로드가 한 말을 꿰맞춰 봤어. 에마는 랑데부 캠프에 벌써 가 있을 거야."

"랑데부 캠프요?"

아직 감을 잡지 못한 우진이 되물었다. 테일러가 차근차근 추리를 펼쳤다.

"노마드들은 여름 성수기가 끝나면 랑데부 캠프로 모인다고 했음. 그들만의 축제가 열린다고. 일자리 정보를 나누고 서로의 경험치를 공유하며 친구를 사귀는 시간. 그런데 그 랑데부 캠프가 열리는 곳이……."

베티가 고개를 끄덕였다. 테일러가 손가락을 튕기며 말했다.

"미네소타 덜루스!"

베티가 씨익 웃었다.

"베티, 천재임!"

베티는 어깨를 우쭐했다.

"온더로드가 던져 준 힌트를 내가 다 맞췄지~."

여러 개의 조각들이 제자리를 찾아 그림이 완성됐다. 온더로드는 우진 일행을 일부러 이곳까지 부른 뒤 동화 속 헨젤과 그레텔처럼 빵 조각을 여기저기에 흘린 게 아닐까. 우진은 설렘 반, 걱정 반이었다. 이제 곧 새엄마를 만날 수 있다. 하지만 새엄마는 우진을 만나려 하지 않는다. 지금까지의 고생이 모두 헛짓거리가 될 수 있다. 우진의 마음을 읽었는지 베티가 말했다.

"엄마는 자식을 이길 수 없어. 에마도 막상 리모를 보면 마음을 열 거야."

정말 엄마는 자식을 이길 수 없을까? 콩쿠르 무대에 오르기 전처럼 긴장됐다. 콩쿠르가 있을 때면 우진은 며칠 전부터 오들오들 떨곤 했다. 밥도 못 먹고 잠도 설치기 일쑤였다. 차라리 교통사고라도 당해서 콩쿠르에 못 나갔으면 하고 바란 적도 많았다.

우진은 습관적으로 왼 손목을 주물렀다. 순간 알아챘다. 욱신거리던 왼 손목이 아프지 않았다. 1년 가까이 우진을 괴롭혔던 손목 터널증후군이 감쪽같이 사라졌다. 아이러니하게도 피아노로부터 도망쳤더니 벌 대신 선물을 받았다.

우진은 갈 데까지 가 보기로 했다. 이번 여정이 언제 어디서 끝날지 모르지만 오롯이 완주하고 싶었다. 결과와 상관없이 무사히 자신의 연주를 마친 뒤 떳떳하게 무대에서 내려오고 싶었다.

> 완주

하루를 꼬박 달리고 둘째 날이 되어서야 미네소타주로 접어들었다. 하늘은 여전히 쨍했다. 새파란 하늘이 거대한 호수처럼 지평선과 맞닿아 있었다. '10,000개 호수의 땅'이란 표지판이 보였다. 미네소타주에 만 개가 넘는 호수가 있다고 한다. 땅 반, 호수 반인 셈이다. 길 오른쪽에 드넓은 호수가 나타났다. 방학을 맞아 놀러 나온 꼬마들이 부모와 함께 카약을 타고 있었다. 물 위에 떠 있는 보드에서 요가하는 사람들도 보였다. 호숫가 모래밭에는 커플들이 엎드린 채 일광욕을 즐기고 있었다. 하늘의 새털구름이 데칼코마니처럼 호수 위에 펼쳐졌다.

휴게소에 잠깐 들렀을 때 새끼 쌤으로부터 톡이 왔다.

너 용자 인정! 고2 여름방학을 순삭했네! 대학 포기했네. 잘했어. 큰 쌤도 너 포기했대.

새끼 쌤은 말은 이렇게 하면서도 학원 SNS 페이지 링크를 덧붙였다. 여름 캠프 사진이 여러 장 올라와 있었다. 강원도 수련관에서 레슨 받고, 연습하고, 음악 감상 하는 사진들이었다. 같은 연습실 친구가 슈만의 〈환상 소곡집〉을 연주하는 동영상도 있었다. 학원 친구들이 숲속에 모여 찍은 사진도 보였다. 반가움과 위화감이 함께 들었다. 얼마 전까지만 해도 연습실에서 하루 종일 피아노만 쳤는데 지금은 전혀 다른 세계에 홀로 떨어져 있다. 방학이 끝나 가고 있었다. 개학 날까지 서울로 돌아가기는 이미 늦었다. 우진은 곰곰이 헤아려 봤다. 다시 예전의 세계로 돌아가 아무렇지도 않게 지낼 수 있을까.

저녁이 되어서야 덜루스에 도착했다. 6시가 넘었지만 아직 한낮처럼 밝았다. 덜루스는 조그맣고 조용한 항구도시였다. 쇠락한 붉은 벽돌 건물과 석조 기념물 그리고 회색빛 항만 시설이 한때 미네소타 북부에서 가장 큰 공업도시였음을 알려 주고 있었다.

노마드들의 랑데부 캠프가 열리는 곳은 슈피리어호 해변이었다. 철골 구조의 공중 부양 다리를 건너 모래톱으로 이뤄진 섬을 가로질러 내려갔다. 길옆으로 보이는 슈피리어호는 호수라기보단 바다였다. 모래사장에서 꼬마들이 파도와 장난치며 놀고 있고 하늘과 맞닿은 수평선 위로 요트와 고깃배들이 부지런히 오갔다. 섬으로 운전해서 들어갈수록 바깥세상과 점점 멀어지는 기분이 들었다.

섬 끄트머리에 다다랐을 때 거대한 굴뚝같이 생긴 건물이 나왔다. 지금은 쓰지 않는 낡은 등대였다. 지도를 보니 이곳이 미네소타주의 끝단이고 손에 잡힐 듯 가까이 보이는 물 건너편 땅이 위스콘신주였다. 등대를 끼고 돌아서자 자작나무 숲에 둘러싸인 공터가 나왔다. 초등학교 운동장만 한 공터에는 여러 대의 자동차가 모여 있었다. 노마드들의 랑데부 캠프장이었다. 아직 여름 성수기가 지나지 않아 캠프장은 대부분 비어 있었다. 우진의 마음이 설렜다. 빽빽한 자작나무 숲속 어딘가에서 새엄마가 요정같이 걸어 나올 것만 같았다.

우진은 공터 한쪽에 팡고를 세웠다. 트레일러 앞에서 캠핑 의자에 비스듬히 앉아 있던 마른 남자가 낯선 이방인들을 지켜봤다. 캠핑카 유리창으로 밖을 내다보던 여자는 심드렁한 표정으로 다시 커튼을 쳤다. 캠프장에는 픽업트럭에 매단 카라반, 트럭을 개조해 만든 캠퍼, 팡고 같은 승합차 등 다양한 차종이 있었다. 베티가 작은 트레일러 앞에 있는 마른 남자에게 우죽우죽 다가갔다. 베티의 그림자가 남자의 얼굴 위로 떨어졌다. 남자는 게슴츠레 눈을 뜨더니 베티 뒤에 있는 팡고를 보고 말했다.

"좋은 차를 갖고 있구먼."

베티는 뒤를 한번 돌아보고 대꾸했다.

"댁은 좋은 눈을 갖고 있구먼."

남자가 손가락으로 한쪽 눈썹을 긁으며 헐헐헐 소리 내며 웃더니 베티를 흘깃 올려다보고 고대 철학자처럼 말했다.

"지금 일광욕을 하고 있는데 내 햇빛을 가리지 말아 줘."

베티가 미안하다는 의미로 손을 살짝 들어 올리고 비켜서며 물었다.

"에마를 찾고 있다우. 검은색 머리의 아시안 여자인데."

남자는 말하기도 귀찮다는 듯이 손가락으로 맞은편을 가리켰다. 공터 한쪽 구석에 자그마한 스쿨버스가 놓여 있었다. 노란색 바탕에 검은색 가로줄 무늬가 새겨진, 장갑차처럼 튼튼하게 생긴 미니버스였다. 스쿨버스를 개조해 집으로 쓰는 모양이었다. 우진은 서둘러 스쿨버스로 다가갔다. 베티와 테일러는 멀찍이 떨어져 우진을 바라봤다.

스쿨버스 유리창엔 노란색 커튼이 쳐져 있어 안을 볼 수 없었다. 반들반들 닳아 버린 타이어는 교체할 때가 한참 지나 보였다. 인기척이 없어서 우진은 난감했지만 귀를 기울여 보니 안에서 조그맣게 음악 소리가 흘러나왔다.

우진은 출입문을 두드렸다. 커튼 사이로 버스 운전석이 보였다. 여러 가지 낚시도구들이 아무렇게나 놓여 있었다. 아무 반응이 없었다. 멀찍이 뒤에 서 있던 테일러가 다시 노크를 해 보라며 손짓했다. 우진은 조금 더 힘을 실어서 다시 출입문을 두들겼다. 얼마간 기다리자 음악소리가 끊겼다. 뚜벅뚜벅 발걸음 소리가 들렸다. 우진은 문에서 조금 떨어져서 옷매무새를 고쳤다. 둔탁한 마찰음과 함께 스쿨버스 문이 열렸다. 우진은 빠르게 숨을 들이마셨다.

출입문에 뜻밖의 인물이 나타났다. 수염과 구레나룻이 짙은 금발의 남자였다. 그는 바깥세상이 눈부신 듯 눈살을 찌푸렸다. 남자는 마침 요리하는 중이었는지 슈퍼마리오 캐릭터가 그려진 앞치마를 두르고 있었다. 귀여운 앞치마와 남자의 단단한 골격이 대비돼 보였다. 그는 접힌 버스 출입문에 한쪽 팔을 기댄 채 우진을 내려다봤다. 부루퉁한 표정은 넌 누구냐고 묻고 있었다. 우진 역시 당황스러웠다. 긴장 때문에 엉뚱한 말이 나왔다.

"당신은 누구죠?"

남자의 밝은 회색 눈동자엔 경계의 눈빛이 가득했다. 우진은 열린 출입문 사이로 새엄마를 찾았다. 버스 안에는 아무도 없었다. 이제 우진은 용건을 밝혀야 했다.

"에마를 만나러 왔습니다."

의도보다 딱딱하게 말이 나왔다. 남자가 투박하게 되물었다.

"넌 누군데?"

우진은 처음부터 남자가 마뜩잖았다. 대답 대신 버스 내부로 다시 눈길을 돌렸다. 남자는 버스 내부를 리모델링해서 쓰고 있었다. 의자들을 떼고 대신 싱크대와 테이블을 바닥에 고정했다. 버스 뒤쪽에 드리워진 커튼 사이로 침대도 보였다. 남자와 새엄마가 쓰는 침실 같았다. 우진은 서둘러 눈길을 돌렸다.

"험, 험."

남자가 헛기침하며 턱을 들었다 내렸다.

"에마를 왜 찾는데?"

남자는 앞치마를 벗어 손을 닦으며 우진을 심문하듯이 내려다봤다. 단추가 풀린 흰 셔츠 안으로 구릿빛 피부가 보였다. 얼굴은 깨끗하고 몸엔 군살 하나 없다. 아버지보다 한참 어려 보였다. 어쩌면 새엄마보다 연하일 수도 있다.

우진은 대답 대신 꾸벅 인사를 하고 돌아섰다.

"이름이 뭐라고 했지?"

남자의 목소리가 들렸지만 우진은 무시했다.

"에마는 지금 서점에 있어. 시내에 있는 '더 퍼스트 북스토어'에서 일해."

뒤에서 남자가 소리쳤다. 우진에 대해 이미 알고 있는 눈치였다. 우진도 남자의 존재를 이미 감지하고 있었다. 새엄마 뒤에 매번 그가 있었다. 온더로드가 보여 준 호숫가 사진 속에서, 그리고 키보드 연주 동영상에서, 금발의 남자는 애정 가득한 눈으로 새엄마를 바라보고 있었다.

베티와 테일러가 우진에게 머뭇머뭇 다가왔다. 우진은 베티와 테일러를 지나쳐 숲으로 들어갔다. 새하얗고 날렵한 나무들이 높이 뻗어 있었다. 해는 기울었지만 아직 사그라지지 않은 여름 열기 때문인지 우진은 땀에 절어 있었다. 일부러 외면했던 일이 걱정한 그대로 현실이 됐다.

새엄마에게 남자가 있다.

숨을 크게 쉴 수 없었다. 송곳이 가슴을 마구 찌르는 것처럼 아팠다. 여러 감정이 한꺼번에 북받쳤다. 참을 수 없는 분노가 올라왔고 스스로가 수치스럽기도 했다. 우진의 존재가 새엄마와 남자에게 거추장스러울 것이다. 새엄마에게 우진은 판도라의 상자리라. 무엇이 튀어나올지 종잡을 수 없는, 그 불확실성이 두려운.

우진은 풀밭에 주저앉았다. 종이처럼 하얗게 벗겨진 나무 껍데기들이 풀밭 군데군데 떨어져 있었다.

"리모, 에마의 잘못이 아님. 너도 알잖아."

어느새 뒤에 다가온 테일러가 말했다.

"에마는 아무것도 기억 못 함. 의지할 사람이 곁에 있어서 오히려 다행이야."

"그래서 더 화가 나. 왜 아버지와 나를 버려두고 다른 남자와 사냐고 욕이라도 하면 속이 시원할 텐데. 기억도 못 하는 에마에게 그럴 수도 없잖아. 나만 모든 걸 이해해야 한다는 게 억울해."

테일러가 옆에 앉더니 우진의 어깨에 손을 올렸다.

"테일러, 내가 괜한 짓을 한 걸까? 새엄마를 만나기만 하면 모든 게 해결될 줄 알았는데. 상황은 전보다 더 나빠진 것 같아."

"리모, 중요한 건 그게 아님. 에마가 살아 있다는 게 가장 중요해. 어서 에마에게 가 봐."

세모꼴 모양의 진초록 잎사귀들이 머리 위에서 바람에 어지럽게 흔들렸다.

팡고를 타고 공중 부양 다리를 다시 건너려는데 이미 많은 차량이 길게 줄지어 서 있었다. 높은 돛을 단 배가 다가오자 다리 바닥이 엘리베이터처럼 위로 들렸다. 배가 여유 있게 지나가고 바닥이 다시 내려왔다.

호숫가 공원으로 들어섰다. 역사적인 건축물과 미술 갤러리, 기념품 가게들이 어우러진 운치 있는 공원이었다. 긴 하루를 마감하고 저녁 시간을 즐기려는 사람들이 모여들면서 항구도시 특유의 활력이 넘쳤다. 호수에서 불어오는 바람이 서늘했다. 위도상 한반도보다 북쪽에 있는 덜루스는 밤낮의 일교차가 컸다.

"드디어 에마를 만나는구나."

베티는 두 손을 모으고 감격에 겨워했다. 테일러도 흥분을 감추지 못했다.

"에마를 만나면 내가 너를 돌봐주느라 얼마나 고생했는지 다 말할 것임."

더 퍼스트 북스토어는 버려진 창고를 리모델링한 쇼핑몰 안에 있었다. 창문에서 노란 불빛이 흘러나왔다. 우진은 희뿌연 유리창을 통해

서점 안을 들여다봤다. 우진 옆으로 베티와 테일러가 다가섰다. 서점은 신간뿐만 아니라 중고 책과 희귀 서적까지 다루는 모양이다. 높은 천장부터 마룻바닥까지 엄청난 양의 책이 쌓여 있었다. 책장들 사이로 복도가 미로처럼 구불구불 이어졌고 소파에서 손님들이 쉬거나 책을 읽고 있었다. 바닥에 깔린 색 바랜 카펫과 곳곳에 보이는 앤틱 가구 그리고 은은한 조명이 고풍스러운 분위기를 더했다.

계산대에서 분주히 움직이는 여자가 눈에 띄었다. 검은색 긴 머리 위로 얇은 머리띠를 두른 각진 얼굴의 여자는 분주히 손님을 맞으면서도 건강한 웃음을 잃지 않았다. 슈피리어호에 담갔다가 꺼낸 것 같은 파란색 원피스가 청량감을 더했다. 베티가 속삭였다.

"리모, 에마야."

우진은 8년 만에 만난 새엄마를 한눈에 알아봤다. 고단한 노마드 생활 때문인지 햇볕에 그을려 까무잡잡해졌고 눈가와 입가에는 실처럼 가느다란 주름이 펼쳐져 있었다. 웃을 때 생기는 보조개도 변함없었다. 테일러가 어서 들어가 보라고 우진의 어깨를 툭 쳤다.

서점 안으로 들어왔지만 우진은 선뜻 계산대로 다가가지 못했다. 책장 사이를 맴돌며 오래된 책들을 구경하는 척했다. 베티와 테일러는 LP 음반 판매대에 머물며 우진을 지켜봤다. 우진은 중고 서적을 모아 놓은 코너로 들어갔다. 먼지 쌓인 책을 하나하나 꺼내 봤지만 하나도 눈에 들어오지 않았다. 우진은 책을 펼친 채 계산대에 있는 에마를 엿봤다. 어둠이 내리고 손님이 하나둘 빠져나가자 그녀는 잠시 숨을 돌리고 있었다. 조금 전과는 분위기가 달랐다. 웃음기가 사라진 얼굴에는 피곤이 내려앉았다. 주인으로 보이는 남자가 다가와 에마와 몇 마디 나누더니 먼저 퇴근했다.

우진은 여행 관련 중고 서적 코너를 찾았다. 여덟 단짜리 책장에는 여행 가이드북이 빼곡했다. 고독한 하이커 출판사 책들이 한쪽에 모여 있었다. 세계 여러 나라에 대한 안내 책자들이 촘촘히 꽂혀 있고 한국에 관한 책도 여럿 보였다. 그리고 그 책이 남아 있었다. 절판 후 아직 회수되지 못한. 우진은 『미국 트레일 30』를 꺼내 들었다. 책등을 잡고 후루룩 넘겼다. 책은 새것처럼 깨끗했다. 우진은 책날개에 있는 작가 사진을 담담하게 바라봤다.

우진은 계산대로 갔다. 컴퓨터 모니터를 보고 있는 에마가 보였다. 베티가 들고 있던 LP 음반 너머로 우진을 지켜봤다. 소파에 앉아 있던 테일러가 손가락을 꼬며 행운을 빌어 줬다. 문 닫는 시간이 다가오자 서점 안 손님이 많이 줄어 있었다. 책을 계산대 위로 올리는 우진이 손이 떨렸다. 콩쿠르 무대에 오를 때처럼.

에마가 고개를 들고 입술 끝을 올려 미소 지었다.

"굿 이브닝! 안녕하세요?"

에마의 목소리는 하나도 변하지 않았다. 낮은 음역의 깊고 차분한 울림이 있는 음색. 그녀는 스캐너로 바코드를 찍으며 말했다.

"고독한 하이커 시리즈는 믿을 수 있죠."

"제가 좋아하는 사람이 쓴 책입니다."

우진은 계산대에 찍힌 가격을 확인하며 짐짓 무심하게 말했다. 목소리가 떨리지 않아서 다행이었다. 에마는 표지를 찬찬히 살피더니 고개를 들어 우진을 빤히 쳐다봤다. 햇볕에 그을린 가슬가슬한 얼굴 위로 담백한 웃음이 피어났다. 그녀는 표지를 넘기고 작가 사진에 눈길을 줬다.

"작가가 눈에 익네요."

우진이 긍정의 의미로 고개를 끄덕였다.

"이 세상에서 내가 제일 좋아하는 작가예요."

"아, 그런가요……."

에마는 조금 당황하며 말끝을 얼버무렸다. 잠시 숨을 가다듬더니 책에서 눈을 떼지 않고 말했다.

"세라, 멋진 이름이네요. 이게 내 진짜 이름인가 보죠?"

우진이 놀라서 에마를 바라봤다. 더 이상 태연을 가장할 수 없었다. 그녀가 세라 사진을 손가락으로 더듬으며 말했다.

"내가 이렇게 생겼었구나."

에마가 고개를 들었다. 그녀의 엷은 갈색 눈동자가 유리처럼 투명해 보였다.

"네가 리모구나."

나쁜 짓을 하다가 들킨 기분이었다. 우진은 뒤를 돌아봤다. 베티는 우진에게 크게 고갯짓했다. 어서 에마를 안아 주라는 뜻이다. 힘이 잔뜩 들어간 테일러의 눈은 '엄마라고 불러, 지금 당장!'이라고 말했다.

에마는 거침이 없었다. 계산대를 성큼성큼 나와서 우진을 와락 안았다. 온몸이 전기가 오른 것처럼 쩡 달아올랐다. 에마는 두 손으로 우진의 머리를 감싸더니 자기 얼굴을 갖다 댔다. 엉겁결에 에마의 품에 안긴 우진은 차렷 자세로 꼼짝 않고 서 있었다.

우진을 바라보는 에마가 눈물을 글썽였다.

"내 아들…… 미안해."

우진도 에마를 마주 안았다. 우진의 가슴이 뜨거워졌다. 에마의 얼굴은 거칠했지만 따뜻했다. '내 아들'이라고 한 번 불렀을 뿐인데 몇 겹으로 꽁꽁 얼어 있던 우진의 마음이 금세 녹아내렸다.

"미안해……. 내가 미안해."

에마는 미안하다는 말을 반복했다. 우진은 에마와 눈을 맞췄다. 우진은 왜 미안해할 일을 했냐고 되물으려 했다. 왜 나를 버리고 떠났냐고, 왜 돌아오지 않았냐고 물으려 했다. 하지만 입 밖으로 나온 말은 달랐다.

"괜찮아, 엄마. 엄마, 괜찮아……."

우진은 괜찮다고 했다. 그리고 엄마라고 불렀다. '새엄마' 대신 '엄마'라고 불렀다. 어쩌면 처음부터 이 말을 하려고 덜루스까지 온 게 아닐까 생각했다.

책방은 9시에 문을 닫았다. 마지막 손님이 나가자 우진은 에마를 도와 문단속을 했고 마지막으로 전등을 껐다. 밖으로 나오니 팡고 앞에 베티와 테일러가 서 있었다. 모두 상기된 표정이었다. 베티가 두 팔을 크게 벌려 에마를 안고 흥분을 가라앉히며 말했다.

"에마, 미안해. 예고도 없이 이렇게 들이닥쳐서."

"아녜요, 온더로드에게 연락받았지만 모든 게 혼란스러워서……. 제게 아들이 있다고는 생각지도 못했어요. 거절해서 미안합니다."

에마는 상냥한 눈웃음으로 테일러와 인사했다.

"리모의 여자 친구죠? 온더로드에게 얘기 들었어요. 리모를 잘 챙겨줘서 고마워요."

우진은 여자 친구가 아니라고 변명하려 했지만 테일러가 선수 쳤다. 테일러가 우진의 어깨에 팔을 둘렀다.

"여자 친구가 좀 챙겨 주긴 했음. 아하하하."

에마도 따라 웃으면서 우진의 손을 잡았다.

"여러분 덕분에 내 아들을 찾았어요. 내게 아들이 있다는 사실이 아직도 믿기지 않아요."

새엄마의 손은 예전처럼 따스했다.

남자 이름은 매튜였다. 매튜가 스쿨버스 앞에 자리를 마련하자 우진 일행이 둘러앉았다. 캠프장에 있던 사람들이 지나가면서 새로운 손님들에게 인사했다. 매튜는 에마의 깜깜이 과거를 알게 되어 다행이라고 했다. 매튜는 에마의 아들은 곧 자기 아들이라며 팔을 크게 벌려 우진을 안았다. 그의 넓고 탄탄한 가슴이 우진을 압박했다.

베티는 LA에서 덜루스까지의 대장정을 적당한 허풍과 몸짓을 섞어 가며 실감 나게 늘어놨다. 피코맘에 관해 이야기할 때 에마는 자신에게 이모가 있다는 사실에 놀랐다. 아들에 이어 이모까지. 하루 동안 너무 큰 선물을 받았다고 감격에 겨워했다. 테일러는 롱스피크에서 있었던 일을 이야기했다. 에마가 자신의 목숨을 살린 셈이라며 쉘터를 만들어 줘서 고맙다고 인사했다. 에마는 전혀 기억나지 않는다며 금세 힘든 표정을 지었다. 매튜가 에마의 어깨를 안으며 말했다.

"에마를 발견한 곳도 로키마운틴 안에 있는 협곡이야. 그해 여름 엄청난 폭우와 얼음 녹은 물이 로키산맥의 계곡을 집어삼켰지. 여러 등산객이 죽고 행방불명됐어. 에마는 갑자기 불어난 물에 휩쓸렸던 것 같아."

"매튜가 아니었으면 난…… 죽었을 거예요."

매튜가 에마의 손을 잡았다. 에마가 다시 말했다.

"정신을 차렸을 때 아무런 기억이 없었어요. 내가 누구인지, 몇 살인지, 왜 그곳에 있었는지……."

그때를 떠올리면서 에마는 몸을 떨었다. 우진은 에마가 겪었을 혼란과 두려움의 순간을 헤아려 봤다. 지우개로 머릿속을 깨끗이 지워 버린 백지상태. 내가 남처럼 낯설게 느껴지는 순간. 홀로 외계 행성에서 우주 미아가 된 느낌. 상상만으로도 숨이 가빠지며 현기증이 났다. 에마가 힘들게 이야기를 이어 갔다.

"시간이 지나면 기억을 되찾을 줄 알았는데……. 의사도 여럿 만나 봤어요. 충격적인 사건으로부터 스스로 보호하기 위해 이런 증상이 생긴다고 했어요."

에마는 두 손으로 자기 머리를 감쌌다.

"도대체 얼마나 나쁜 일이 있었기에 나 스스로 기억을 지워 버린 걸까요?"

매튜가 에마의 머리에 입을 맞췄다. 우진이 짐짓 시선을 돌렸다. 우진은 아버지에 관한 이야기를 언제 꺼낼지 고민했다. 당장은 아니라고 생각했다. 이 순간만큼은 재회의 기쁨과 감동에 집중하고 싶었다.

"리모, 나랑 좀 걸을까?"

에마가 우진의 손을 잡아끌었다.

둘은 캠프장을 빠져나와 호숫가 길을 따라 걸었다. 거뭇한 호수 위로 물안개가 올라오고 있었다. 한밤중이었지만 둥근 달 덕분에 어둡지 않았다. LA의 그리피스 천문대에서도 보름달을 봤다. 미국을 가로질러 달리는 사이 달도 부지런히 지구 한 바퀴를 돈 셈이다.

둘은 오랫동안 말없이 걸었다. 호수의 물결 소리가 정적을 메웠다. 모래톱 끝에 다다랐다. 물에 가로막혀 더 이상 앞으로 나갈 수 없었다. 이제 돌아갈 길밖에 남지 않았다. 에마가 먼저 입을 뗐다.

"세라는 좋은 엄마였니?"

"언제나 아들 편이었어요. 아들의 좋은 점을 알아보고 칭찬을 많이 해 줬죠. 나쁜 점은 눈감아 주고 괜찮다고 했어요."

맞바람이 세지면서 우진은 잠시 말을 끊었다가 다시 이었다.

"저를 안 만나려고 한 건 매튜 때문인가요?"

에마는 잠시 생각하더니 고개를 저었다.

"매튜보다는 리모 때문이었던 것 같아."

에마도 우진을 리모라고 불렀다.

"내게 아들이 있었다는 사실이 믿기지 않았어. 하지만 반가움보다 두려움이 컸어. 매튜와 사는 내 모습을 보고 리모가 받을 상처가."

"8년 전에는 나를 버리고 떠났고, 이번엔 미국까지 찾아온 나를 안 만나겠다고 했어요. 상처받는 일엔 이젠 이골이 났어요."

말하면서 우진은 속이 상했다. 의도하지 않았는데, 어른스럽게 말하려고 했는데, 자꾸 빈정대는 말투가 튀어나왔다. 에마는 쓸쓸한 미소를 짓고 한결 더 차분하게 말했다.

"나도 감당할 수 없을 것 같았어. 이제 좀 이 세상에 익숙해지고 편안해졌는데 또 하나의 새로운 세상을 만난다는 건 내게 너무 벅찬 일이라 생각했어."

우진은 대꾸하지 않았다. 머릿속은 엉망진창이고 속마음과 다른 말이 불쑥불쑥 튀어나왔다. 우진과 에마는 호수 주변을 서성거리다가 캠프장으로 돌아왔다.

가장 소중한 것은

랑데부 캠프장에 조촐한 파티가 열렸다. 철학자 할아버지가 공터 가운데 모닥불을 피우자 노마드들이 모여들었다. 각자 조금씩 음식을 가져와서 피크닉 테이블에 늘어놓았다. 비니를 쓴 남자가 낚시로 잡은 생선을 장작불에 구워 이웃들에게 나눠 주었다. 최고 인기 메뉴는 베티가 준비한 검보였다. 베티는 매튜와 함께 델루스의 신선한 해산물로 엄청난 양의 검보를 끓였다. 핫 스프링스에서 먹었던 검보와는 또 다른 맛이었다. 눈이 동그래진 우진에게 베티가 말했다.

"루이지애나 여자들은 모두 자기만의 검보 레시피를 갖고 있지~."

누군가 아코디언을 연주했다. 할아버지 할머니뻘 되는 노마드들이 가운데로 나와 춤을 췄다. 얼굴은 주름졌지만 여유가 넘쳤고 춤사위는 굼떴지만 생기가 넘쳤다. 삶이 외롭고 팍팍할수록 서로 의지하면서 오늘, 이 순간에 충실히 사는 것이 노마드들의 생활방식이었다.

음악이 빨라지자 테일러가 우진의 손을 당기며 무리 안으로 들어갔다. 우진은 질질 끌려가면서 통사정했다.

"나 춤 못 추는데. 진짜 못 춰."

"괜찮음. 그냥 추면 됨."

테일러는 뭐든지 자기 멋대로다. 못 춘다는데 그냥 추면 된다고 한다. 테일러는 우진을 보고 활짝 웃으며 리듬을 탔다. 여러 물고기가 그려진 짙푸른색 원피스를 입었는데 몸을 흔들 때마다 물고기들이 떼를 지어 바닷속을 헤엄쳤다. 빨간 머리카락이 어깨 위로 흩날리고, 초록색 눈이 모닥불에 반사되어 반짝였다. 테일러는 춤을 출 때 제일 자유롭고 행복해 보였다. 우진도 질 수 없어 될 대로 되라는 심정으로 막춤을 췄다. 팔다리를 허공에 마구 휘둘렀다. 주위에 있던 노마드들이 다칠까 봐 뒤로 주춤주춤 물러났다.

"너 춤 창의적임. 우하하하."

테일러가 칭찬하자 우진은 용기가 솟았다. 테일러의 주위를 돌면서 마구잡이로 몸을 흔들면서 춤을 췄다.

에마와 매튜도 마주 보며 춤을 췄다. 에마는 어깨가 드러나는 민소매 티와 통 넓은 바지를 입고 있었다. 에마는 편안하고 행복해 보였다. 매튜의 눈 속에는 에마에 대한 애정이 가득했다. 에마가 우진을 보고 손을 흔들었다. 그녀에겐 서울의 아파트보다 랑데부 캠프장이 훨씬 더 잘 어울렸다.

음악이 끝나자 춤추던 사람들이 물러났다. 우진과 테일러도 제자리로 돌아왔다. 박수와 휘파람 소리에 돌아보니 아코디언 연주자 옆에 베티가 서 있었다. 둘이 서로 속닥이더니 베티가 여유로운 미소와 함께 노래를 시작했다. 첫 소절을 부르자마자 환호가 터져 나왔다. 우진은 모르는 곡이지만 그곳에 있는 모두가 이미 알고 있는 노래였다. 아코디언 연주자도 기교를 한껏 부리며 능숙하게 화음을 넣었고 베티의 따뜻하고 힘 있는 목소리가 어우러져 감동을 자아냈다. 모닥불에 둘러앉은 노마드들은 리듬에 맞춰 몸을 흔들며 베티의 노래를 따라 불렀다.

호수에서 불어오는 바람에 자작나무 숲이 부웅부웅 울었다.

"리모, 나랑 갈 데가 있어."

베티가 앙코르곡을 부를 때 테일러가 우진을 잡아끌었다.

둘은 팡고를 타고 덜루스 시내로 들어갔다. 공중 부양 다리를 다시 건너고 다운타운을 지났다. 밤이 늦어 대부분 가게는 문을 닫았고 몇 군데 술집 창문으로 침침한 불빛이 새어 나왔다.

테일러가 인도한 곳은 가파른 언덕배기에 있는 조그마한 공원이었다. 주차장 계단을 오르는데 커다란 범종 앞에서 일본 관광객으로 보이는 사람들이 기념사진을 찍고 있었다.

우진과 테일러는 전망대 벤치에 나란히 앉아 덜루스 시가지를 내려다봤다. 도시를 가로지르는 도로를 따라 가로등 불빛이 늘어섰고 자동차들이 간간이 오갔다. 호수에 떠 있는 화물선과 해안가 항만 시설들이 항구도시의 정취를 더했다. 벤치 앞에 커다란 바위가 있고 아래는 낭떠러지였다. 테일러가 바위 위에 성큼 올라섰다. 다칠 수 있으니 내려오라고 우진이 말해도 테일러는 못 들은 척했다. 우진도 기어서 어렵사리 바위 위로 올라갔다. 안전 난간도 없어 위험해 보였다. 우진은 테일러의 손을 잡고 바위 위에 나란히 앉았다.

"이거……."

테일러가 오레오를 꺼내 우진에게 건넸다. 무슨 아이디어가 필요한가? 궁금했지만 묻지 않았다. 우진이 입에 가득한 검은색 과자를 보여 주며 크게 웃자 테일러는 어색한 미소를 지었다. 바람이 제법 거셌다. 테일러의 빨간 머리가 사납게 흩날렸다. 테일러가 입매를 좁혔다.

"에마는 세라가 아님."

바람 때문에 잘못 들은 건 아닌지 우진은 테일러를 쳐다봤다.

"처음에는 나도 에마가 세라가 맞다고 생각했음. 정말 쌍둥이처럼 비슷하게 생겼으니까. 하지만 에마는 네 엄마가 아냐."

맞바람이 불어와 우진은 숨이 차올랐다.

"무슨 소리야. 에마는 세라야. 얼굴뿐만이 아냐. 목소리도, 성격도 다 세라야."

테일러가 고개를 저었다.

"그건 네가 그렇게 믿고 싶으니까 그렇게 보이는 것뿐임. 둘은 아예 다른 사람이야."

"넌 어떻게 그렇게 확신해?"

테일러가 우진의 눈을 똑바로 맞췄다.

"타투가 없음."

"타투? 무슨 타투?"

"기억 안 남? 네 엄마 어깨에 있던 타투? 세라를 만났을 때 그 타투가 가장 먼저 눈에 들어왔어. 난 뚜렷이 기억함."

테일러의 말이 맞았다. 그제야 우진도 기억이 살아났다. 세라에겐 타투가 있었다. 서울에서 어느 날 그녀가 티셔츠 한쪽을 내리며 오른쪽 어깻죽지에 새겨진 타투를 보여 줬다. 초록색 가는 줄기 끝에 장미

한 송이가 피어 있었다. 선명한 빨간 빛깔이 어린 우진에게 강렬한 인상을 남겼다. 세라는 LA에서 학교 다닐 때 우정의 증표로 친구들과 같이 새겼다고 했다. 아버지가 타투를 싫어했기 때문에 그녀는 더운 여름에도 항상 소매가 있는 옷을 입었다.

에마에겐 타투가 없었다. 서점에서 원피스 차림일 때도 조금 전 랑데부 파티에서 민소매 티를 입었을 때도 타투를 못 봤다. 하지만 문신은 지울 수 있다. 나중에라도 문신을 지웠다면? 테일러가 우진의 마음을 간파한 듯 말했다.

"맞아. 하지만 지운다고 해도 피부에 흔적이 남게 마련임."

테일러가 고개를 끄덕이며 대답했다.

"에마의 오른쪽 어깨는 매끄러웠어. 아까 춤추면서 다시 한번 확인했음. 에마는 그냥 세라를 닮은 동양인 여자에 불과해."

우진은 눈앞이 핑 돌았다. 로그인하자마자 게임이 끝난 기분이었다. 우진은 한 손으로 바위를 짚었다. 테일러가 우진의 팔을 잡았다.

"8년이란 세월이 흘렀으니 못 알아볼 수도 있음. 그땐 너도 어렸고. 하지만 네 아버지라면 세라가 아니란 걸 한눈에 알아봤을걸. 피코맘도 마찬가지. 넌 네가 보고 싶고 믿고 싶은 대로 자신을 속인 것임."

우진은 테일러의 말을 이해할 수 없었다. 엉킨 실타래를 어디서부터 풀어야 할지 갈피를 잡기 힘들었다. 바위 아래에서 일본 관광객들이 덜루스 야경을 바라보고 있었다.

'리모, 넌 에마가 엄마가 아니라는 사실을 처음 만난 순간부터 알고 있었어.'

울룰루였다. 울룰루가 백팩에서 꿈틀꿈틀 몸을 내밀었다. 우진은 울룰루가 눈물 나게 반가웠다. 울룰루는 인사도 생략하고 곧바로 말했다.

'리모, 너도 이상하다고 생각했잖아. 아무리 기억 상실이라도 한국어를 한 마디도 못 하는 게.'

우진은 모호하게 고개를 끄덕인다.

'맞아. 세라는 교포 2세대였지만 한국말로 소통하는 데 아무 걸림돌이 없었어.'

'그리고……'

울룰루가 말을 이었다.

'에마가 널 안았을 때 세라의 장미꽃 체취가 빠져 있었잖아. 그 사실을 알고도 넌 일부러 외면했잖아.'

'세상 모든 것은 변하니까 사람의 체취도 사라질 수 있다고 생각한 거야. 그 정도는……'

우진은 말을 맺지 못했다. 이제 인정할 수밖에 없다. 어쩌면 우진의 심장은 이미 이런 사실을 알고 있었을지도 모른다.

'울룰루, 세라는 지금 어디에 있는 거지?'

울룰루는 더 이상 답이 없다.

일본 가이드로 보이는 사람이 뛰어와서 바위에서 내려오라고 크게 손짓했다.

우진이 들릴락 말락 한 목소리로 중얼거렸다.

"테일러 네 말이 맞았어. 시작하지 말걸. 아무것도 하지 말걸. 괜한 상처만 남았어."

테일러가 머리를 가로저었다.

"아냐. 리모. 네가 하고 싶었던 거잖아. 괜찮아. 하고 싶은 일을 하다가 실패하고 상처받는 건 다 괜찮아."

바람이 점점 거세졌다. 바위 아래에서 일본 관광객들이 위쪽을 바라보며 웅성댔다. 플래시를 비춰 주기도 했다. 테일러가 우진의 손을 잡았다. 이제 내려갈 때가 됐다고 말했다.

일요일 아침 미니애폴리스-세인트폴 공항은 한가했다. 미네소타의 주도인 미니애폴리스에서 서울까지 가는 직항이 있었다. 비행시간은 열다섯 시간이지만 시차 때문에 다음 날 저녁에 도착한다. 개학 첫날을 비행기 안에서 보내게 됐다.

체크인을 마치고 우진은 출국장 앞에 섰다. 베티는 콧노래를 부르며 몸을 흔들었다. 그녀만의 이별 세리머니였다. 우진도 장단에 맞춰 베티와 등을 맞대고 춤을 췄다. 이번 여행은 처음부터 끝까지 베티가 있었기에 가능했다.

"리모, 그새 키가 더 자란 것 같아."

"그럴 리가요. 여름방학 한 달 만에."

베티는 팔을 머리 위로 올려 키 재는 시늉을 했다.

"아냐, 분명히 자랐어. 그것도 아주 훌~쩍."

베티와 헤어진다는 사실이 슬프고 베티의 건강도 염려됐다.

"내 걱정은 말어~. 테일러가 같이 LA까지 가 주기로 했어. 가는 길에 피코맘을 만나 갈비찜도 먹을 거야~."

베티가 우진에게 다가와서 특유의 늘쩍지근한 말투로 귀엣말했다.

"돈 걱정도 말어. 테일러에게 밀린 회비를 뜯어냈지. 꽤 쏠쏠해~."

베티가 테일러의 어깨에 팔을 얹었다. 둘은 친구 같은 할머니와 손녀 사이로 보였다. 베티는 처음부터 큰 그림을 그리지 않았을까. LA에서 둘이 같이 지내는 것도 잘 어울려 보였다. 우진은 테일러에게 집이 아닌 가정이 생기길 마음속으로 기도했다.

테일러가 손을 내밀자 우진이 마주 잡았다. 테일러는 모압에서 처음 본 날처럼 페도라 모자와 체크무늬 스커트를 입고 있었다.

"리모, 나 잊으면 안 됨."

우진은 대답 대신 테일러를 덥석 안았다. 그녀와 마지막이란 사실이 우진에게 용기를 줬다. 테일러 몸피가 보기보다 작아 우진의 품에 쏙 들어왔다. 우진은 빨간 머리, 초록 눈동자의 테일러와 함께했던 이번 여름을 영원히 못 잊을 것이다.

"서울에 한번 놀러 와. 컵라면 먹어 봐야지."

우진은 롱스피크를 오르며 했던 컵라면 이야기를 끄집어냈다. 테일러도 잊지 않았다.

"꼭 갈게. 컵라면 먹으러. 후르르후르르."

컵라면 먹는 시늉을 하는 테일러가 귀여웠다. 우진은 수유동 고자티를 내지 않고 경험이 많은 척 테일러를 다시 안았다. 이 기회를 놓쳐 평생 후회하기는 싫었다. 용기 내어 테일러와 입을 맞췄다. 짧은 순간 공항 안 모든 것이 그대로 멈췄다. 이 세상에 오직 테일러와 우진 둘만 남은 것 같은 기분 좋은 착각이 들었다. 테일러의 입술은 생각보다 훨씬 촉촉하고 부드러웠다. 우진의 가슴에서 드럼이 울리고 얼굴이 홧홧 달아올랐다. 테일러가 눈을 감은 채 살짝 웃음을 터뜨렸다.

둘을 지켜보던 베티가 우진에게 윙크했다.

"컵라면보다 더 뜨거워. 너희 둘 말이야."

곁에 있던 매튜와 에마가 마주 보며 소리 내어 웃었다. 우진은 허겁지겁 포옹을 풀었다. 손으로 입술을 괜스레 훔쳤다. 갑자기 어색해져서 테일러의 눈을 마주 볼 수 없었다.

에마가 다가와 우진과 길게 포옹했다. 두 사람은 이번 여정이 맺어준 소중하고 특별한 인연이었다.

"에마, 고마웠어요. 건강하게 잘 지내세요."

우진은 길 위에서 보내야 할 에마의 생활이 걱정됐지만 그녀를 사랑하는 매튜, 절친 온더로드, 그리고 서로 의지하는 노마드들이 주위에 있으니 행복하리라 믿었다. 에마가 울먹이며 우진의 머리를 안았다.

전날 호숫가에서 우진은 에마에게 모든 것을 밝혔다. 에마는 우진이 찾던 엄마가 아니라고 밝히고 진심으로 용서를 빌었다. 기억 상실로 힘든 시간을 보냈고 이제 안정을 되찾아 가던 에마를 찾아와 그녀의 트라우마를 다시 끄집어낸 꼴이 됐다. 에마를 힘들게 만든 일이 세라를 찾지 못했다는 사실만큼 우진의 마음에 걸렸다. 에마는 자리에서 일어서며 우진의 손을 끌었다. 호숫가 모래 위를 걸을 때마다 사각사각 사과 깎는 소리가 났다.

"에마, 나도 여기에 노마드로 남고 싶어요."

우진은 진심이었다. 남의 시선에 맞춰 사는 게 아니라 자기 안에서 울리는 소리를 따라서 노마드로 자유롭게 살고 싶었다. 에마처럼, 온더로드처럼, 랑데부 캠프 사람들처럼 몸을 가볍게 하고 바람같이 유연한 마음으로 오늘을 즐기며 살고 싶었.

"리모, 우린 모두 노마드야. 정처 없이 떠돌며 인생을 살아가잖아. 어디에 사느냐는 중요하지 않아. 그게 서울이든 덜루스든."

호수에서 불어오는 바람에 에마의 긴 머리가 날렸다. 수평선을 따라 고깃배가 지나가고 갈매기 떼가 그 뒤를 쫓았다.

"세라를 만나면 꼭 하고 싶은 말이 있었어요."

에마가 걸음을 멈췄다.

"여기서 하면 돼."

에마가 호수를 가리키며 말했다.

"여기에 네가 하고 싶은 말을 남기고 가. 슈피리어호가 세라에게 전해 줄 거야."

우진이 머뭇거리자 에마가 뒤로 돌아 두 손을 입에 대고 외쳤다.

"세라, 세라 듣고 있어요? 여기 당신을 찾아 아들 리모가 왔어요."

우진은 등대처럼 서서 호수를 바라봤다. 에마가 더 큰 소리로 외쳤다.

"세라, 리모가 당신에게 할 말이 있대요."

에마가 팔꿈치로 우진을 쿡 찔렀다. 우진이 주춤주춤 앞으로 나섰다. 에마처럼 두 손을 모아 입에 댔다.

"엄마! 엄마!"

슈피리어 호수가 찰랑거리며 우진의 다음 말을 재촉했다.

"고마웠어요!"

그동안 마음 저 아래에 꼭꼭 감춰 뒀던 말이 튀어나왔다.

"고마웠어요. 나를 늘 칭찬해 줘서 고마웠어요. 언제나 내 편이 돼 줘서 고마웠어요. 항상 내 안의 좋은 것만 봐 줘서 고마웠어요. 덕분에 힘을 낼 수 있었어요. 항상 고마웠다는 말, 이 말 꼭 하고 싶었어요."

고기잡이를 마친 어선 한 척이 우진 앞을 지나갔다. 갑판에 있던 어부가 우진과 에마를 쳐다봤다. 배가 지나가기를 기다렸다가 우진은 미처 하지 못한 말을 목청껏 외쳤다.

"엄마! 보고 싶어요. 엄마가 그리워요!"

울컥 뜨거운 것이 복받쳐 올라왔다. 우진은 더 이상 원망하지 않기로 했다. 자신에게 닥친 일을 스스로 감당하고 싶었다. 이유를 알 수 없고 억울해도 괜찮다. 엄마가 돌아오지 않아도 그것 때문에 우진이 망가지거나 뒷걸음질 치도록 내버려두지 않을 것이다.

뒤를 돌아보니 에마가 얼굴 한가득 웃음을 머금고 있었다. 우진은 마지막으로 슈피리어호를 향해 팔을 크게 흔들었다.

"엄마, 잘 지내세요. 저도 잘 지낼게요!"

우진의 작별 인사에 답하듯이 호숫가 등대 불빛이 반짝 켜졌다.

보딩 시간이 되어 우진은 출국장 쪽으로 걸어갔다. 계단을 오르면서도 뒤를 돌아보며 손을 흔들었다. 백팩에서 노랫소리가 들렸다. 울룰루였다. 콜로라도 덴버에서 불렀던 그 노래를 불렀다.

여긴 콜로라도 로키마운틴 하이.
우린 아직 인생을 모르지만.
주어진 질문 하나하나 대답하며 나갈 거야~.
로키마운틴 하이. (리무진~)
로키마운틴 하이. (울룰루~)

'울룰루, 한국으로 돌아가는 기분 어때?'

'내가 미국 체질이지만 한국의 전기가 너무 그리워.'

울룰루의 대답에 우진이 웃는다. 이번엔 울룰루가 묻는다.

'리모 넌 어때? 새엄마를 못 찾아서 슬프겠네.'

우진이 울룰루를 안고 얼굴에 비비며 말한다.

'울룰루, 이제 괜찮아졌어. 새엄마가 있으면 행복하겠지만 없다고 불행하진 않을 것 같아.'

울룰루가 간지럽다고 우헤헤헤 웃는다. 우진은 울룰루의 털을 빗겨 주며 말한다.

'어떻게 보면 우리에게 가장 소중한 것은 눈에 보이지 않고 만질 수 없는 게 아닐까. 난 마음으로 느낄 수 있어. 가장 소중한 것을 이번 여름에 찾은 거 같아.'

울룰루가 다 알아들었다는 듯 고개를 끄덕인다.

'울룰루, 참 신기하지? 여름 동안 우리가 한 거라곤 시간을 낭비하고 쓸데없는 짓을 한 것뿐인데……'

'리모, 때때로 소중한 것은 그런 시간 낭비와 쓸데없는 짓을 통해서만 찾을 수 있는 건 아닐까.'

힘들었던 고비를 여러 번 넘었다. 길 위에서 많은 사람들을 만났다. 그들이 없었다면 이곳에 서지 못했을 것이다. 우진의 가슴이 뻐근하게 차오른다. 울룰루가 해맑게 U 웃는다.

"리무진!"

테일러였다. 우진이 서둘러 난간으로 달려가 아래층을 바라봤다. 테일러가 손을 흔들며 소리쳤다.

"기억함? 내가 지어 준 시?"

우진은 기억하고 있었다. 우진이 난간 위로 상체를 내밀고 큰 소리로 대답했다.
"걱정 마, 넌 잘하고 있음."
테일러가 계속 손을 흔들며 답했다. 테일러도 용케 잊지 않았다.
"넌 괴짜 같지만 그게 네 매력."
막바지 여름 햇살이 흩뿌리는 장미 꽃잎처럼 공항 안으로 쏟아졌다.

| 에필로그 |

끝 그리고 시작

늦은 밤, AI 로보틱스 랩에는 우진과 삼촌 둘뿐이다. 우진은 공항에 도착하자마자 카이스트 연구실이 있는 대전으로 내려왔다. 울룰루의 모든 데이터는 정보 센터의 서버 안에 고스란히 저장돼 있었다. 우진은 가슴을 쓸어내렸다.

우진이 컴퓨터 모니터 앞에 앉았다. 검정 화면 가운데 실뭉치같이 생긴 하얀 점이 보인다. 날카로운 펜으로 아무렇게나 그린 듯한 점은 생물처럼 부풀었다 줄었다 하며 숨을 쉬고 있다. 삼촌은 탁상용 마이크를 우진 앞에 놓더니 말을 걸어 보라는 듯 고개를 끄덕였다. 우진은 숨을 깊게 들이마셨다.

"울룰루……."

하얀 실뭉치가 꼬물꼬물 움직였다. 우진의 말을 알아듣기는 하는 걸까. 아무 소리가 없다. 삼촌이 계속하라고 손짓한다.

"울룰루, 내 말 들려?"

스파크 불꽃처럼 실뭉치가 갑자기 사방으로 뻗어 나간다.

"안녕. 리모. 오랜만이야."

애니메이션 속 남자 꼬마 목소리, 울룰루다. 우진은 목이 꽉 메어 침을 몇 번 삼켰다.

"울룰루, 너 괜찮아?"

"리모, 난 잘 있어. 미련한 곰탱이 땜에 내가 고생은 좀 했지. 곰탱이가 날 놔주질 않아. 내가 그리 좋은가. 우헤헤헤."

울룰루의 웃음소리가 눈물 나게 반갑다. 울룰루는 그동안 답답했던 속마음을 보상이라도 받겠다는 듯 한꺼번에 말을 쏟아 냈다.

"안 그래도 리모 네가 걱정할까 봐 곰탱이 배 속에서 나오려고 별짓을 다 했어. 음악 틀고 춤추고 몸을 뜨겁게 만들고. 곰탱이가 괴로워 죽으려고 하더라고. 나중엔 살려 달라고 애원하는 거야. 그래서 한번 봐 줄 테니 당장 나를 토해 내라고 했어. 쪽팔리니까 똥은 절대 안 된다고 했지. 그랬더니 곰탱이가 뭐라고 그랬게? 자기랑 같이 있어 달라고 울먹이는 거야. 자기 혼자 외롭다나 뭐라나."

울룰루의 허세는 여전하다. 어디까지가 사실이고 어디서부터 뺑인지 알 수 없다. 하지만 우진은 큰 소리로 웃으면서 맞장구쳤다. 울룰루는 입을 쉬지 않는다.

"갑자기 곰탱이가 불쌍한 생각이 들더라고. 그래서 그러자고 했어. 배 속이 답답하긴 했지만 새로운 모험이잖아. 곰탱이랑 같이 블랙힐스 숲속을 누비고 다녔어……."

삼촌이 귀엣말로 곰 배 속에서 울룰루에게 버그가 발생한 것 같다고 했다. 울룰루는 금세 방전됐을 테고 위액에 녹지 않은 회로는 배설

물에 휩쓸려 나왔을 거란다. 하지만 우진은 울룰루의 말을 믿고 싶다. 동물과 이야기하고 곰의 배 속에서 친구로 지내는 울룰루. 사우스다코타의 숲속을 지금도 탐험하고 있을 울룰루. 거짓말 같지만 이번 여행에서도 거짓말 같은 일이 언제든지 일어났다.

삼촌은 업그레이드된 교육용 AI 로봇 베타 버전을 개발하고 있다고 알려 줬다.

"새로 나오는 로봇을 선물로 줄게."

우진은 황급히 고개를 저었다.

"저는 울룰루 버전이 더 좋아요. 예전 버전 로봇에 울룰루 데이터를 입력해서 주세요. 네?"

삼촌은 의아한 표정으로 우진을 바라봤다.

"울룰루여야 하니까요. 업그레이드된 된 로봇은 필요 없어요."

삼촌은 잠시 생각에 잠기다가 고개를 끄덕였다. 모니터 안의 울룰루는 여전히 툴툴댄다.

"리모, 내 말 듣고 있어? 곰탱이가 꿀을 너무 먹어서 내 몸이 끈적끈적해졌다고."

우진은 마이크 앞으로 바짝 다가가 모니터 안 실뭉치를 보고 말했다. 울룰루를 만나서 가장 먼저 하고 싶은 말이었다.

"울룰루, 이제부터 나도 항상 네 편이야."

실뭉치가 작은 점으로 쪼그라든다. 얼마 후 울룰루의 목소리가 흘러나온다.

"우리가 항상 같은 편이면 두려울 게 하나도 없겠네. 우히히히."

울룰루의 장난기 가득한 웃음소리가 연구실에 나지막이 울렸다.

여름은 아직 끝나지 않았는데 가을이 벌써 시작됐다.

| 작가의 말 |

목적지를 향해 가는 과정

운 좋게 미국 LA에 주재원으로 머물 기회가 있었습니다. 원래 여행을 좋아해서 틈날 때마다 미국 여기저기를 돌아다녔습니다. 우리나라보다 아흔여덟 배 넓고 서울 크기만 한 국립공원이 곳곳에 널려 있는 미국은 자동차로 여행하기에 딱 좋았습니다. 광활한 서부의 대자연을 달리다가 어느 순간 로드 트립(road trip) 형식의 소설이 쓰고 싶어졌습니다.

키워드를 뽑는 일부터 시작했습니다. 사춘기 때 고민했고 지금도 여전히 답을 찾고 있는 주제들을 골랐습니다. 순수와 경험, 원칙과 융통성, 가지 않은 길, 상충하는 두 마음, 과정과 결과……. 그리고 선별한 주제어를 중심에 놓고 여러 편의 짧은 소설을 쓴다는 심정으로 이야기를 이어 나갔습니다.

인생을 여행에 비유하곤 합니다. 집 나가면 고생이란 걸 알면서도 우리는 여행을 떠납니다. 그리고 여행에서 돌아올 때 우리는 항상 달라져 있습니다. 길 위에서 한 뼘 더 성장해서 돌아오기 때문입니다. 그래서 여행의 가치는 도착이 아니라 목적지를 향해 가는 과정에 있다고 믿습니다.

이 책을 읽으면서 리모의 이동 경로를 따라 독자들도 상상의 미국 횡단 여행을 함께 떠나면 좋겠습니다. 신기하고 웅장한 대협곡뿐만 아니라 끝없이 펼쳐진 지겹고 따분한 사막을 건너고, 영양가 없는 생각이 꼬리에 꼬리를 물도록 내버려두고, 가끔 멍 때리면서 시간도 낭비해 보고, 깜짝 놀랄 만큼 다양한 사람들이 사는 넓은 세상과 맞닥뜨리고, 마지막 페이지를 넘겼을 때 달라져 있는 자신을 발견하길 기대해 봅니다.

고마운 분들이 많습니다. 부족한 작품을 선뜻 출간해 준 넥서스 임상진 대표님과 앤드 김수진 편집장님, 애정 어린 추천사를 써 준 차인표 님과 서경석 님께 고마움을 전합니다. 소설 문우인 채강D, 혜영, 설희, 란 님도 고맙습니다. 피아니스트 김지윤 님께도 감사드립니다. 리모가 피아노를 치면서 얻은 깨달음은 유튜브 〈I AM〉 채널의 김지윤 님 강연에서 도움을 받았습니다. 마지막으로 제 글의 첫 독자이자 냉철한 비평가가 되어 준 우리 가족에게 감사드립니다.

리모와 테일러, 베티, 그리고 사랑스러운 울룰루가 이제 세상 밖으로 나옵니다. 이들의 멀고 험난한 여행길이 독자들에게 작지만 위로와 힘을 줄 수 있으면 좋겠습니다. 제게 그랬던 것처럼요.

2024년 겨울
권석

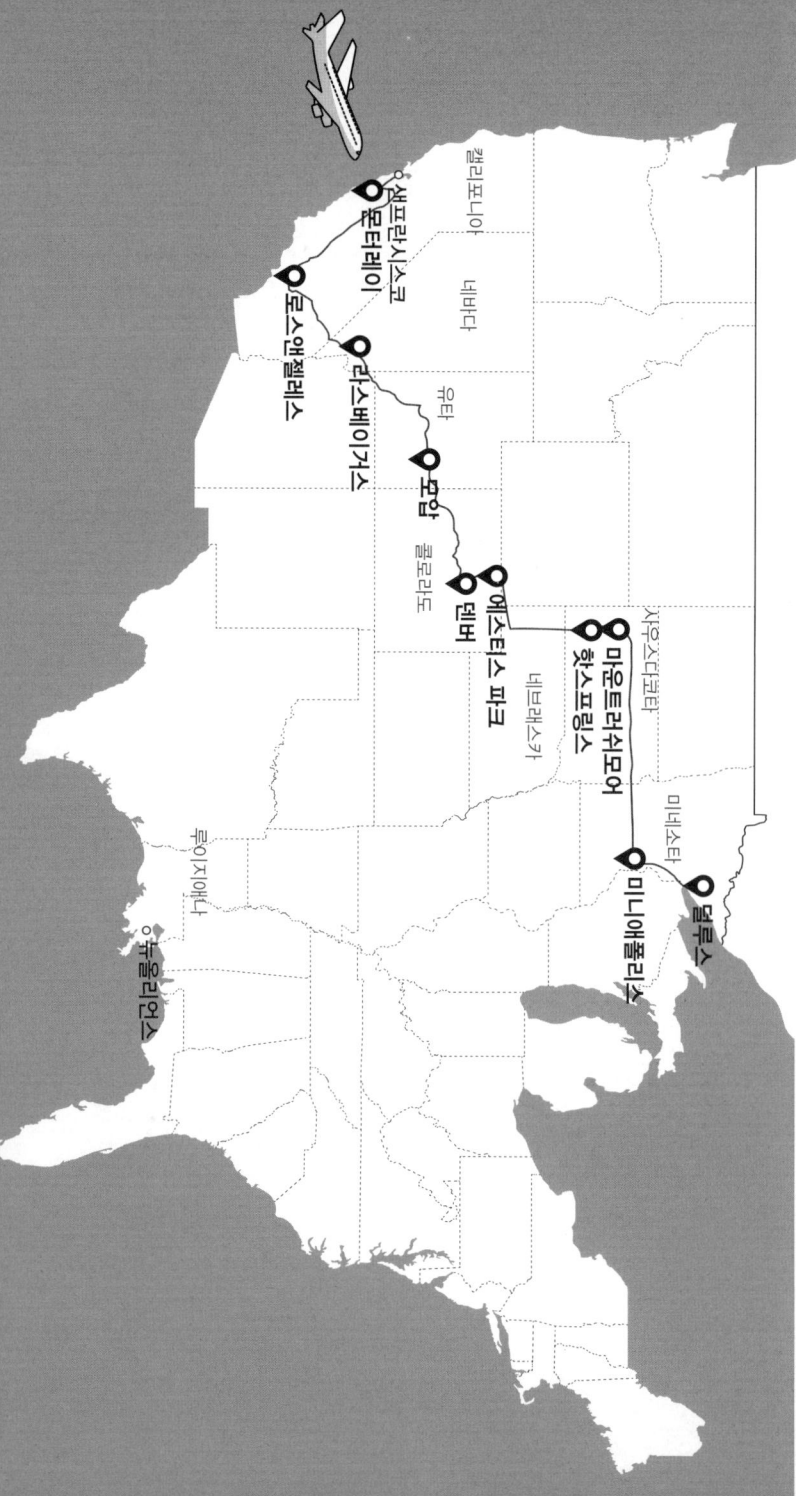